브로콜리 펀치

이유리 소설집
브로콜리 펀치

초판 1쇄 발행 2021년 10월 25일
초판 13쇄 발행 2024년 7월 17일

지은이 이유리
펴낸이 이광호
주 간 이근혜
편 집 이민희 최지인 조은혜 박선우 방원경
펴낸곳 ㈜문학과지성사
등록번호 제1993-000098호
주소 04034 서울 마포구 잔다리로7길 18(서교동 377-20)
전화 02) 338-7224
팩스 02) 323-4180(편집) / 02) 338-7221(영업)
전자우편 moonji@moonji.com
홈페이지 www.moonji.com

ISBN 978-89-320-3911-4 03810

브로콜리 펀치

이유리 소설집

문학과지성사

차례

빨간 열매

아버지는 자기를 화장하고 나면 남은 유골을 화분으로 만들어달라고 했었다. 그건 정말이지 말도 안 되는 소리였다. 그런데 아버지는 평소에 그런 말도 안 되는 소리를 워낙 자주 하는 사람이었어서 나는 무심코 그럴게요 하고 대답했었고 잠깐 이거 이상해, 생각했을 때에는 이미 아버지의 유골함을 무릎에 올려놓은 채 집으로 돌아가는 버스에 앉아 있었다.

버스 안에는 화장터 앞 정류장에서 함께 탔던 사람들이 몇 명 있었는데 그들은 모두 울었거나 울고 있거나 울 것처럼 보였고 그들에 비하면 나는 도시락 가방을 안고 어디 나들이라도 가는 사람 같아 보였다. 그런 생각이 들자 정말 이대로 나들이를 가는 것도 나쁘지 않을 것 같은 게 날씨가 아주 좋았고 바람도 선선한 데다 집에서 가까운 공원과 그 앞에 있는 샌드위치 가게를 떠올리자 배까지 고픈 것 같았다. 나는 원래 내리려고 했던 정거장에서 한 정거장 더 가서 공원 앞에 내리기로 마음먹고 노선도를 살펴보았다. 그런데 그때 뒷자리 어딘가에서 누군가가 큰 소리로 흐느끼기 시작해 내 기분은 다시 망쳐졌고 나는 공원에 가지 않았다.

유골함을 찾아낸 건 그 뒤로 계절이 두 번은 더 바뀌고 나서의 일이었는데 나는 찬장 깊숙한 곳에 있던 그것을 미숫가루라고 생각하고 한 스푼 듬뿍 떠서 흠흠 냄새를 맡기까지 했다. 원래 저장식품을 넣어두는 용도로 쓰이는 평범한 찬장이었는데 대체 그게 왜 거기 들어 있었는지는 모를 일이었지만 먹지 않아서 다행이다 하고 뚜껑을 대강 닫아 싱크대 위에 놔두었다. 그런데 이게 또 그다지 좋은 자리는 아니었던 것이, 가스레인지 후드 아래에 서서 담배를 피울 때마다 그 유골함이 눈에 몹시 거슬렸기 때문이었다. 결국 어느 한가한 아침에 나는 그걸 가만히 들여다보다가 옥으로 된 것인 줄 알았던 유골함이 실은 옥처럼 보이도록 가공된 플라스틱이었다는 것을 깨달았고 왜인지 모르겠지만 그와 동시에 아버지의 허무맹랑한 부탁이 기억나서 뭐 들어줘볼까 어려운 것도 아닌데, 하고 담배를 피우며 생각했다.

아버지는 생전에도 그런 황당한 소리를 자주 하는 사람이었는데 아프기 시작한 뒤로는 더욱 심해져서 가끔은 그냥 나를 괴롭히려고 저러는 게 틀림없다는 생각도 들 정도였다. 갑자기 방게볶음이 먹고 싶다고 서해안엘 보내질 않나 〈아침마당〉에 왜 이금희가 안 나오느냐며 KBS에 가서 물어보고 오라고 시키기도 했고 텔레비전에서 옛 일본식 건물을 그대로 따라 만든 술집을 보고는 밤에 몰래 가서 불을 지르고 오라고 한 적도 있다. 거기다 대고 내가 잡혀가면 누가 아버지를 돌봐, 혼자서 화장실도 못 가는 주제에, 하고 볼멘소리로 대꾸하니 아버지는 휙 바람 소리가 나도록 돌아누워선 반나절이 넘도록 한마디도 하지 않다가 저녁때가 다 되어서야 그런데 말이야, 파프리카 말이야, 빨간 파프리카랑 노란 파프리카의 차이가 뭐냐, 하고 내게 물었고 나는 설거지를 하다 말고 비눗물 묻은 손으로 휴대폰 검색을 해서 알려주었다, 빨간색은 골다공증에 좋고 노란색은 고혈압에 좋다는 것을.

물론 나도 매일 좋은 얼굴만을 할 수는 없어서 가끔은 짜증을 내는 적도 있었는데 한번은 금붕어를 열 마리만 사 오라며 이불 밑에서 꼬깃꼬깃 접은 이만 원을 꺼내 쥐여주기에 군소리를 하기도 싫어 잠자코 이천 원짜리 금붕어를 열 마리 사다 준 적이 있다. 그랬더니 그걸 들고선 화장실에 데려다달라고 하고는 한참 나오지 않기에 무얼 하나 슬쩍 들어가 보았더니 욕조에 물을 받아 금붕어를 풀어선 한 마리씩 손바닥 위에 건져놓고 주무르고 쓰다듬으며 들여다보고 있는 거였다. 아버지

미쳤어? 내가 버럭 소리를 지르자 아버지가 맨숭맨숭한 얼굴로 돌아보며 말했다. 물고기들은 사람 손이 닿으면 화상을 입는다는 게 정말인지 궁금해서 그런다. 나는 화장실 문지방 위에 선 채 잠깐 멍해졌다가 다시 한번 소리를 질렀다. 정말 가지가지 하셔! 가지가지!

그런데 아버지도 호락호락한 인간은 결코 아니라 내가 짜증을 낼 때마다 내미는 이를테면 비장의 카드를 가지고 있어서 그것을 필요할 때마다 요긴하게 써먹곤 했다. 그건 내가 여섯 살 때 아버지가 나를 데리고 수영장에 갔던 어느 여름의 일에 관한 것이었다. 나는 무릎까지 오는 어린이용 풀에서, 아버지는 성인용 풀에서 각각 수영을 하고 있었는데 어린이용 풀이 금세 지루해진 나는 성인 풀 쪽에 갔다가 미끄러져 빠지고 말았고 마침 평일 오전의 수영장에는 나와 아버지밖에 없었다.

나는 서른이 넘은 지금까지도 이 순간의 모든 것을 기억하고 있는데 수영장 천장에 끼워진 네모난 유리 귀퉁이마다 빗물이 마른 흙먼지가 더께더께 덮여 있던 모양이나 락스 냄새가 나는 물이 몸의 모든 구멍으로 침입해 내 피를 굴복시키고 나를 차지하려 했던 것이나 바닥을 밟는 익숙한 감각을 찾아온 신경을 집중하고 간절하게 아래로 뻗어대던 막막한 발바닥, 그런 것들을 전부 선명하게 기억한다. 게다가 그날의 일을 떠올리면 나는 마치 물에 빠진 나인 동시에 수영장 천장에서 나를 내려다보는 나인 것처럼 관찰자의 시선으로 허우적거리는 나를 바라볼 수도 있는데 그건 그것대로 역시 또렷해서 빨간 땡땡이 무늬 수영모를 쓴 못생긴 여자아이가 서서히 익사해가는 것을 스노볼을 들여다보듯 환히 볼 수 있는 것이다.

그런데 내가 그날의 일에 관해 단 하나 기억하지 못하는 것이 있었다. 그건 바로 아버지가 나를 구해주는 장면이었다. 그건 그 일에 대해 아버지가 기억하는 유일한 것이기도 했는데 아버지는 내가 빠지는 것을 보자마자 바로 헤엄쳐와 나를 건져냈다고 한다. 아버지의 비장의 무기가 바로 그거였다. 아버지는 내가 짜증을 부리거나 부탁을 들어주지 않을 때마다 이날의 이야기를 꺼냈는데 말랑한 내 어린 몸이 얼마나 유연하게 자기의 목에 들러붙었는지, 숨을 쉬겠다고 제 아비의 머리를 짓누르던 힘이 얼마나 셌는지, 이런 것들을 이야기하면서 꼭 마지막에는 그때 내가 없었다면 넌 빠져 죽었을 거다 하고 엄숙하게 말하는 것이었다. 물론 나도 가만히 당하고만 있을 수는 없으니 아버지가 되어서 딸을 구해준 게 뭐 그리 유세냐고 되받긴 했지만 이상하게도 그 말을 들으면 입이 탁 막히고 온몸이 묵직해져서 결국 코코넛 워터라는 것을 사러 새벽에 편의점에 가거나 제조 회사에 전화를 걸어 선풍기의 날개는 왜 왼쪽으로만 도는지 묻고는 했었다.

이제 아버지는 죽고 없지만 싱크대 위에 동그마니 올라앉은 유골함을 볼 때마다 나는 꼭 그때와 같은 기분이 되었는데 그건 살아 있는 아버지와는 달리 그냥 무시해버리면 그만이라 그다지 불편하지는 않아서 나는 유골함을 베란다에 갖다놓으며 언제 양재동 갈 일이 있으면 화훼단지에 들르지 뭐, 하고는 잊어버렸다. 그런데 다음 날 이상하게도 나는 원래 그러려고 했던 것처럼 아침에 일어나 밥을 먹고는 대강 화장까지 한 채 양재동에 가는 버스를 타고 있었고 버스 안에서 잠깐 졸다 깨고 나서야 아, 걸려들었다, 하고 깨달았다.

결국 그날은 검은 흙 한 봉지와 빼빼 마른 나무 한 그루를 사서 돌아왔는데 흙이야 그렇다 쳐도 이 나무는 두꺼운 잎만 몇 개 달랑달랑 달려 볼수록 볼품없는 녀석이었다. 화훼단지 안의 만만한 가게 앞에서 기웃기웃 들여다보고 있으니 뚱뚱한 주인아저씨가 나와 뭘 찾습니까 물었는데 아버지 유골에 심으려면 뭐가 좋을까요 할 수는 없어 우물거리자 아저씨가 그럼 이거, 하고 비닐 화분에 담긴 비슷비슷한 나무 하나를 권한 것이었다. 무슨 이름도 있었지만 듣는 순간 잊고 말았고 오천 원이라길래 오천 원을 건네주고 돌아 나오니 그만이었다.

집에 와서 거실에 신문지를 깔고 유골함을 가져왔다. 안에 든 것을 쏟아내고 달군 송곳으로 바닥에 물빠짐 구멍을 뚫은 뒤 흙과 섞어 담았다. 아버지의 유골은 아주 조금이었고 그다지 곱게 갈리지 않아 중간중간 손톱만 한 크기의 뭉툭한 뼛조각들이 섞여 있었다. 나는 그게 끔찍하게 만지기 싫은 동시에 손끝으로 한번 궁굴려보고 싶기도 했는데 결국 후자의 마음이 이겨 그중 가장 커다란 조각을 집어 도록도록 굴리다가 빛에 비춰 보기도 하고 이 뼈는 아버지의 어디였을까 생각해보기도 했다. 그러다 결국 저녁이 다 되어서야 흙과 뼛가루를 섞어 화분,이라고 이제는 부르지만 원래는 유골함이었던 그것에 나무를 심는 일이 끝났고 보통 식물을 새로 심고 나면 그러듯이 물을 듬뿍 준 뒤에 베란다에 비스듬히 서서 화분 밑으로 스르르 흘러나오는 흙탕물을 바라보았다.

그러고 나서 뜨거운 물로 손까지 씻고 나니 매우 피곤해져서 그날은 일찍 잠자리에 들었는데 다음 날 나는 이미 화분에 대한 것을 까맣게 잊었고 이후로 한 번도 들여다보지 않았다. 그동안 처음에 보잘것없던 나무는 혼자 무럭무럭 자라 우듬지에서 반드르한 연둣빛 가죽 같은 새잎이 올라오고 줄기도 굵어지고 있었는데 어느 날 내가 거실에 앉아 빨래를 개고 있을 때 갑자기 베란다에서 아버지가 말했다.

물.

나는 깜짝 놀라 잠시 멍해졌다가 뭐야 이러면 살아 있을 때랑 똑같잖아, 하고 투덜거리며 컵에 찬물을 반만 떠다가 화분에 갖다 부었고 아버지는 만족스러운 듯 잎을 천천히 끄덕이며 물을 마셨다.

아버지는 그 뒤로 쑥쑥 자라 화분을 두 번이나 큰 것으로 바꾸어줘야 했고 물도 한 컵으로는 모자랄 만큼 많이 마셨다. 자랄수록 잎이 무성해지고 줄기가 굵어져 이제는 한 그루 나무로 손색없는 모양새가 되었는데 잔가지나 시든 잎은 좀 쳐내면 더 보기 좋으련만 말만 꺼내도 비명을 지르며 엄살을 피우는 통에 할 수 없이 수북하니 멋대로 자라도록 놔두는 수밖에 없었다. 이럴 줄 알았으면 좀더 작고 예쁜 묘목으로 살걸 하고 가끔 후회하는 일도 있었지만 어쨌든 아버지는 대체로 기분이 좋았고 필요로 하는 건 물과 빛밖에 없었기에 생전의 아버지보단 훨씬 편리했다.

그래도 아버지는 아버지라 가끔 이상한 짓을 하는 건 예전과 다름이 없었는데 대체 어떻게 보는 것인지 보진 않고 듣기만 하는 것인지 아무튼 텔레비전 앞으로 데려가달라고 해서는 〈한국 미식 여행〉이라는 방송을 하루 종일 본다든가 뿌리에 벌레가 있는 것 같다며 뽑아서 좀 보아달라고 한 적도 있었고 손톱에 흙이 끼이는 게 싫어 나중에, 했더니 잊지도 않았는지 또 그 수영장 사건을 들먹였다. 예전에 말이다, 내가 인간이었을 적에 말이다, 네가 수영장에서, 땡땡이 무늬 수영모를 쓰고, 아 알겠어 알겠다구요, 결국 비닐장갑을 끼고 아버지를 쑥 뽑아서 뿌리를 훑어보았는데 물론 거기엔 아무것도 없었다.

나는 프랑스어로 된 소설이나 잡문을 번역하는 일을 하는데 말하자면 프리랜서라 항상 집에서 일을 했고 그나마 일거리가 드문드문이어서 아예 놀고먹는 날도 많았다. 최근 번역하고 있는 건 한 무명작가의 『사과』라는 소설이었는데 자기가 사과라고 믿는 어느 프랑스 여자가 주인공인 이야기였다. 그 여자는 태어나 스스로 사고할 수 있을 때부터 자신을 사과라고 생각했는데 그래서 걸어 다니는 대신 굴러다녔고 화장을 하는 대신 껍질에 광을 냈고 음식은 오로지 맑은 물만 마시며 살았다. 어느 날 그 여자는 거리에서 바로 짜낸 과일주스를 파는 노점을 보고 그 끔찍한 광경에 그만 기절하고 마는데 깨어나 보니 넘어지면서 받은 충격으로 반으로 쫙 갈라진 채 병원 침대 두 개를 차지하고 누워 있는 자신을 발견한다. 씨방과 씨앗을 훤히 드러낸 자기 모습에 수치스러운 것도 잠시, 곧 여자는 극도의 정신적 혼란에 빠지고 만다. 몸이 갈라진 순간에 마치 정신도 반으로 나뉘어버린 것 같아서 그 의도와 의식과 의지가 대체 이쪽 조각에 있는 것인지 저쪽 조각에 있는 것인지 스스로도 구분할 길이 없어지고 만 것이었다.

정성스러운 치료에도 불구하고 결국 여자는 점점 썩어들어갔고 나중에는 병원 침대에서 생을 마감한다. 임종의 순간 의사에게 무어라고 중얼거렸지만 의사는 전혀 알아듣지 못했고 되묻는 참에 여자는 그대로 숨이 끊어지고 말았다. 여자의 마지막 대사는 아무렇게나 나열된 알파벳으로 처리되어 있는데 의사는 아마도 그건 사과의 언어였던 것 같다고 생각하며 슬퍼한다. 나는 여기까지 번역해놓고는 말도 안 된다고 생각해서 피식 웃었는데 웃을 수밖에 없는 것이 사과의 언어라니, 아버지는 나무가 되었어도 창문 열어라, 콜라 사 와라 말만 잘하는데.

아무튼 그런 허무맹랑한 이야기를 번역하며 나는 쉬엄쉬엄, 가끔 기분이 내키면 열심히 일했는데 내가 일하는 동안 아버지는 무얼 하느냐면 세탁기 위에 올라앉아 열심히 빛을 쬐다가 해가 움직이면 야, 유진아, 서유진아, 하고 큰 소리로 나를 부르고 나는 프랑스어 사전을 ㅅ 자로 덮어놓고 베란다에 나가 아버지를 빛살 안으로 들여놓았다. 그러면 아버지는 잠잠해졌고 나는 다시 일로 돌아갔다.

더 이상 아버지를 간병하지 않아도 되었으므로 나는 시간이 많아졌고 작업 속도도 빨라져서 예전보다 약간 더 많은 돈을 벌게 되었다. 번역비를 받을 때마다 나는 원피스를 한 벌 사거나 소갈비거리를 사 와 재우거나 했고 그러다 보니 아버지에게도 입을 싹 씻기가 좀 민망해서 화분에 꽂는 노란 식물 영양제를 사다가 꽂아주었는데 아버지는 그걸 마시면 젊은 시절로 돌아간 것 같은 느낌이 든다며 즐거워했다. 아버지의 젊은 시절이라면 아기일 때를 말하는 것일까 씨앗일 때를 말하는 것일까, 생각하다가 나도 반으로 짝 갈라질 것처럼 혼란스러워져서 그만두었고 나와 아버지는 한동안 그렇게 잘 지냈다.

해가 바뀌어 나는 깡뚱한 단발머리였던 것이 어깨쯤까지 오는 중단발이 되었고 아버지는 하모니카만 하던 키가 바이올린만큼 자랐다. 그쯤 되자 나는 나무가 된 아버지와 사는 것에 완전히 익숙해졌고 아버지도 나무로 사는 것에 완전히 익숙해져서 우리는 물론 가끔 투닥투닥 말싸움을 할 때도 있고 저거, 확 베어버릴까, 하고 생각하는 적도 있었지만 보통은 사이좋게 지냈다.

몸집이 커지자 아버지는 베란다에서만 지내는 것을 지겨워하기 시작했다. 처음에는 창문을 활짝 열어 바깥 공기를 쐬어주고 풍경을 내다볼 수 있도록 해주었더니 까치도 보고 비둘기도 보고 방충망에 붙은 노린재도 보고 하며 좋아했지만 그것도 곧 싫증을 내게 되고 말았다. 그러더니 어느 볕 좋은 봄에 드디어 앓는 소리로 유진아, 나가자, 나가고 싶다, 해서 화분에서 뽑아달라는 거냐고 물으니 그게 아니라 그냥 밖에를 나가고 싶단다. 끙차, 소리 내며 화분을 통째 끌어안고 들어보았더니 생각보다 그렇게 무겁지는 않았지만 또 그렇다고 달랑달랑 안고 다닐 정도의 무게도 아니라서 나는 아버지, 이거 무거워서 안 되겠는데, 하며 내려놓아버렸고 아버지는 실망해 잎사귀를 축 늘어뜨렸다. 그렇게 잠시 아무 말도 없길래 나는 청소기를 마저 돌리러 갔고 가는 김에 빨래도 했다. 베란다에 서서 빨래를 탁탁 털어 널고 있는데 갑자기 아버지가 말했다. 예전에 말이다, 기억나냐, 너 여섯 살 때, 물에 빠진 네가, 너만 살자고 글쎄 그 어린 게 내 머리를 물에다.

다음 날 나는 동네 잡화점에 가서 적당한 크기의 손수레를 하나 사 가지고 왔다. 수레라고 부르기는 좀 민망하고 사실 구루마,라는 이름이 더 어울리는 모양을 한 그것은 플라스틱 판때기에 바퀴와 손잡이를 달아놓은 단순한 물건이었는데 아버지는 내가 그걸 사 온 걸 보자 가지까지 파르르 떨며 좋아했다. 거기에 아버지를 태우고 꼭 유아차를 끄는 듯한 모양새가 되어 밖으로 나가자 울퉁불퉁한 바닥에서는 조금 힘들었지만 어쨌든 아버지를 산책시킬 수는 있었다. 공원으로 가자, 아니다 버스 정류장으로 가자, 영화관에도 가고 싶다, 아버지는 잎을 비벼대며 즐겁게 소리쳤고 나는 행여나 누가 아버지의 말을 들을까 봐 조용히, 좀 작게 말해, 소곤거리며 구루마를 밀었는데 혹시 누가 듣기라도 하면 여기 말하는 화분이 있다며 나사, 국정원, 아니면 〈세상에 이런 일이〉 취재진 따위가 몰려와 난리법석을 떨지도 모른다고 생각해서였다.

나는 아버지의 주문대로 공원에도 갔고 버스 정류장에 한참 앉아서 타는 사람, 내리는 사람을 구경한 뒤 영화관에 가서 요즘엔 무슨 영화가 개봉했는지 보았고 돌아오는 길에는 다시 공원을 지나서 왔는데 이 루트는 그대로 나와 아버지의 산책로로 정해지게 되었다. 나는 이틀에 한 번, 늦어도 사흘에 한 번씩은 꼭 아버지를 구루마에 태우고 산책을 나가 정해진 코스를 돌고 돌아왔다. 가끔은 돌아오는 길에 간단히 장을 봐다가 구루마에 함께 싣고 오기도 했고 그러다 비가 오면 그대로 비를 쫄딱 맞기도 했는데 그러면 아버지는 더욱 푸르러져서 잎들이 마치 얇은 에메랄드 조각처럼 반짝반짝 빛나곤 했다.

어느 날 평소처럼 구루마에 아버지를 태우고 슬슬 밀어 공원에 갔는데 내가 항상 앉아 쉬곤 하던 벤치에 어떤 남자가 앉아 샌드위치를 먹고 있었다. 나는 아버지를 달랑 들어 그 옆의 벤치에 앉히고 나도 앉아 무릎을 툭툭 치면서 돌아가는 길에는 샌드위치를 사 가야지 생각하는데 아버지가 갑자기 소곤거렸다. 유진아, 저거 봐라, 저걸 봐.

그제야 남자의 옆에 아버지와 비슷한 크기의 화분이 놓여 있는 것이 보였는데 거기에는 동글동글하고 건강한 잎이 무성한 나무 한 그루가 심어져 있었다. 정성스럽게 가꾼 티가 나는 멋진 나무라 나도 아버지도 와, 감탄하며 힐끔힐끔 쳐다보았는데 남자는 그러거나 말거나 손에 들고 있던 마지막 샌드위치 조각을 입에 쏙 집어넣고는 비닐 포장지를 와삭 구겨서 약간 떨어진 쓰레기통에 던졌다. 구겨진 비닐은 아주 깨끗하고 단정한 포물선을 그리며 쓰레기통으로 쏘옥 들어갔다. 나는 누군가가 쓰레기를 던지는 것을 보고 깨끗하고 단정하다고 생각한 것이 우스워서 슬쩍 미소를 지었고 남자는 벤치 아래로 허리를 숙였는데 거기에는 내 것과 똑같은 초록색 구루마가 접힌 채 놓여 있었다. 남자는 그걸 착착 펴서 거기에 화분을 올려놓고는 내가 그랬듯이 구루마를 달달달 소리 내어 밀면서 공원을 나갔다. 나와 아버지는 떠나는 남자의 뒷모습을 멍하니 바라보며 앉아 있었는데 그렇게 몇십 분을 앉아 있다가 그날은 버스 정류장도 영화관도 가지 않고 그냥 그대로 집에 돌아오고 말았다.

그 남자를 다시 만난 건 그로부터 이틀 뒤였는데 남자는 그날도 같은 자리에서 같은 샌드위치를 먹고 있었고 마지막 조각을 먹은 뒤 포장지는 구겨서 쓰레기통에 던졌다. 그날과 다른 점이라면 오늘은 한 번에 골인시키는 데에 실패했다는 것이었고 남자가 머쓱한 표정을 하고선 일어나서 떨어진 포장지를 주우러 가는 것을 보자 나는 왠지 기뻐졌다.

아버지는 아버지대로 남자의 화분을 쳐다보느라 정신이 없었다. 나는 아버지가 그럴 수 있으리라고는 절대 생각하지 않았으므로 갑자기 아버지가 참 무지하게 좋죠, 날씨가, 하고 말을 걸었을 때 깜짝 놀랐으며 남자의 화분이 네에, 그렇네요, 하고 얌전한 여자의 목소리로 대답해왔을 때는 컥 하고 나도 모르게 이상한 소리를 냈을 만큼 더 놀랐다. 놀란 건 남자도 마찬가지였는지 한쪽 볼에 불룩하게 샌드위치를 넣은 채로 나처럼 아버지와 자기의 화분을 번갈아서 바라보았고 나와 눈이 마주치자 마치 설명을 요구한다는 듯이 동그란 눈으로 고개를 갸웃했다. 나는 죄송해요, 우리 아버지가, 하고 말하긴 했지만 그 말로 모든 설명이 되리라고 생각하진 않았는데 남자는 그렇군요, 하고 대답을 했다. 이번에는 내가 눈을 동그랗게 뜨고 고개를 갸웃하니 남자가 우리 어머니거든요, 하면서 자기의 화분을 눈짓해 보였고 나는 그렇군요, 하고 대답했다. 그러자 남자는 꼭 마술사처럼 아무것도 없는 공간 어딘가에서 비닐에 싸인 새 샌드위치를 짜잔 꺼내서 내게 보이며 먹을 테냐고 물었는데 마침 그건 내가 좋아하는 연어 샌드위치라서 나는 고개를 꾸벅하고는 볼을 불룩불룩하며 그걸 모두 먹었다.

그 뒤로 우리는 거의 매일을 같은 시간 같은 장소에서 만났고 나는 그 남자의 이름이 P 무엇인데 그냥 P라고 불러주었으면 한다는 것과 삽화를 그리는 게 취미이자 직업인데 그 삽화는 주로 동화책이나 유아잡지에 실린다는 사실부터 시작해서 담배는 멘솔을, 커피는 연한 라테를 선호하며 강아지보다는 고양이를 좋아한다는 것도 알게 되었다.

아버지도 P의 어머니를 만나면 꽤나 수다스러워져서 이것저것 신나게 떠들었고 가끔 아버지의 철 지난 농담이 통하면 P의 어머니는 까르르 웃었는데 그럴 때마다 우리는 기묘한 표정을 교환하곤 했다. 나는 그 둘이 편하게 얘기를 할 수 있도록 공원을 한 바퀴 돌고 오자며 P를 꼬여내어 오래오래 산책을 했고 돌아오면 아버지는 벌써 왔느냐고 부루퉁했으며 P의 어머니는 새잎의 가장자리가 발그스름하게 물들어 있었다.

어느 날 P가 자기 집으로 저녁을 먹으러 오라고 하여 나는 아버지와 함께 외출했다. 그날 나는 새 원피스를 입었고 P에게는 달콤한 포트와인을 한 병, P의 어머니에게는 흙에 한번 묻어놓기만 하면 십 년을 간다는 독일제 고체 비료를 준비했다.

그날은 아버지도 멋을 부리고 싶어 해서 내가 전정가위를 들고 덤벼도 얌전히 있기에 시원시원하게 가지를 쳐내 아주 단정하고 깔끔한 모양이 되어 P의 집에 도착했다.

P가 열어주는 문 사이에서 맛있는 냄새가 나는 훈김이 훅 끼쳐와 나는 들어가기도 전부터 기분이 좋아졌다. P의 집은 우리 집과 비슷한 구조로 베란다가 딸린 조그만 거실에 더 조그만 침실이 있는 작은 아파트였다. 나는 첫눈에 P의 집이 마음에 들었는데 손님이 온다고 해서 급하게 정돈한 티가 나긴 하지만 그다지 깨끗하게 닦이지 않은 방구석이나 드문드문 손자국이 난 유리창, 여기저기 긁힌 자국이 있는 장판 같은 것이 좋았고 그렇다고 얘기하자 P는 부끄러워했다.

P는 직접 만든 몇 가지 요리를 사인용 식탁에 차려냈고 나와 P, 아버지와 P의 어머니가 각각 마주 앉아 식사를 했다. 네 개의 와인잔에 내가 사온 포트와인과 미네랄워터를 각각 두 잔씩 채운 뒤 와인은 내게 건네고, 물은 아버지에게 부어주며 P는 이게 바로 부어라 마셔라가 아니겠느냐고 별로 우습지도 않은 농담을 했는데 아버지는 줄기를 꼬부리고 껄껄 웃었다. 나는 차려진 음식을 잔뜩 먹었고 P는 어딘가에서 그럼 이것도, 또 저것도, 하며 맛있는 음식을 자꾸자꾸 가져와 접시를 채웠다. 마침내 모든 냄비가 다 텅 비고 나자 P는 어색하게 뒷머리를 긁적이며 아, 담배가 떨어졌네, 하고 말했고 나는 P가 같이 사러 가자고 하기도 전에 이미 현관에 서서 신발 뒤축을 구기

고 있었다.

봄밤이었고 공기에서 라일락 향기가 났다. P는 아파트 단지 어딘가에 라일락이 심겨 있지만 어디 있는지는 모르겠다고 중얼거렸고 내가 그렇군요, 한 뒤엔 한동안 서로 말이 없었다. 우리는 그대로 아파트 단지 정문에 있는 편의점까지 걸어가 담배를 샀고 돌아 나오는 길에도 이렇게 말이 없으려나 생각했는데 집에 다 와갈 즈음 P가 라일락 나무라도 찾는 것인지 괜히 화단 쪽을 힐끔거리며 입으로는 우리 만나볼래요, 하고 말했고 나는 그럴까요, 그래요, 했다.

다음 날 아버지에게 이 일을 얘기하자 아버지는 거 잘됐구나 하더니 갑자기 화제를 돌려 야, 유진아 요즘 날씨 너무 좋지 않냐, 하고 말했고 나는 아버지도 어젯밤 우리가 나간 사이 P의 어머니에게 P와 비슷한 말을 했구나 그리고 P의 어머니도 나와 비슷한 대답을 했구나 하고 눈치챘다.

P와 나는 둘 다 나돌아 다니는 것을 그다지 좋아하지 않아 우리는 대부분의 시간을 P의 집에서 보냈다. P의 집에는 P가 사용하는 그림 도구들이 잔뜩 있었고 나는 그걸로 낙서를 하거나 만화책을 읽거나 하면서 P가 일하는 모습을 구경했다. 색깔이 말랑하고 촉촉해서 꼭 P와 같은 따뜻한 그림들이 흰 종이에 사르르 생겨나는 광경은 아무리 보아도 질리지 않았다. P는 그렇게 몇 시간이고 말없이 그림만 그리다가 갑자기 배고프

네, 혹은 어깨가 뻣뻣해,라고 툭 말했는데 그러고 나면 우리는 밥을 해 먹거나 밖에 나가 짧게 산책을 하고 돌아왔다.

아버지와 P의 어머니도 우리와 비슷했는데 그들은 줄기를 한껏 구부려 서로를 향해 기우뚱 기울어진 채로 낮에는 햇볕을 쬐고 밤에는 잎을 늘어뜨리며 하루를 보냈다. 나는 가끔 곁눈질로 아버지의 두껍고 가장자리가 삐죽삐죽한 잎사귀가 P 어머니의 동그랗고 작은 잎사귀를 애정이 가득한 동작으로 쓰다듬는 것을 보았고 속으로 아이구 다 늙어서 주책이야 정말, 생각하며 민망해하곤 했다.

P와 내가 수다스러워지는 건 주로 자리에 누워 잠을 청하는 시간이었다. P의 침실 천장에는 흐릿하고 오래된 야광별이 몇 개 붙어 있었는데 그 아래에서 우리는 많은 이야기를 나누었다. 내가 수영장에 빠졌던 것과 아버지가 지금도 그 이야기를 우려먹는다는 것을 말해주자 P는 이불을 걷어차며 웃었다. P의 어머니에 대한 이야기도 해달라고 조르자 P는 뭘 말해야 할까 고민하다가 자기가 여덟 살 때의 이야기를 해주었는데 백화점에서 로봇을 사 달라고 떼를 쓰자 화가 난 어머니가 장난감 코너의 점원 아줌마에게 P를 데려가서는 그렇게 로봇이 좋으면 이 아줌마를 엄마로 삼으라고 하곤 그대로 혼자 집에 가버렸다는 이야기였다. P는 그럼 그러지 뭐, 하고 아줌마가 퇴근할 때까지 기다렸다가 그 아줌마네 집에 가서 저녁도 얻어먹고 만화영화도 보고 잠까지 잘 잔 뒤에 다음 날 아줌마가 출근하

는 시간에 맞춰 자기도 버스를 타고 집에 돌아갔다고 했고 나는 뱃가죽이 가려울 때까지 웃었다. 그러다가 졸음이 올 때쯤 눈을 감으면 베란다에서 아버지와 P의 어머니가 소곤소곤 이야기하는 소리가 들렸는데 밤의 공기를 한 겹씩 거쳐 우리가 누워 있는 방까지 흘러 들어오는 그 소리는 부드러운 자장가처럼 나를 잠재워 푹 잠들 수 있었다.

아침에 일어나 베란다에 나가면 아버지는 P의 어머니와 가지와 잎을 서로 얽은 채 내게 잘 잤냐, 하고 기분 좋게 인사를 건넸고 어제 떠놓은 미지근한 수돗물을 반 컵씩 부어주는 것으로 새로운 하루가 시작되었다.

아버지와 P 어머니는 얼마 지나지 않아 서로를 향해 완전히 기울어진 데다 부러뜨리지 않고서는 떼어낼 수가 없을 만큼 가지가 친친 얽혀 한 그루의 나무나 다름없게 되었다. 아주 자세히 보지 않으면 아버지와 P 어머니를 구분하기 어려웠고 굳이 구분할 필요도 없었으며, 또한 그렇게 말하자면 나와 P도 거의 비슷한 구조의 인간인 데다 나는 아버지를 P는 어머니를 닮았으니 결국 우리 넷은 서로가 서로를 닮아가고 있는 셈이었고 그건 그것대로 나쁘지 않은 기분이었다.

저녁, P는 거실에 늘어져 내가 번역한 『사과』를 읽고 있었고 나는 입이 심심해 생라면이라도 부숴 먹자고 할까 생각하는 중이었는데 갑자기 아버지가 얘들아 이리 좀 와보거라, 하고 말해 P와 나는 시선을 한번 교환한 뒤 베란다로 나갔다. 또 무슨 부탁을 하려고 그래? 삐딱하게 말하자 P가 나무라는 듯한 눈빛을 보내왔고 아버지는 못 들은 척 근엄한 목소리를 지어내서 이렇게 말했다. 우리, 결혼할 생각이다. P를 곁눈질하니 P도 웃음을 참고 있기에 나는 안심하고 깔깔 웃었다. P가 내 옆구리를 아프게 찌르며 웃지 마, 하고 안 웃었던 척 금세 정색을 했다. 그러거나 말거니 나는 웃고 싶은 만큼 웃었고 그러고 나서 근데 갑자기 왜?라고 묻자 아버지는 기다렸다는 듯이 대답했다. 아이가 생길 거야.

아버지의 말에 내가 상상한 것은 아기처럼 생긴 뿌리를 땅에서 뽑으면 울음을 터뜨린다는 만드라고라라든가 영화 「가디언즈 오브 갤럭시 VOL. 2」에 나오는 베이비 그루트 같은 모습이라 전혀 실감이 나지 않았고 사실 그래, 이상한 걸로 따지면 아버지도 이상하긴 하지, 하고 그제야 생각하며 낄낄거렸지만 아버지가 말한 그 '아이'라는 것은 전혀 다른 모양이었다. P가 무성한 가지를 살살 헤치자 작고 둥근 뿔 모양으로 단단히 말려 있는 그것은 분명 꽃봉오리였다. P 어머니가 수줍은 목소리로 모레쯤이면 필 것 같다, 하고 소곤거렸고 나와 P는 서로 눈을 마주 보았다. 어쨌든 축하드려요. P가 떨떠름하게 말했고 그 표정이 우스워서 또 나는 자리에 주저앉아 크게 웃었다.

P와 나는 다음 날 화훼단지에 가서 거기서 제일 커다랗고

근사한 화분을 사 와 아버지와 P 어머니를 조심스럽게 뽑아다가 한데 옮겨 심었다. 그러고 나서 나는 예쁜 원피스를, P는 정장을 차려입고 다 함께 식탁에 둘러앉아 케이크에 초를 켜고 샴페인을 마셨는데 이건 결혼식이 아니라 생일이잖아, 하고 아버지가 부루퉁하든 말든 나는 재미있었고 한 번씩 기분이 묘해질 때면 이게 자식의 마음일까, 중얼거리며 눈물을 닦는 척을 해서 모두를 웃겼다.

그날 자리에 누웠을 때 이제 우린 남매가 된 거네, 말하자 P가 그럼 남매끼리는 절대 안 하는 짓 한번 해보자며 살살 꼬시는 바람에 야광별도 부끄러워서 떨어질 만큼, 실제로는 벽을 치는 바람에 떨어진 거였지만, 어쨌든 그런 밤을 보냈고 다음 날 아침에 보니 꽃은 밤사이 화알짝 피어나 분홍색 화심에 잔뜩 묻은 노란 꽃가루의 비리고 달콤한 향기가 온 집에 가득했다.

꽃이 시들자 그 자리에는 빨갛고 작은 열매가 맺혔다.

아버지와 P 어머니는 그날 이후로는 거의 말을 주고받는 것을 보지 못했는데 가끔 둘 중 하나가 혼자 킥킥 웃거나 파르르 떨거나 하는 걸 보니 목소리를 내어 이야기하지 않아도 서로 뜻이 통하는 것 같았다. 이제 한 그루가 되었으니 당연한 일이었다.

그대로 가을이 깊어졌고 열매는 점점 자라나서 처음엔 작은 단추만 하던 게 하루가 다르게 꼭꼭 영글어 알사탕만 했다가 찹쌀떡만 해지고 껍데기도 반들반들 윤이 나게 무르익었다. 가만히 보고 있으면 가끔 볼록, 볼록하며 움직이는 적도 있었는데 손끝으로 조심조심 쓰다듬으면 보드랍고 말캉한 것이 제법 귀여웠다. 나는 매일 열매를 들여다보며 이젠 익었나 언제 다 익을까 콕콕 찔러도 보고 말을 걸어도 보며 기다렸다.

꼭지 주변이 검붉게 물들고 크기도 제법 커져 둥글게 웅크린 새끼 토끼만 해진 어느 저녁, 드디어 태어난다, 태어나, 하는 P 어머니의 외침이 들려 P와 나는 그쪽으로 달려갔다. 열매가 표면을 바르르 떨며 가지에서 떨어지려고 안간힘을 쓰고 있었다. 그러더니 어어, 할 틈도 없이 잠깐 사이에 톡 하고 가볍게 떨어져 또로로 굴러가는 것이었다. 꼼짝없이 소파 밑으로 굴러 들어갈 뻔한 고 녀석을 P가 잽싸게 손을 뻗어 잡았다. 따뜻하다. P가 말했다.

내가 손을 내밀자 P가 갓 태어난 열매를 내 손바닥에 올려놓았다. P의 말대로 정말 따뜻했고 눈도 코도 입도 없는 주제에 어쩐지 참을 수 없이 귀여워서 볼에 마구 비비고 싶어지는 그런 느낌이었다. 나는 P에게 열매를 돌려주었다. 그런데 이제 이걸 어떻게 하지. P가 손바닥 위에서 열매를 데굴데굴 어르며 말했다. 그러고 보니 열매가 어서어서 태어났으면 좋겠다는 생각만 했을 뿐 저 녀석이 태어나면 어떻게 할지는 전혀 생각해본 바가 없어 나도 콧잔등을 찡그리고 P와 눈을 마주 볼 뿐이었다.

열매는 P의 손바닥 위에서 잠시 뒹굴더니 잠잠해진 것이 잠든 것 같기도 해서 P는 조심스레 열매를 식탁으로 가져가 수건을 깔고 그 위에 올려놓았다. 그러고 나서 나와 P는 열매를 사이에 둔 채 마주 보고 앉아 그 녀석을 어떻게 해야 할지 한참을 의논했다. 이대로 두면 금세 썩어버릴 테고, 갓 태어난 녀석을 흙에 묻어 화분에 심어버리는 것도 썩 내키지 않았다. 게다가 아버지와 P 어머니에게 물으니 천하태평한 목소리로 너네 동생이니 너네가 알아서 하렴, 하는 것이었다. 우리는 한동안 그 녀석을 꼬집고 쓰다듬으면서 어떻게 한다, 어떻게 한다, 고민했는데 결국 P가 일어나더니 서랍에서 과도를 가져와 말했다. 우리 그냥 반으로 나눠서 먹어버리자.

나는 나쁘지 않은 생각이라고 생각했고 P가 열매의 껍데기에 과도를 살짝 갖다 대자마자 잘 익은 그놈은 반으로 쩍 갈라졌는데 새빨간 속살이 꽤나 맛있어 보였다. 나와 P는 각자 한 조각씩을 들고 하나, 둘, 셋에 입에 쏙 집어넣었다. 몰캉몰캉 향긋한 맛에 달콤한 과즙이 풍부해 우리는 눈을 동그랗게 뜨고 맛있다, 하는 표정을 교환하며 턱을 부지런히 움직였다. 꿀꺽 삼키자 목구멍을 타고 내려가는 으깨진 과육의 움직임이 간지러웠고 곧이어 고 빨간 살점이 위장에 퐁당 떨어져 부드럽게 녹아가는 것까지 눈으로 보는 것처럼 생생하게 알 수 있었다.

나는 그날 밤 이상한 꿈을 꾸었는데 영업이 끝난 놀이동산처럼 보이는 곳을 뛰어다니며 끝없이 끝없이 굴러가는 빨간 공을 쫓아다니는 꿈이었다. 결국 공을 잡아 주머니에 넣은 순간 잠에서 깼고 아침에 이 꿈 이야기를 하자 P는 어어 그거 태몽 아냐 혹시, 하고 말해서 나는 그런가, 했다.

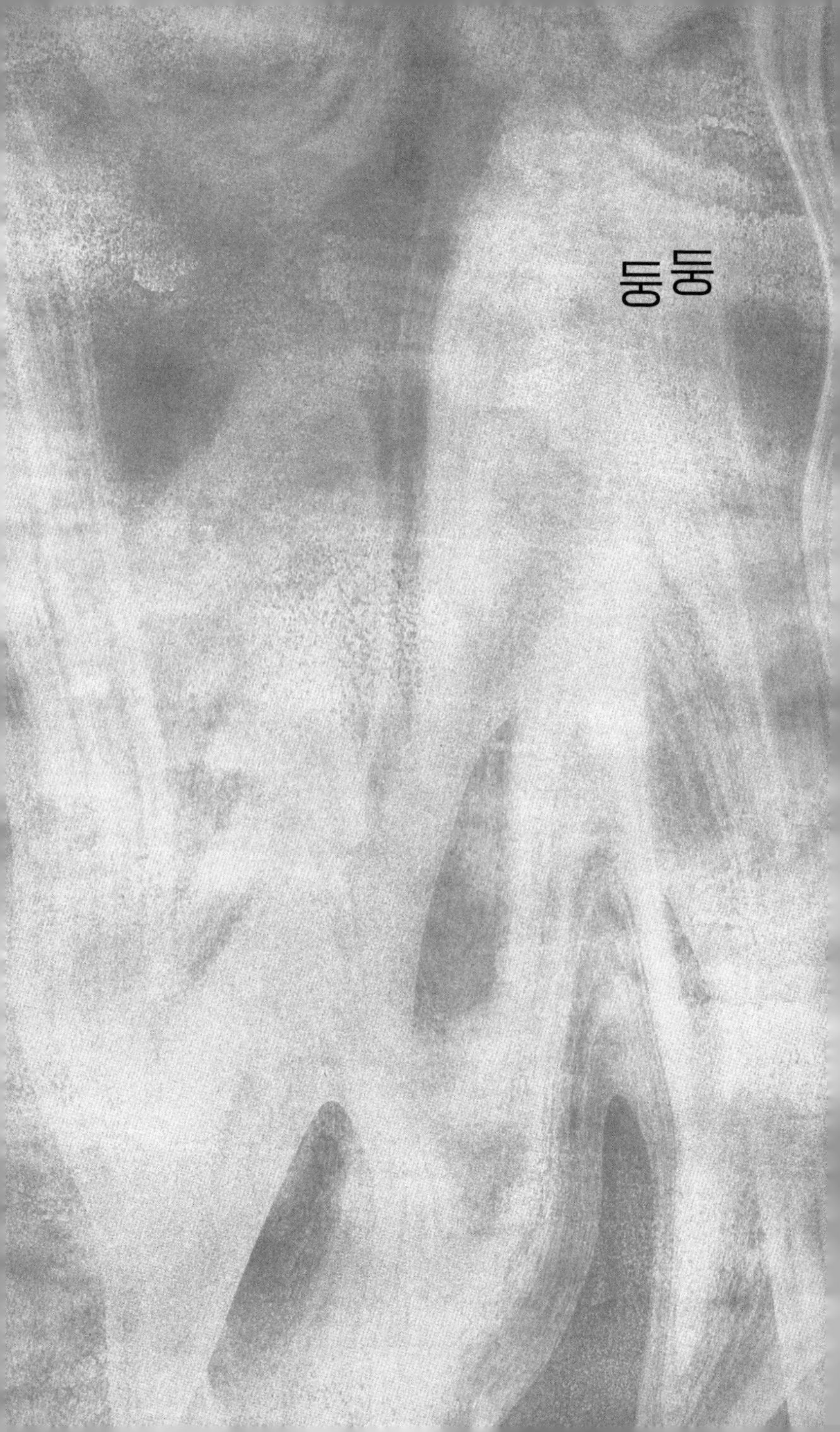
둥둥

면 허공에 두 개의 불빛이 떠 있다. 불빛은 시시각각으로 색이 바뀌어 빨간색이었다가 은근슬쩍 분홍색으로 바뀌고 또 초록색이 되었다 노란색이 된다. 그리고 다시 빨간색. 나는 눈을 부릅뜨고 불빛을 노려보며 색이 바뀌는 타이밍을 맞춰보려고 하지만 매번 허탕이다. 계속 바라보고 있는데도 도무지 어디서부터 어떻게 변하는지도 모르게 스을쩍 바뀌기 때문이다. 에잇, 포기.

그보다는 발에 집중해야겠다. 어깨 아래로는 감각이 없어진 지 꽤 되었지만 아마도 나는 지금 열심히 발을 휘젓는 중일 거다. 발이 정말로 휘저어지는지 아닌지는 만져보아야 알 것 같은데, 지금 자세를 조금이라도 흐트러뜨리면 그야말로 돌이

킬 수 없을 것 같다. 하는 수 없다. 잘 움직이고 있겠거니 믿으며 불빛이나 계속 노려보는 수밖에. 그러나 불빛은 계속 작아진다. 확실히 작아지고 있다. 아까는 엄지손톱만 했던 게 지금은 새끼손톱보다도 작다. 그러나 색깔은 아직 또렷이 알아볼 수 있다. 빨강, 분홍, 초록, 노랑, 다시 빨강. 이 깜깜한 어둠 속에서도 틀림없이 빨간색으로 되돌아가는 불빛, 그걸 보고 있자니 그래도 좀 위안이 되었다.

빨간색은 목형규의 색깔이니까.

물론 이렇게 말하면 누군가는 의아해할 수도 있을 것이다. 지금 이 와중에 빨간색이 무슨 의미가 있느냐고, 미쳐도 단단히 미쳤다고 말할지도 모른다. 물론 나도 안다. 저 불빛은 콘서트 응원봉이나 풍선이 아니라 인천대교의 가장 높은 교각에 달린 두 개의 조명일 뿐이라는 것을. 하지만 원래 사랑에 빠진 사람이라면 누구나 모든 순간, 모든 장면에서 그 상대방을 떠올리게 되어 있는 법이다. 설령 칠흑 같은 밤바다에 내던져진 채 어딘지도 모를 곳으로 떠내려가고 있는 중이라고 해도.

그렇다. 나는 지금 둥둥, 서해 바다 어딘가를 표류하고 있다. 리모와가 슈프림과 컬래버레이션하여 출시한 새빨간 팔십오 리터짜리 캐리어를 구명 튜브처럼 끌어안은 채로.

이 캐리어는 형규의 스물한번째 생일날 선물로 주려고 장만한 것이다. 형규의 선물로 이걸 고른 건 정말 탁월한 선택이었다. 차가 가드레일을 들이받고 인천대교에서 추락하는 와중에 창문을 깨고 튀어나갔는데도 흠집 하나 없는 튼튼한 품질은 물론 물 한 방울 새지 않는 견고한 안정성까지. 손품 발품을 팔아가며 이 녀석을 구하기 위해 노력한 보람이 있었다고나 할까. 아니, 말이 손품 발품이지 쉬운 일은 아니었다. 국내에는 재고가 없어 캐나다, 미국, 심지어는 베트남에 있다는 셀러에게까지 메일을 돌렸고, 겨우 판매자를 찾아내자 이번에는 제발 날짜에 맞추어 받아볼 수 있게 해달라고 굽실굽실 사정해 겨우 손에 넣은 물건이니까. 게다가 가격은 또 어떻고, 안 그래도 비싼 리모와 캐리어에 빨간색 슈프림 로고만 갖다 씌웠을 뿐인데 값이 기함할 정도로 뛰었다. 정 가격이 궁금하다면 웬만한 사립대학의 서너 학기 등록금 정도라고만 말해두겠다. 그래도 이걸 보고 뛸 듯이 기뻐할 형규의 얼굴을 생각하면 저렴한 편이었다. 형규의 미소는…… 그야말로 백만 불짜리 미소니까.

백만 불이면 약 십이억 원쯤 되는 돈이다. 그러니까 나는 형규에게 십이억 원을 빚지고 있는 셈이고, 그걸 갚아주려면 아직도 멀었다. 이 캐리어까지 더하면 이제 절반 남짓이나 될까.

죽을 때 죽더라도 형규에게 이걸 꼭 전해주고 싶었다. 눈치가 빤해, 내가 멀리서 이 캐리어를 끌고 오는 것만 보아도 제 선물인 걸 알아채고 강아지처럼 기뻐 날뛸 아이였다. 누나 고마워요, 진짜 갖고 싶었던 거였는데 어떻게 알았어요? 하며 능청을 떨었겠지. 그럼 나는 이렇게 말해줬을 것이다. 어떻게 알았긴, 네가 지난번 인스타 라이브에서 캐리어 갖고 싶다고 슬쩍 흘렸잖아. 근데 너 앞으로는 그러지 마라? 갖고 싶은 거 있으면 그냥 누나한테만 조용히 말해. 혹시나 서포트 겹치면 맥 빠지니까. 그러곤 샐샐 웃는 형규의 손에 캐리어 손잡이를 쥐여주고 쿨하게 돌아설 거였다. 여기서 질척거리면 선물의 임팩트가 떨어지니까. 게다가 나도 어서 도미토리로 돌아가 내 일을 위한 준비를 해야 했다. 카메라 배터리를 빵빵하게 충전하고, 메모리 카드는 잘 비워놓았는지 확인하고, 물론 콘서트홀까지 가는 지하철 노선을 다시 한번 점검해보는 일도 잊어선 안 되지. 내일은 어떤 실수도 용납되지 않는다. 대스타 목형규의 월드 투어 첫날이니까. 나는 그걸 최대한 생생하고 아름답게 찍어 다른 팬들에게, 그리고 후세에게 남겨야 할 의무가 있다. 카메라 셔터수 기록창이 터져나가도록 셔터를 누를 것이고 머리카락 한 올, 먼지 하나까지 누끼질할 각오로 포토샵에 임할 것이었다.

이젠 꽤나 연륜이 생겨 웬만한 규모의 콘서트엔 눈썹 하나 꿈쩍하지 않는 형규도 이번 투어에는 적잖이 긴장한 모양이었다. 처음으로 서보는 해외 솔로 공연인 데다 티켓이 생각보다 나가지 않았다. 언론은 신이 나서 목형규의 첫 월드 투어 성공 여부를 점치는 기사를 뿌려대고 있었다. 투어 성적이 부진할 경우 아이돌 생명이 위태로우리라는 헛소리를 아무렇지 않게 지껄인 기사도 있었다. 형규는 그 기사를 캡처해서 내게 보내며 말했다. 누나, 나 이 기자 앞으로 찍소리도 못 하게 만들 거야. 우리 형규 언제 이렇게 씩씩하게 자랐니……! 감동해서 휴대폰을 붙잡고 손을 떨고 있는데 바로 다음 메시지가 도착했다. 그러려면 누나 도움이 꼭 필요해. 나 도와줄 거죠? 나는 답장을 보냈다.

그럼, 뭐든지 말만 해.

빈말이 아니었다. 나는 형규를 위해서라면 무슨 일이든 할 수 있었다. 그러니까 예를 들어, 코스트코에서 초콜릿 머핀을 잔뜩 사는 일 같은 것. 큼직한 그 머핀을 반으로 잘라 그 안에 랩에 돌돌 감싼 대마초를 숨겨 넣는 일이나, 그걸 진공 포장해서 냄새가 새어 나가지 않도록 한 뒤 그저 아이돌에게 줄 평범한 선물인 것처럼 보이도록 ♥목형규♥라고 씌어진 홀로그램 스티커를 덕지덕지 붙여 캐리어에 숨겨 넣는 일 같은 것.

어서 형규에게 이걸 전해줘야 하는데.

아마 지금쯤 형규가 탄 비행기는 이미 출발했을 것이다. 콘서트의 중압감에 시달리며 이 머핀만을 기다리고 있을 형규를 생각하니 마음이 찢어지는 것 같았다. 나쁜 건 알지만 그래도 긴장될 땐 이것만 한 게 없더라고 했었는데. 아아, 혹시 형규가 나 때문에 콘서트를 망친다면……

그렇다면 아마 나는 이대로 죽는 게 나을 거다.

정신을 바짝 차려야 하는데 자꾸만 잠이 왔다. 찬 바닷물 때문에 체온이 떨어진 탓일 것이다. 영화에서 봤었지, 잠들면 죽는다고 소리치는 생존자들을. 이대로는 안 된다. 나는 마지막 남은 기운을 짜내어 목형규 솔로 일 집 트랙리스트를 처음부터 끝까지 부르기 시작했다. 나나나, 나나 나나나나, 사랑은 언제나 여름비처럼 나나나 나나 나.

이미 교각의 불빛은 까마득히 멀어졌다. 꼭 형규와 나의 거리처럼. 나는 멀리 있는 무언가를 바라다볼 때마다 습관적으로 형규를 떠올리곤 했다. 선명하게 반짝거리지만 너무도 멀어, 잡기는커녕 손을 뻗기도 미안한 나의 소년 형규. 그런데 누가 잡겠다고 했나, 사실 빠진 순간부터 알고 있었다. 잡을 수도 없고 잡지도 못할 빛이라는 걸. 나는 그냥 여기, 빛이 보이는 곳에 둥둥 떠 있기만 해도 그저 넘치게 행복하다. 살아서 이 캐리어를 형규에게 전해줄 수만 있다면야 더 좋겠지만. 나는 캐리어를 끌어안은 팔에 힘을 꽉 주고 이제는 깨알만 해진 불빛을 노려보았다. 빨간색으로 바뀔 때마다 한 톤씩, 목청을 높였다. 나나나 나나 나나나나.

형규를 처음 만났던 여름을 잊을 수 없다.

육 년 전, 기록적인 폭염으로 아스팔트가 녹아 신발 밑창에 쩍쩍 달라붙을 만큼 더운 날이었다. 서양화과 사학년으로 한창 졸업 작품을 준비하고 있었던 나는 그날도 재료를 사러 홍대 호미화방으로 가는 중이었다. 걷고 싶은 거리 뒷골목으로 막 접어들려는데 웬 남자아이 하나가 길거리 한가운데를 점령

하고 춤을 추고 있었다. 워낙 날이 더워 구경하는 사람이 별로 없었기에 멀리서도 뚜렷이 보였다. 작달막한 키에 뿌리가 거뭇한 금발머리, 빨간 슈프림 에어포스 운동화, 움직일 때마다 찰랑거리는 은색 십자가 귀걸이가. 앞에 갖다놓은 작은 스피커에서는 당시 선풍적인 인기를 끌었던 스크릴렉스의 「스케어리 몬스터즈 앤드 나이스 스피리츠」가 흘러나오고 있었다. 아이는 그 음악에 맞춰 신들린 듯이 몸을 꺾고, 비틀고, 흔드는 중이었다. 나는 그 자리에 붙박여 선 채로 그 아이가 춤추는 모습을 지켜봤다. 하도 열심히 흔들어대는 통에 음악이 끝나고 아이가 잠시 춤을 멈추었을 때에야 제대로 얼굴을 볼 수 있었다. 벌겋게 열 오른 얼굴에 땀이 흥건했다. 숨을 격하게 몰아쉬며 주저앉는 아이를 보고, 나는 무엇에 홀린 듯 옆의 편의점으로 들어가 얼음 컵과 생수를 샀다. 컵에 생수를 채워 뛰어갔다.

이거 마시고 해요. 그러다 쓰러져요.

이미 스피커에서는 다음 음악이 흘러나오고 있었다. 그러나 아이는 춤을 추지 않았다. 그저 땡볕 아래, 얼음 컵과 나를 번갈아 바라보며 서 있었다. 저 주시는 거예요? 아이가 물었고 나는 고개를 끄덕였다. 그다지 큰 친절을 베풀었다고는 생각하지 않았는데 갑자기 아이가 입술을 한껏 우그러뜨렸다. 곧이어 쌍꺼풀 짙은 커다란 눈에서 눈물방울이 거짓말처럼 또르르, 굴러 내렸다.

고마워요. 누나. 진짜. 고마워요. 너무.

얼음 컵을 양손으로 붙잡은 채 웅얼거리며 아이가 고개를 푹 숙였다. 어깨를 들먹일 때마다 아이의 금발 머리에 햇빛이 반사되어 부서졌다.

나는 비틀거리며 뒤로 물러섰다. 고작 이 정도 일에 과잉 반응을 보이는 게 당황스러웠거나, 처음 보는 사람이 내 앞에서 울고 있기 때문이 아니었다. 누가 머리를 내려친 것처럼 현기증이 났기 때문이었다.

요즘 아이돌 팬들은 '덕통사고'라는 네 글자('덕질'과 '교통사고'의 합성어다)로 이 경이로운 순간을 납작하게 정의하곤 하지만, 그 순간 내 안에서는 고작 한 단어로 다 담을 수 없는 복잡한 감정이 소용돌이치고 있었다. 나는 그때 직감했다, 내 남은 평생은 오로지 이 아이를 위해 바쳐지게 되리라는 것을. 꼭 신이 귀에 대고 속삭여준 것처럼 또렷하게 알 수 있었다. 나는 앞으로 저 빨개진 귀에, 컵을 감싸 쥔 손가락과 아몬드 모양 손톱에 목숨을 걸게 될 거였다.

나는 갑자기 뭣에 쫓기는 사람처럼 희번덕거리며 주변을 둘러보았다. 스피커 옆에 세워놓은 작은 팻말이 눈에 들어왔다.

아이돌 지망생, 열다섯 살 목형규 많이 응원해주세요. 호응 부탁!

팻말 앞에는 빈 기타 케이스가 뚜껑이 열린 채 놓여 있었다. 천 원짜리 몇 장과 동전들뿐이었다. 나는 그 안을 가만히 쏘아보았다. 앞으로 이 안에는 오만 원짜리 지폐만 가득할 거야. 내가 그렇게 만들어줄 거야. 땀을 삘삘 흘리며 흐느끼는 아이를 여전히 앞에 세워둔 채 나는 그런 비장한 결심을 했더랬다.

당연히, 무엇도 나를 막을 순 없었다.

내가 형규와 떼려야 뗄 수 없는 운명이라는 증거가 몇 가지 있는데, 그중 하나는 나도 형규처럼 목씨 성을 갖고 있다는 것이다. 목씨는 한국에 구천 명 정도밖에 없는 희귀 성씨로 나는 살면서 나와 같은 성을 가진 사람을 아버지 쪽 친척 외에는 본 적이 없었다. 그런데 하필이면 형규가 목씨였다. 이게 어떻게 운명이지 않을 수 있단 말인가.

형규를 만나기 전에 나는 내 성씨를 별로 좋아하지 않았다. 사실 별로 좋아하지 않았다는 건 예의를 차린 표현이고, 어린 시절에는 성씨를 갈아 치울 수 있다면 정말 무슨 짓이든 했을 거였다. 원체 소심하고 관심 끌기를 죽기보다 싫어하는 아이였던 나는 내 성이 정말 끔찍했다. 처음 가는 자리에서 이름을 대야 할 때, 기어들어가는 소리로 목은탁이라고 대답하면 누구나 아니 무슨 여자애 이름이 그래, 하며 웃어댔다. 초등학교에 입학하고 나서부터는 더했다. 짓궂은 남자애들은 멀리서도 날 보면 달려와 내 목을 탁 내리치며 이름대로 해줬다! 소리치고 도망가기 일쑤였다. 그때마다 나는 쫓아갈 생각도 못 하고 그냥 자리에 주저앉아 서럽게 울곤 했다. 은탁이라는 투박한 이름은 그렇다 쳐도 왜 하필 목씨로 태어나서는. 하고많은 예쁜 성씨 중에 하필이면.

혹여나 다정한 아버지였다면 성씨를 바꿔달라고 유치한 투정이라도 부려봤을지 모른다. 그러나 나의 아버지는 아마 대한민국 목씨 남자들 중 다정함 순위를 매긴다면 밑에서 일등을 맡아놓고 했을 듯한, 그야말로 무뚝뚝하기 이를 데 없는 남자였다. 아버지는 투정을 받아주기는커녕 하나뿐인 고명딸을 안아준 적도 한 번 없었다. 내 기억 속 아버지는 항상 신문에 가려진 반쪽짜리 얼굴을 하고 있었는데, 아침 식탁에 앉으면 항상 병풍처럼 신문을 펼쳐 든 채 식사를 했기 때문이었다. 그러고는 훌쩍 일어나 출근을 했고 밤늦게야 돌아왔다. 그런 아버지 앞에서 울거나 떼를 쓰기라도 하면 곧장 불호령이 떨어졌다. 저 애 좀 조용히 시켜, 엄마에게 침착한 목소리로 명령하듯 외치는 아버지는 꼭 남의 집 아저씨 같았다.

그러나 아버지가 날 사랑하지 않은 것은 아니었다. 다만 아버지만의 방식으로 사랑했을 뿐이었다. 그 방식이란 간단했다. 넘치도록 돈을 주는 것. 물론 이것은 아버지가 모 대기업의 전무로 있었기에 실현이 가능했던 방식이었다. 나는 서울에서도 가장 좋은 사립 유치원을 시작으로 사립 초등학교, 중학교에 입학했다. 미술을 전공하고 싶다고 하자 아버지는 서울대 회화과 출신 과외 선생이 딸린 개인 화실을 꾸려주었다. 한 번 재수하긴 했지만, 그토록 소원했던 홍대 미대에 결국 합격한 뒤에는 대학에서 가까운 곳에 널찍한 신축 아파트를 내 명의로 사 주기도 했다. 샛노랗고 귀여운 BMW 미니쿠퍼와 함께.

아마 형규를 만나지 않았다면, 그러니까 예를 들면 그날 호미화방이 아니라 신촌 쪽으로 올라가 삼익화방에 갔었다면, 아니면 날이 너무 더우니 그냥 외출하지 말고 인터넷으로 주문해야겠다고 생각했다면, 그래서 졸업 작품을 무사히 제출하고 대학을 졸업했다면 나는 그대로 유학을 떠났을 것이다. 자유로이 유럽을 떠돌며 실컷 그리고 싶은 걸 그리다가 질리면 한국으로 돌아왔을 것이다. 비슷한 가정의 남자와 결혼을 하고 아이도 낳았을지 모른다. 그랬다면 아마 동네에 그럴싸한 화실을 하나 차려놓고 가끔 개인전을 열며 유유자적, 긴 파마머리를 질끈 묶은 화가가 되어 있었겠지.

그러나 나는 그때도 목은탁이라는 내 이름을 끔찍이 싫어했을 것이다.

형규를 알게 되고 나서부터, 나는 형규뿐만이 아니라 나까지 진심으로 사랑하게 되었다. 사랑스러운 형규와 같은 사랑스러운 성씨를 가진 사랑스러운 나, 반짝이는 형규를 더욱 반짝이게 해주는 쓸모 많은 나. 목은탁은 오로지 목형규와 짝을 이룰 때에만 가치 있는 존재였다. 형규의 노래를 들으면 손끝 발끝이 다 짜릿했고 형규가 웃으면 그 주변의 세상이 다 와르르 내려앉았다. 동시에, 저렇게 빛나고 사랑스러운 존재가 마치 형규이자 나인 것만 같았다. 나를 전부 해체해서 그 조각 하나하나를 잘 닦고 손질해 다시 사람을 만든다면 그게 바로 형규였다. 나는 형규를 위해 무언가를 할 때만 진짜로 살아 있는 것 같았고 이건 내가 태어나 형규와 이 지구에 함께 존재하는 이유이기도 했다. 아직은 작은 묘목인 형규에게 영양 가득한 물을 주고 풍요로운 빛을 쬐어주는 것. 나는 형규와 함께 있을 때에만 나였다. 태양이 밝을수록 그 빛을 반사하는 달도 밝게 빛나듯, 형규가 잘되는 것은 곧 내가 잘되는 것이기도 했다. 그러니 내가 이떻게 형규를 사랑하지 않을 수 있었겠는가.

나는 거의 완성되어가던 졸업 작품을 때려치웠다. 대신 형규를 그렸다. 춤추는 형규, 재잘대는 형규, 꾸벅꾸벅 조는 형규, 아무리 그려도 그리고 싶은 것이 자꾸자꾸 생겨나는 기분은 미술을 시작한 이래로 처음이었다. 온 마음을 다해 정성껏 그린 그 그림들은 목형규 팬카페에 올라갔다. 물론 내가 만든 카페로 회원은 나와 형규 둘뿐이었다. 그러나 새 그림을 올릴 때마다 형규는 진심 어린 긴 댓글을 달아주었다. 누나 진짜 잘 그린다. 이게 진짜 나예요? 누나 그림 속의 나는 진짜 멋있어요. 언젠간 누나 그림보다 더 멋있어지도록 노력할게요. 지켜봐줄 거죠?

물론, 끝의 끝까지 지켜볼 작정이었다.

가장 처음으로 처분한 건 미니쿠퍼였다. 어차피 별로 타고 다니지도 않았으니 상관없었다. 차를 판 돈으로 최고급 카메라와 철새를 찍는 용도의 대포처럼 생긴 렌즈를 샀고, 격주로 콘서트홀을 빌려 형규를 단독 무대에 세웠다. 좁고 열악한 시간제 연습실 대신 넓은 개인 연습실을 구해주고 유명한 댄스 선생과 보컬 선생, 몸매와 건강 관리를 위한 헬스 트레이너를 번갈아가며 붙였다. 기타, 베이스, 드럼부터 첼로, 바이올린까지, 형규가 관심 있어 하는 악기들은 물론 그 나이 또래 아이들이 열광하는 최신 게임기, 명품 브랜드의 패딩 점퍼, 노트북 등을 만날 때마다 선물했다. 그러다 보니 금세 자금이 부족해지는 것이 당연한 순서였다. 그러나 걱정은 없었다. 돈을 마련할 방법은 얼마든지 있었으니까. 아파트를 팔아 근처의 월세방을 구했고, 월세는 집에서 받는 용돈으로 충당했다. 가끔 엄마가 반찬을 가져다준다며 집에 오겠다고 할 때마다 이런저런 변명을 둘러대야 하긴 했지만 그런대로 괜찮았다. 그래서 형규가 기뻐한다면, 그토록 염원하던 인기 아이돌이 될 수만 있다면 뭐든 다 좋았다.

그러면서 형규와 나는 급속도로 가까워졌다. 나는 형규에 대한 모든 것을 알고 싶어 했고 형규는 무엇이든지 다 내게 얘기해주었다. 아기 때 부모님을 잃고 조부모 집에 얹혀살았던 과거부터 초등학교 시절 전교생 앞에서 고백했다 차였던 첫사랑 이야기, 제일 좋아하는 과목은 음악이랑 체육이며 요즘 빠져 있는 휴대폰 게임은 무엇인지까지. 어리기도 했지만 원체 아기 같은 구석이 있던 형규는 나를 친누나처럼 따랐고 나는 그 관계성이 미치고 팔짝 뛰도록 좋았다. 나이 차이를 떠나, 형규는 내게 연애 대상이 아니었다. 굳이 비유하자면 아름다운 야생동물에 가까웠다고나 할까. 신선한 먹이를 먹이며 마음껏 뛰어놀게 해주는 것이 동물을 사랑하는 방법이듯 나는 형규에게 안전하고 보장된 환경을 제공하고 싶었고 그것으로 족했다.

형규에게 스쿠터를 선물했던 어느 밤이 떠오른다. 사달라고 하도 조르기에 일단 면허부터 따고 오라고 했더니, 정말 원동기 면허를 턱하니 따 와 내밀어 샐샐 웃으며 어쩔 수 없이 사준 것이었다. 위험하니까 조심히 타라고 신신당부하는 말은 들은 체 만 체하며 새빨간 혼다 스쿠터를 매만지던 형규가 갑자기 나를 반짝 안아 올려 뒷자리에 앉혔다. 스쿠터 생기면 누날 제일 먼저 태워주고 싶었어요. 그러고는 갑자기 시동을 켜고 새벽의 텅 빈 도로를 질주하기 시작했다. 무서워서 꽥꽥 비명을 지르다 엉겁결에 끌어안은 형규의 등이 생각보다 정말 좁고 여렸던 게 기억난다. 그래 나 이대로 함께 죽어도 좋아, 땀이 밴 그 등에 얼굴을 파묻고 생각했을 즈음 황당하게도 스쿠터가 도로 한복판에 슬금슬금 멈춰 서버렸다. 기름이 떨어진 거였다. 우리는 어리둥절 서로 얼굴만 바라보다가 폭소를 터뜨렸다. 배가 아플 때까지 웃고 또 웃다가 함께 스쿠터를 질질 끌고 주유소를 찾아다녔다.

그런 기억들.

물론 오래된 기억들이다. 형규가 조금씩 유명해지기 시작하면서부터 형규와 사적으로 만난 적은 한 번도 없다. 혹여나 우리 사이를 오해하는 나쁜 소문이 날까 봐 겁이 났기 때문이었다. 대신 우리는 하루 종일 메시지를 주고받았다. 외로움을 많이 타는 형규는 내게 매일 새벽 문자를 보냈다. 누나 자요? 뭐 해요? 안 자면 나랑 놀아요. 가끔은 나를 위해 노래를 만들었다며 음성 메시지를 보내는 일도 있었다. 아직도 외장하드에 소중히 간직하고 있는 그 서툴고 오래된 노래들. 어린아이가 할 수 있는 생각이란 뻔해서 그 노래 가사는 대부분 뭔가를 사달라고 암시하는 것들이었다. 사랑에서 오이를 빼면 뭘까, LOVE에서 OE를 빼면 랄랄라 그건 바로 L과 V. 오이는 씁쓸하고 맛없어, 누나 사랑에서 오이를 빼주세요. 그러면 나는 깔깔 웃으며 백화점 일 층 루이비통으로 날듯이 달려갔다. 옜다, 네가 좋아하는 L이랑 V. 빤히 보이는 낚시에 속아 넘어가는 게 이토록 환장하게 즐거울 수가 없었다. 평생 이렇게 살고만 싶었다.

그렇다고 내가 형규의 뒤에서 마냥 돈만 퍼주고 있었던 건 아니었다. 나는 냉정하게 상황을 분석해 전략을 짜서 움직였다. 이미 열일곱이 된 형규에게는 남은 시간이 그리 많지 않았고 경쟁자들에 비해선 가진 카드도 부족했다. 예고 출신도 아니고 대형 기획사의 연습생 경험도 없이, 그저 춤추고 노래하는 것이 좋아 무작정 길거리에 뛰쳐나온 아이였으니까. 그런 형규를 스타로 만들어주기 위해선 뭔가 큰 거 한 방이 필요했다. 그런데 그게 뭘까. 형규의 유튜브 채널을 만들어 운영하고, 어느새 규모가 조금 불어난 팬카페에서 팬미팅 등의 이벤트도 열었지만 그걸로는 모자랐다. 형규도 실력이 꽤 붙어 꾸준히 대형 기획사에 오디션을 보러 다녔으나 별 성과는 없었다. 나는 초조했고 형규는 지쳐가고 있었다.

그러던 어느 날, 생각지도 못했던 곳에서 기회가 찾아왔다. 부모님과 함께 친척의 결혼식에 참석했을 때의 일이었다. 결혼식치고는 좀 튀는 차림새를 하고 온 남자가 있어 저이가 누구냐고 물었더니, 엄마가 작은고모부 기억 안 나? 하고 되물었다. 네 아빠 막내여동생 남편이잖아. 너 어릴 때 널 얼마나 예뻐했는데. 피디인데 잘나가서 요즘은 텔레비전에도 종종 나오더라.

순간 심장이 덜컹 내려앉았다. 신이 내게 윙크하고 있었다. 이거다. 이게 기회였다. 나는 인파를 헤치고 그 남자에게 다가갔다. 안녕하세요, 고모부 저 은탁이에요. 저 기억하세요? 그러자 남자가 대번에 나를 알아보았다. 그 쪼그맣던 목은탁이? 아가씨 다 됐네! 고모부는 함박웃음을 지으며 호탕하게 손을 내밀었다. 나도 활짝 웃고 있었지만 그 손을 잡는 내 손은 차가웠고 덜덜 떨리고 있었다. 꼭 동아줄을 잡는 기분이었다. 절대 놓칠 수 없는, 놓치면 안 되는 우리 형규의 생명줄을.

케이블 방송국에서 나름 잘나가는 메인 피디였던 막내고모부는 마침 시의적절하게도 새 예능 프로그램을 기획하고 있었다. 당시 유행하던 '먹방'과 '집밥' 두 가지 키워드를 적절히

짬뽕한 프로그램으로, 메인 패널 여럿이서 초대 게스트가 집에서 직접 만든 요리를 가지고 많이 먹기 경쟁을 벌이는 게 주된 내용이었다. 나는 결혼식장에서 받아둔 고모부의 메일로 형규가 직접 작사·작곡한 음원을 서른 개 정도 보냈다. 긴박한 느낌, 신나는 느낌, 진지한 느낌 등 여러 분위기의 곡을 섞어서. 그러고는 바로 전화를 걸었다. 여보세요? 고모부, 아 저 은탁인데요…… 제가 지금 메일로 노래 몇 개 보냈거든요. 사람 하나 살리는 셈 치고 이 중에 몇 곡만 배경으로 깔아주실 수 있어요? 그 뒤에는 제가 알아서 할게요. 출연시켜달라는 것도 아니고, 어려운 부탁 아니잖아요. 제발…… 제발요.

고모부는 내 부탁을 들어주는 것은 물론, 그 이상의 것을 해주었다. 그 프로그램이 순간 시청률 이십 퍼센트를 넘기는 기염을 토하며 대박을 쳤던 것이다. 유명 여배우가 커다랗게 입을 벌려 비빔밥을 욱여 넣는 장면, 중후한 노배우가 경쟁에 이기려고 테이블 밑에서 몰래 바지 버클을 푸는 장면들이 짧게 편집되어 인터넷 역사에 길이 남을 움짤로 재생산되었다. 거기에는 물론 배경으로 형규의 노래가 깔려 있었다. 나는 밤새도록 인터넷을 돌아다니며 댓글로 다중인격자 노릇을 했다.

근데 비지엠 누구 노래야? 처음 듣는데 들을 만하네.

└→ 얘 목형규라는 신인인데 나도 요즘 얘 노래만 들음. 유튜브 검색하면 나옴.

└→ 얼굴도 꽤 귀엽고 춤도 잘 추더라. 볼수록 매력 있음.

무슨 해괴망측한 짓이냐고 할지 모르지만, 효과는 확실히 있었다. 형규의 노래가 주목받기 시작하자 다른 예능 프로그램에서도 형규가 만든 음악을 배경으로 깔게 되었으니까. 유튜브 〈목형규TV〉의 구독자가 하루가 다르게 뛰었고 갑자기 팬층이 생겨났다. 예전에 내가 그렸던 형규의 팬아트들도 여기저기 퍼 날라졌다. 나는 거의 모든 인터넷 게시판을 실시간으로 모니터링하며 반응을 분석하고 앞으로의 프로듀싱 방향을 정립했다. 사람들은 형규의 어떤 모습을 좋아하는지, 어떤 점을 어필하고 어떤 점을 감춰야 하는지. 내가 잡은 아이돌 목형규의 이미지는 철없이 까불거리는 막냇동생 같지만 알고 보면 순진한 노력파 열정맨이었다. 사람들은 그런 걸 좋아하니까. 순수한 꿈을 꾸는 청년이 고난과 역경을 딛고 계속 도전해 종내에는 목표를 이루어내고야 마는 모습을.

그게 시작이었다. 형규는 케이블 프로의 게스트부터 시작해 점점 브라운관에 얼굴을 비추는 횟수가 잦아졌고, 작은 음악방송에서 라이브 공연을 하기도 했다. 금세 인디 레이블 두어 군데에서 연락이 왔지만 나는 거절하라고 조언했다. 형규는 몸 달아했지만 나는 태연했다. 새끼 사자가 어떻게 새 둥지에 기거하겠는가. 나는 항상 형규에게 꿈을 크게 가지라고 종용했다. 너는 이 정도에 만족하면 안 돼, 더 큰물에서 놀아야지. 넌 더 잘될 애야.

아마도 그때부터였던 것 같다. 형규가 대마초에 손을 대기 시작한 건.

처음에는 형규가 나 몰래 연애를 하나 싶었다. 필요한 것은 뭐든 사주는데도 용돈을 부탁하는 횟수가 늘어난 것이 의심스러웠다. 이런저런 핑계를 대며 레슨을 빠지고 집에 틀어박히는 일도 잦았다. 너 연애하니, 물을 때마다 아니라고 정색하며 손사래를 쳤지만 영 수상쩍었다. 차마 형규에게 화를 낼 수는 없었으므로 어르고 달래다, 급기야는 새벽에 형규의 집 앞으로 찾아갔던 날이었다. 눈이 새빨개져 나타난 형규의 몸에서 이상한 냄새가 났다. 들큰하면서도 역한 그 냄새를 맡자마자 나는 모든 것을 알아차렸다. 형규야, 너…… 굳어진 얼굴로 아무 말도 못 하고 서 있는 내 어깨를 형규가 어색하게 토닥였다. 아는 형이 줘서 가끔씩만 하는 거야. 누나가 그렇게 싫다면 이제 절대 안 할게. 울지 마, 누나.

물론 형규는 그 이후로도 대마초를 계속했다. 참을 수 없을 만큼 불안해질 때마다 어쩔 수 없이 조금씩 피운다던 그것은 형규의 입지가 단단해질수록 오히려 횟수를 늘려갔다. 원하던 것을 손에 넣는다는 건 언젠가는 그걸 잃을지 모른다는 불안까지 함께 얻는 것이었으므로. 꿈에 그리던 대형 기획사에서 오디션을 보자며 연락이 왔을 때, 데뷔 준비에 한창이던 연습생 그룹에 편입되어 얼떨결에 데뷔하게 되었을 때, 첫 공중파 음악방송 무대에 설 때도 형규는 대마초를 했다. 불안해, 불안해 미치겠어 누나. 형규가 애원하며 용돈을 요구할 때마다 나는 그 돈으로 무엇을 살지 알고 있었지만, 그렇다고 돈을 주지 않으면 다른 누군가에게 돈을 빌리거나 가진 물건을 내다 팔다가 의심을 살지도 몰랐으므로 어쩔 수 없이 내주었다.

하지만 더 솔직히 말하자면, 나는 형규가 그걸 끊도록 적극적으로 돕지는 않았다.

데뷔 이후 형규에게는 규모는 작아도 꽤 충성도 높은 팬층이 생겼고 그중에는 극성스러운 이들도 물론 있었다. 얼굴 한 번 보겠다고 숙소 앞에서 밤을 새우거나 형규가 졸업한 초등학교, 중학교를 관광 명소처럼 찾아가는 열성팬들이. 그러나 그중 누구도 형규가 상습적으로 대마초를 한다는 걸 아는 사람은 없었다. 이건 세상에서 오직 나와 형규만이 공유하는 비밀, 그러니 그 내용이 무엇이든 간에 달콤할 수밖에 없었다. 게다가 물론 절대로 죽어도 그럴 일은 없겠지만, 만약에 내가 이 사실을 폭로한다면. 형규가 평생 바라왔고 이제 겨우 쌓아나가기 시작한 것들은 한순간에 무너질 것이었다. 상상만 해도 끔찍한 일이었지만 이상하게도 나는 그런 장면들을 종종, 아니 사실은 자주 몰래 그려보곤 했다. 어쩌다 우리의 비밀이 밝혀져, 경찰을 따돌리며 형규의 손을 잡고 멀리멀리 도망치는 이야기를.

형규가 마약에 중독되었다면 나는 그 상상에, 형규의 꿈을 손아귀에 쥐고 있는 게 나라는 착각에 중독되어 있던 것일지도 모른다. 그러니 과거의 언젠가로 시간을 되돌린다고 해도 내가 형규를 말릴 수 있었을까. 대마초 머핀을 가득 담은 캐리어를 끌어안고 둥둥, 하염없이 바다를 표류하고 있는 지금에 와서도 나는 사실 자신이 없다. 형규를 지켜주고 올바른 길로 이끌어주는 걸 삶의 최우선 목표로 삼았던 나이지만 형규에게 이걸 끊게 하지 못한 것과 형규에게 이걸 전해주지 못하고 죽을지도 모른다는 것 중, 나는 지금 어느 쪽에 더 마음 아파하고 있는 걸까.

잘 모르겠다.

어디까지 떠내려온 걸까. 이미 불빛은 보이지 않는다. 사방 어디를 보아도 김장 비닐을 구겨 펼친 듯한 검고 깊은 바다뿐이다. 둥실 뜬 달만 구름에 가려졌다 나타났다 하며 흐릿한 빛을 뿌리고 있다. 구조 신호는커녕 파도 소리조차 들리지 않는다. 노래를 부를 기운도 없어진 지 오래다. 그저 축 늘어진 채 둥둥, 오르락내리락 넘실거리며 떠 있을 뿐.

내게는 두 가지 선택지가 있다.

첫번째는 지금 이대로 캐리어를 붙들고 버틸 수 있는 데까지 버티며 혹시 모를 구조를 기다리기. 물론 그러다 팔에 힘이 빠져 캐리어를 놓치게 된다면 나는 틀림없이 익사할 것이다. 그러나 그 뒤에는 죽는 것보다 더 나쁜 일이 벌어질지도 모른다. 이를테면, 뒤늦게 도착한 구조 대원들이 캐리어를 발견해서 열어본다면. 꼴딱 가라앉았을 렌트카는 그렇다 쳐도 이 새

빨간 캐리어는 금세 발견될 것이다. 안의 물건 역시 샅샅이 조사될 테니 머핀 속의 대마초가 발견되는 건 시간문제다. 포장지에 덕지덕지 붙은 스티커가 정확하게 알려주겠지, 이 물건을 받을 사람이 누구인지를. 요즘에는 머리카락 몇 올이면 즉석에서도 마약 투약 여부를 확인할 수 있다고 들었다. 형규의 아이돌 생활이 끝나는 건 물론, 징역을 살게 될 수도 있었다. 어느 쪽이든 형규는 다시 일어설 수 없을 것이었다.

그러나 상황이 그렇게까지 최악은 아니다. 그런 일이 벌어지는 걸 막기 위한 두번째 선택지가 있으니까. 지금 캐리어를 열어서 이 머핀들을 모두 떠내려 보내면 된다. 그러면 빈 캐리어가 발견되더라도 그저 해외 공연을 보러 가려던 한 아이돌 팬의 서글픈 유품으로 건져 올려질 뿐, 형규에게는 어떤 화살도 겨누어지지 않을 것이다.

다만, 그렇게 하면 잡고 있을 것이 없어진 나는 곧바로 익사해버리겠지.

다리를 열심히 휘저으며 헤엄쳐보려던 시도는 이미 포기했다. 남은 힘을 끌어모아 캐리어를 안은 양쪽 팔에 보내고 버티는 게 지금 내가 할 수 있는 유일한 일이다. 이러고 있자니 꼭 내 몸에서 팔 두 쪽과 머리만이 남아 있는 것 같은 기분이다. 다른 부분에는 이미 감각이 없어 제대로 붙어 있는지 아닌지도 알 수가 없다. 선택지를 고를 수 있는 시간조차 얼마 남지 않았다. 첫번째냐, 두번째냐. 흐려지려는 정신을 다잡고 형규를 생각한다. 내가 기억하는 가장 예쁘고 빛나는 형규를.

언젠가 형규는 이렇게 말한 적이 있었다. 누나, 흔들릴 때는 가장 중요한 거 하나만 바라보고 가면 돼. 그게 정말 중요하다면 다른 것들은 눈에 들어오지도 않을 거야. 형규가 무명이던 시절, 앳되고 반짝이던, 그러니까 아직 대마초에 손대기 전에 했던 말이다. 저 멀리 보이는 빛나는 한 지점만을 바라보고 곧게 달려가던 나의 소년, 형규. 형규의 말이 맞다. 정말 중요하다면 그것만을 지키고 소중히 여겨야 한다. 어린 형규도 아는 그 단순한 진리를 내가 모르면 안 되지, 그러면 형규를 지켜줄 수 없으니까.

나는 마지막 힘을 짜내 오른손으로 캐리어 옆을 더듬었다. 지퍼 고리가 만져질 때까지.

*

"여전히 이해가 안 돼. 어떻게 소금물에 좀 담갔다고 죽을 수 있어?"

"안 죽었어. 정신을 잃은 것뿐이야."

"매번 말하지만 인간은 정말……"

"알았으니까 조용히 해."

사실 정신이야 아까 전부터 들어 있었는데 이게 무슨 대화일까, 대체 누가 말하고 있는 걸까. 눈을 살그머니 뜨자 나는 새하얀 공간에 누워 있었다. 천장도 바닥도 아무것도 없는, 말 그대로 텅 비고 광활한 공간이었는데 춥지도 덥지도 않은 온도에 아무런 그림자도 이음매도 없어 언뜻 보기에도 지구상에 존재할 수 있는 그런 곳은 아닌 듯싶었다. 그렇다면 죽은 걸까, 아니 죽었어야 마땅한 내 몸은 이상하게도 죽었다기엔 너무나 멀쩡하게 느껴졌고 오히려 죽기 전보다 쌩쌩해져 기운이 넘치고 있었다.

"……저기요?"

말하자마자, 내 눈앞의 공간이 조약돌을 떨어뜨린 수면처럼 파르르 동심원을 그리며 떨렸다.

"오, 정신을 차렸네."

"네가 너무 떠들어서 그렇잖아. 원래였다면 이분은 지구 시간으로 두 시간은 더 가수면 상태였어야 했어."

"두 시간이나 아꼈다니 잘된 거 아냐?"

아까의 그 목소리들이었다. 그런데 어디서 들려오는 것인지, 아무리 찾아보아도 스피커 같은 것은 없었는데도 마치 코앞에서 말하는 것처럼 목소리만 생생하게 울려퍼지고 있었다.

"……거기 누구세요?"

조심스럽게 묻긴 했지만 누구에게는커녕 어디를 보고 말해야 할지조차 감을 잡지 못한 채였다.

"음, 안녕하세요. 몸 상태는 좀 어떠신가요?"

"아마 좋을 거예요. 고쳐놓는 김에 허리랑 목도 좀 손봤거든요. 경추가 많이 뒤틀리셨던데 혹시 오래 앉아 있는 직업이신가? 이따가 좋은 스트레칭을 알려줄게요."

"그거 인간 관절에는 효과 없을걸."

도대체 무슨 소리인지 알 수가 없는 건 여전했지만, 나는 허리를 살짝 움직여보았다. 기분 탓인지 몰라도 확실히 이전보다 뭔가 좋아진 것 같기는 했다.

"아마 좀 얼떨떨하실 거예요. 그러니까 우리는…… 뭐라고 설명해야 하지?"

"어차피 뭐라고 설명해도 이해하지 못할 거야."

"하긴 다른 인간들도 마찬가지였으니."

두 목소리는 잠시 고민하는 듯했다. 망설이던 그들이 이윽고 말을 이었다.

"우리는…… 음…… 그냥 쉽게 생각해 외계 생명체라고 보시면 됩니다."

"실제로 외계 생명체지."

"'외계' 부분은 그렇다 쳐도, '생명체' 부분에서 좀 설명이 필요하긴 해."

"거기까지 설명하다간 이분은 늙어 죽고 말걸."

두 목소리가 동시에 큰 소리로 웃었다. 나는 얼떨떨한 채 그저 그들이 웃음을 그치기를 기다렸다.

"지금 저희의 실체는 지구에서 아주 먼 곳에 있어요. 당신을 지켜보고 있다가 생체 신호가 끊기자마자 건져내 이곳으로 데려왔죠."

다른 목소리가 뒤이었다.

"우리는 범우주생물연구협회 소속으로, 우주에 존재하는 다양한 생물들을 연구하고 있어요. 그중에서도 저희가 맡고 있는 분야는 생물이 가진 생존 본능에 관한 거예요. 참고로 말하자면, 지구인 종족이 가진 생존 본능 레벨은 전 우주생물을 통틀어서도 꽤나 높은 수준이랍니다."

"이런 연구는 흥미롭기도 하지만, 여러 은하의 생물들이 좀더 좋은 조건에서 살아갈 수 있는 다양한 단서가 되어주기도 해요. 예를 들자면 우리는 불로장생을 위해 수은을 마셨던 진시황에게서 중금속 기체 환경 상용화의 큰 힌트를 얻었답니다."

"물론 그 불쌍한 황제에게는 수은을 제대로 정제할 기술이 없었지만요."

"아무튼, 우리는 모든 지구인의 감정을 추적 관찰하고 있어요. 생존 본능 레벨이 치솟는 순간을 모아두었다가 사고의 흐름과 행동 패턴을 연구하는 거예요."

"대부분의 생물들은 보통 죽기 직전에 가장 높은 레벨을 기록해요. 당신도 그렇고요. 그런데 당신은…… 좀 특별했어요."

물 흐르듯 이야기하던 목소리가 잠시 끊어졌다. 말을 고르는 듯했다.

아직도 도무지 이게 무슨 상황인지 알 수가 없었다. 내가 생각하던 사후 세계와는 이미지가 많이 다른 것 같고, 이들도 저승사자나 천국의 문지기 따위와는 거리가 먼 것 같았다. 잠깐 깜짝카메라 같은 게 아닐까 생각도 했지만, 기껏해야 일개 아이돌 팬클럽 운영자인 내게 깜짝카메라를 해서 뭘 얻는단 말인가. 게다가 나는 또렷이 기억하고 있었다, 내가 죽던 순간을. 캐리어 틈새에 손을 집어넣자 그 사이로 쿨렁쿨렁 바닷물이 들어가 순식간에 무거워지던 감각과 필사적으로 안을 더듬어 마침내 머핀이 든 지퍼백을 끄집어냈던 일, 지퍼백 입구를 뜯어내고 나서야 비로소 무력해지며 안심하고 축 늘어졌던 팔다리를. 막 그 점을 지적하려는데 갑자기 내 생각을 읽기라도 한 양 목소리가 킥킥 웃었다.

"당신이 죽었던 건 맞아요. 설마 우리한테 지구생물 정도를 되살려놓을 기술이 없을까."

"특별히 잘난 척하려는 건 아니지만, 우리는 인류가 짐작하지도 못할 만큼 많은 것들을 할 수 있답니다."

"좋아, 이야기가 슬슬 본론으로 접어들고 있군."

본론? 대체 무슨 본론이지, 생각하는데 갑자기 어떤 한 단어가 번개처럼 머리를 스치고 지나갔다. 형규. 형규는 어떻게 됐지? 콘서트는? 이번에도 목소리들은 내 생각을 읽고 미리 대답했다.

"아, 그건 걱정하지 마세요. 콘서트는 예정대로 잘되었으니까."

"중간에 삑사리가 한 번 나긴 했는데 애교로 잘 넘겼어요."

잘되었다니, 그렇다면 콘서트가 이미 끝났다는 말인가? 현실 세계에서는 대체 몇 시간이나 흐른 거지? 머릿속이 혼란스러웠지만 어쨌든 잘 끝났다니 일단 안심이 됐다. 그것 봐 형규야, 넌 대마초 같은 거 없이도 잘 해낼 수 있는 아이였잖아. 뿌듯해하고 있을 형규를 생각하며 나도 함께 뿌듯해지려는데 두 목소리가 잔뜩 흥분된 어조로 외쳤다.

"그거! 지금 바로 그거예요!"

"방금 기록했어?"

"응, 틀림없이 저장됐어."

대체 뭘 기록하고 저장했다는 걸까. 형규의 콘서트가 성공적으로 끝났다는 기쁨 덕분인지 두려움이 조금씩 가시자, 이제는 스멀스멀 짜증이 나기 시작했다. 대충 돌아가는 상황을 보니 이들이 외계 생물체이고 인간보다 월등히 뛰어난 종족이라는 건 알겠는데, 그렇다고 해서 사람을 이렇게 붙잡아놓고 저들끼리만 아는 알쏭달쏭한 말들을 주고받는 불쾌한 짓을 해도 된다는 권리는 있을 리 없지. 나는 누워 있던 몸을 일으켜 양반다리를 하고 앉았다. 허리를 고쳐놓았다더니 과연 등을 곧게 펴고 앉는 것이 훨씬 수월하다는 생각이 들었지만 무시했다.

"이보세요, 외계인 선생님들."

엄밀히 말하면 이들은 외계'인'이 아니었지만, 적어도 이

호칭이 그들에게 불쾌감을 주리라는 것쯤은 계산하고 던진 말이었다. 어린아이 머리통만 한 카메라를 몸에 숨긴 채 촬영 금지 콘서트에 입장하며 우락부락한 가드들 앞을 태연하게 통과하던 나였다. 한 번 죽었다 깨어나기까지 한 마당에 뭐가 무섭겠는가. 게다가 근거 없는 예감이긴 하지만, 이들은 나를 해칠 것 같지는 않았다.

"지금 이게 대체 무슨 상황인지, 저 같은 하등 종족도 알아들을 수 있게 좀 설명해주시겠어요? 저 약간 기분 나쁘려고 하거든요."

그러자 목소리들은 한동안 조용했다. 나도 질 수 없어 입을 꾹 다물고 그들의 대답을 기다렸다.

"그렇네요, 저희가 잘못했어요."

한참 뒤, 그들은 가라앉은 어조로 사과했다.

"처음부터 설명해드릴게요."

"우리가 지구인의 생존 본능 레벨을 연구하고 있다는 얘기는 아까 했죠? 우린 그중에서도 특히 '이타심이 생존 본능을 이기는 순간'에 주목하고 있었어요. 예를 들어 달려오는 기차에 뛰어들어 아이를 구한 의인이라든지, 자식을 살리기 위해 기꺼이 목숨을 포기하는 부모 같은 케이스를요. 우리는 이 이타심이라는 감정이 우리 종족의 생명 연장에 도움이 되리라고 기대하고 있거든요."

"아까 지구인을 하등 종족이라고 하셨지만, 이런 면에서는 오히려 지구인이 우리보다 훨씬 고등하기도 해요. 우리 별에는 이타심이라는 뜻을 가진 단어조차 없거든요."

그들은 잠시 침묵하다 말을 이었다.

"이미 이런 케이스는 충분히 연구가 가능할 만큼 많이 모였어요. 우리는 그들의 뇌파를 수집해서 당시의 감정 상태를 분석했죠. 그런데 그 분석 결과에는…… 말하자면 '불순물'이 항상 섞여 있었어요. 사랑하는 연인을 위해 죽음을 택한 남자의 뇌파에선 연인에게 받은 사랑을 되갚아주어야 한다는 부채 의식이, 딸 대신 희생된 아버지의 뇌파에선 남겨질 아내에 대한 걱정이 검출됐죠."

"말하자면 우리는, 백 퍼센트 순수하게 상대를 향한 이타심만으로 시작하고 끝나는 죽음을 찾고 있었어요. 사실 거의 포기하기 일보 직전이었죠."

"그런데 그때 우리 레이더가 당신을 찾은 거예요."

그들은 또 한 번 잠시 침묵했다. 이번 침묵의 의미는 나도 단박에 느낄 수 있었다. 그들은 내게 경의를 표하고 있는 것이었다.

"당신은 가족도, 연인도 아닌 타인을 위해 기꺼이 목숨을 버리면서 대가를 바라기는커녕 한 치의 망설임도 걱정도 없었어요. 그저 상대방의 안위만을 염려했고 어떻게 죽어야 그에게 피해가 없을지만을 생각했죠. 그때 당신의 뇌파는 아아, 정말 깨끗하고 아름다웠어요."

"그 뇌파 캡처를 제 통신 장치의 바탕 화면으로 설정해두었을 정도라니까요."

"그뿐인가요, 연구 가치도 충분했죠. 이미 우리가 당신에게 추출한 죽음 순간의 뇌파만으로도 우리 연구는 오십 광년만큼은 진보할 거예요."

허리를 곧게 펴고 앉아 있던 나는 어느새 편안하게 웅크린 모양으로 그들의 말에 귀를 기울이고 있었다. 내가 서해 흙탕물에 꼬르륵 잠겨가던 순간이 사실은 그렇게나 숭고한 순간이었다니 지금 외계인과 대화를 나누고 있다는 사실만큼이나 믿기지 않았고 얼떨떨했다. 하지만 동시에, 나는 이들이 하는 말이 무엇인지 알 것 같기도 했다. 내가 형규를 위하는 마음에 어떤 잡티도 없다는 건 사실이니까. 그것만이 내 지난 삶의 자랑거리이자 내가 가진 유일한 빛나는 것이었으니까.

"……그렇게 말해주니 고맙네요."

그들에게 품었던 악의가 미안해지는 바람에 조그맣게 중얼거렸다. 그러자 그들은 큼큼, 하며 목을 가다듬는 듯한 소리를 냈다. 그들에게 목이 있는지 없는지도 알 수 없지만 아마 사과를 받아들이겠다는 지구인식의 점잖은 제스처를 흉내 내려는 듯했다.

그들이 말을 이었다.

"이제 당신에게 한 가지 부탁을 하려고 해요."

"미리 말하지만, 들어주지 않아도 좋아요. 그렇다고 우리가 당신을 도로 죽이거나 하진 않을 테니까요. 우리와 만났던 기억을 싹아 지우고 안전하게 집으로 보내줄게요."

부탁이라니, 갑자기 겁이 더럭 났다. 인간보다 훨씬 고등하다는 이들이 내게 웬만한 걸 해달라고 부탁할 것 같진 않았으니까. 연구 목적으로 장기를 내놓으라거나 외계 생물의 숙주가 되어달라고 하면 어쩌지, 온갖 생각이 스쳐 지나가는데 그들이 또 웃기 시작했다.

"별것 아니에요. 그냥 당신의 삶을 한번 스캔할 수 있도록 허락해주기만 하면 돼요."

"사실 지금도 얼마든지 할 수 있지만 우리는 우주생물권 보호조약을 지키며 일하고 있거든요. 상대 생물의 동의와 적절한 보상 없이 생 전체를 스캔하는 행위는 금지돼 있어요."

"당신이 가진 그 이타심의 출처를 알아보기 위해선 당신의 생 전부를 훑어볼 필요가 있을 것 같아서 그래요. 일 초면 끝나요. 아프기는커녕 아무 느낌도 없을 거예요."

내가 거절할 것이라고 생각했는지, 그들의 말이 빨라졌다.

"맨입으로 부탁하는 건 아니에요. 만약 허락해준다면, 당신의 소원 한 가지를 들어줄게요."

"뭐든지 좋아요. 대신 우리와 만났던 기억은 지워지겠지만, 당신은 원하는 것을 이룬 상태로 안전한 집에서 눈을 뜰 거예요."

말을 마친 그들은 내가 결정을 내릴 때까지 기다려주겠다는 듯 입을 다물었다.

어차피 내 생각을 훤히 읽고 있겠지만, 나는 차분하게 머릿속을 정리하려 애썼다. 우선 그 스캔이란 것이 정확히 무엇인지 모르겠지만 해주어서 크게 나쁠 것 같지는 않았다. 내 지난 삶이란 오로지 형규, 형규뿐이었으므로 스캔해보았자 별다를 건 없겠지만 그건 그들이 알아서 판단할 일이었다. 게다가 소원을 한 가지 들어준다니 아무리 생각해도 손해나는 장사는 아닌 듯싶었다. 그렇다면 무슨 소원을 얘기할까. 정말 뭐든지 가능할까. 생각하는데 목소리가 성급하게 끼어들었다.

"그럼요, 뭐든지 가능해요. 지구 최고 부자로 만들어줄까요? 지구인들은 대개 그걸 제일 좋아하던데."

"외모를 고치고 싶다면 멋진 지구인 외형 카탈로그를 보여줄 수도 있어요."

나는 피식 웃었다. 이 외계생물들은 아직도 나를 잘 모르는 모양이었다. 이런 상황에 내가 돈이나 외모 따위를 바랄 리가 있을까. 내가 궁금한 건 단 하나였다.

"혹시 그 소원, 내가 아니라 다른 사람의 소원을 대신 부탁할 수도 있나요?"

그러자 그들은 잠시 말이 없었다. 잠시 후 갑자기 목소리가 아닌 이상한 소리가 들리기 시작했다. 아주 작은 톱니바퀴들이 서로 맞물려 돌아가는 소리 같기도 하고, 천장이 높고 둥근 곳에서 수백수천 명의 사람들이 저마다 소곤소곤 중얼거리는 것 같기도 한 소리였다. 이게 무슨 소리일까, 의아해하는데 한참이 지나서야 익숙한 목소리가 다시 들려왔다.

"미안해요, 우리끼리 좀 의논할 게 있어서."

"지금까지 지구인의 소원을 들어준 게 몇 번 안 되는 일이긴 하지만, 당신이 한 말은 더욱 이례적인 케이스라서요. 대부분 자기 자신을 위한 일들을 부탁했을 뿐 남의 소원을 들어주려 한 인간은 없었어요."

"당신의 이타심은 정말 대단한 수준이네요. 하지만 죄송해요. 이토록 연구 가치가 높은 기회가 주어졌는데 가릴 처지가 아닌 것 같긴 하지만, 원칙은 생 스캔을 허락한 당사자에게만 보상을 줄 수 있도록 되어 있거든요."

풀이 죽은 목소리였다. 나도 김이 폭 빠지고 말았다. 형규를 우주 대스타로 만들어달라고 하려고 했는데. 그러면 내가 뭔가 되는 수밖에 없겠군, 그런데 뭐가 되면 좋을까.

"알겠어요. 잠시만…… 생각할 시간을 주세요."

"물론이죠. 천천히 생각해요. 아, 이게 도움이 될지도 모르겠네요."

언제 생겨난 것일까, 어느새 내 앞에는 팔걸이가 달린 푹신한 소파와 둥근 테이블 하나가 놓여 있었다. 테이블 위에 빨대가 꽂힌 유리잔이 보였다. 다가가 보니 그 안에 담긴 건 얼음을 가득 넣은 아이스 아메리카노였다.

"지구인들은 카페인이 두뇌 회전에 도움이 된다고 믿는 것 같더라구요."

과연, 한입 쭉 빨아 마셔보니 온몸에 생기가 확 도는 것 같았다. 소파 역시 적당히 딱딱해서 앉기에 아주 좋았다. 나는 소파에 눕듯이 앉아 커피를 쪽쪽 빨며 머리를 굴리기 시작했다. 어떤 소원을 빌면 좋을까.

가장 먼저 생각난 건 역시 대형 소속사 사장이 되는 것이었다. 좀더 디테일하게 가자면 아이돌 산업은 물론 영화, 드라마와 패션 업계까지 골고루 꿰찬 사업가 정도면 어떨까. 그러면 형규를 더 잘나가는 아이돌로 만들어줄 수 있는 건 당연하고 원한다면 영화배우나 패션모델로도 키워줄 수 있을 테니까. 하지만 내가 유능한 사업가가 될 수 있을까, 곰곰이 생각해보니 그건 자신이 없었다. 대형 소속사라면 형규 하나만 신경 쓸 수는 없을 테고, 가계부도 제대로 못 쓰는 내 성격에 사업을 여럿 굴려보았자 결말은 뻔했다. 쫄딱 망하지나 않으면 다행이겠지. 그럼 일단 이건 보류. 그렇다면 어마어마한 부자가 되어 형규를 마음껏 서포트해줄 수 있는 재력을 갖추는 건 어떨까. 하지만 이것도 생각해보니 그다지 끌리는 선택지는 아니었다. 형규는 이미 어느 정도 자리를 잡은 아이돌이니 돈보다는 뭔가 더 필요한 무언가가 있을 것만 같아서였다. 이것도 보류. 그러면 으음, 혹시 이건 어떨까. 나를 형규의…… 여자친구로 만들어달라고 하는 건.

"아아아악!"

"아니, 무슨 일이에요?"

"왜 그래요?"

목소리들이 당황하며 앞다투어 물었다. 내가 갑자기 소파에서 데굴데굴 구르며 비명을 지르는 바람에 놀란 모양이었다.

"아, 아니에요. 너무 좋아서."

그들은 아무 말도 하지 않았다. 그러나 나는 그들이 진짜 별 이상한 지구인도 다 보겠다는 의미의 눈빛을 서로 교환하고 있으리라는 것을 느낄 수 있었다. 그들에게 눈이란 것이 달려 있다면 말이지만. 나는 마음을 진정시키기 위해 커피 잔 속 얼음을 아드득아드득 씹었다. 형규의 여자친구가 되면, 그러니까 형규가 세상 무엇보다 사랑하는 단 하나의 여자가 내가 된다면.

그러나 잠시 후 나는 고개를 가로저었다. 상상만 해도 짜릿해서 허공에 주먹질을 일 초에 열 번 날릴 수 있을 것 같은 생각이긴 하지만, 그건 형규를 위하는 일이 아니었다. 아이돌에게 애인이란 어쩌면 마약 투약보다 더 치명적인 존재라는 건 누구보다 내가 제일 잘 알고 있었다. 더구나 그 여자친구가 빼어난 미녀도 아니고 특별난 능력을 갖춘 것도 아닌 그냥 일반인, 그러니까 나라면. 절대 안 될 말이었다.

그럼 대체 무슨 소원이 좋을까. 분명 뭔가 기똥찬 게 있을 것도 같은데 아무리 생각해봐도 이거다 싶은 게 떠오르지 않았다. 날이면 날마다 오는 기회도 아닌데 시답잖은 걸로 날려

버릴 수는 없었다. 내가 무엇이 되어야 형규를 행복하게 해줄 수 있을까.

그때였다. 고민하던 내 머릿속에 순간, 묘안 하나가 반짝 지나간 것은.

지금까지 왜 이 생각을 못 했는지 알 수가 없었다. 외계인에게 소원을 빈다면, 이런 말도 안 되는 일이 정말 일어난다면 말할 수 있는 소원은 이것밖에 없었는데도.

"음, 방해하려는 건 아니지만, 정말로 그걸 원해요?"

생각을 읽은 목소리가 조심스럽게 끼어들었다.

"더 멋진 것들을 얼마든지 들어줄 수 있어요."

"그래요, 잘 생각해봐요."

나는 소파에서 몸을 일으켰다. 이런 생각을 다 해내다니 아직 내 머리도 조금은 쓸 만하구나, 저절로 미소가 지어졌다.

"제가 원하는 건 이것뿐이에요."

내 의지가 굳다는 것을 알아차렸는지 목소리들은 더 이상 아무 말도 하지 않았다. 잠시 후 그들은 작게 한숨을 내쉬었다.

"그래요, 정 그걸 원한다면."

갑자기 어디선가 산들바람이 불어오는가 싶더니, 내 몸을 감싸고 있는 주변의 공기가 사르르 떨리기 시작했다. 새하얗기만 하던 공간이 순간 살짝 투명해지며 그 너머의 것들이 아주 잠깐이지만 환히 비쳐 보였다. 저마다 색색으로 빛나는 작은 전구 같은 것을 단 수많은 파이프와 기계 장치였다.

"방금 생 스캔을 끝냈어요. 마지막으로 고맙다는 말을 한 번 더 할게요. 이 자료는 우리 종족의 평균 수명을 어마어마하게 늘려줄 기술에 유용한 힌트가 될 거예요."

"우리가 공유하고 있는 이 우주 어딘가에서, 당신의 사랑이 어떤 죽음들을 막아냈다는 사실을 잠시나마 알아주길 바라요. 당신은 곧 아무것도 기억하지 못하게 되겠지만."

"그래요, 고마워요. 즐거웠어요."

굳이 입 밖으로 내어 말하지 않아도 되었겠지만 나는 소리 내어 인사했다. 그들도 마주 인사했다.

"안녕, 지구인, 행복하게 살아요."

"잘 가요. 우리가 들어줄 이 소원이 정말 당신을 행복하게 해주기를."

간질간질, 나른한 느낌이 발바닥에서부터 시작되어 전신으로 퍼졌다. 꼭 스탠딩 콘서트 맨 앞 열에서 한 손으로는 펜스를, 다른 손으로는 카메라를 잡고 버티며 고화질 직찍을 몇백 장 건지고 집에 돌아와 누웠을 때처럼 뿌듯하고 기분 좋은 피로감이었다. 나는 소파에 편안히 등을 기대고 누웠다. 이대로 잠들었다 깨면 정말 멋진 일들이 기다리고 있으리라는 확실한 예감이 들었다.

잠에 빠지기 직전, 나는 감은 눈 속에서 반짝이는 작은 불빛의 잔상을 보고 있었다. 그게 인천대교 교각의 불빛인지, 아니면 아까 보았던 하얀 공간 너머의 작은 전구들이었는지는 알 수 없었다.

천천히 점멸하는 그 색색의 불빛 속에서 나는 습관처럼 빨간색을 찾고 있었다.

*

눈을 뜨자 아침이었다.

무슨 즐거운 꿈을 꾼 것도 같은데 아무래도 기억나지 않았다. 누운 채로 사지를 제멋대로 쭉쭉 뻗으며 기지개를 켰다. 한 세기 동안 잠들어 있었던 것처럼 온몸이 뻣뻣하고 관절에서 우두둑 소리가 났지만 이상하게도 몸은 더할 수 없이 개운했다. 어제 몇 시쯤 잤더라. 머리맡에 놓아둔 휴대폰을 확인했다. 토요일, 오전 열 시가 조금 넘어 있었다. 휴대폰을 켠 김에 화면에 띄워둔 할 일 목록을 훑어보았다. 세탁소 가기, 생수 주문하기, 그리고 화방에 졸작 재료 사러 가기. 휴대폰에는 오늘 수도권 일대에 폭염주의보가 발령되었다는 재난 문자가 여러 통 도착해 있었다. 일단 날이 더 더워지기 전에 화방부터 다녀와야겠다. 그리고 돌아오는 길에 세탁소에 들르면 되겠지.

나는 가뿐히 몸을 일으켰다. 잠옷을 훌렁훌렁 벗고 욕실로 들어갔다. 왠지 자꾸만 기분이 좋아 흠흠, 콧노래가 나왔다. 이런 날엔 역시 쇼핑이지. 신촌 쪽으로 올라가 화방에 들렀다가 현대백화점엘 가볼까. 졸업 작품을 준비하는 미대생이라고 해서 물감 범벅을 한 앞치마만 입고 다녀야 한다는 법은 없으니까.

나는 칫솔을 문 채로 욕실 거울을 들여다보았다. 오늘 하루는 즐거운 일이 많이 일어날 것 같은 기분이었다. 뭔지는 모르겠지만, 아주 오래도록 기억할 만한 그런 일들이.

브로콜리 펀치

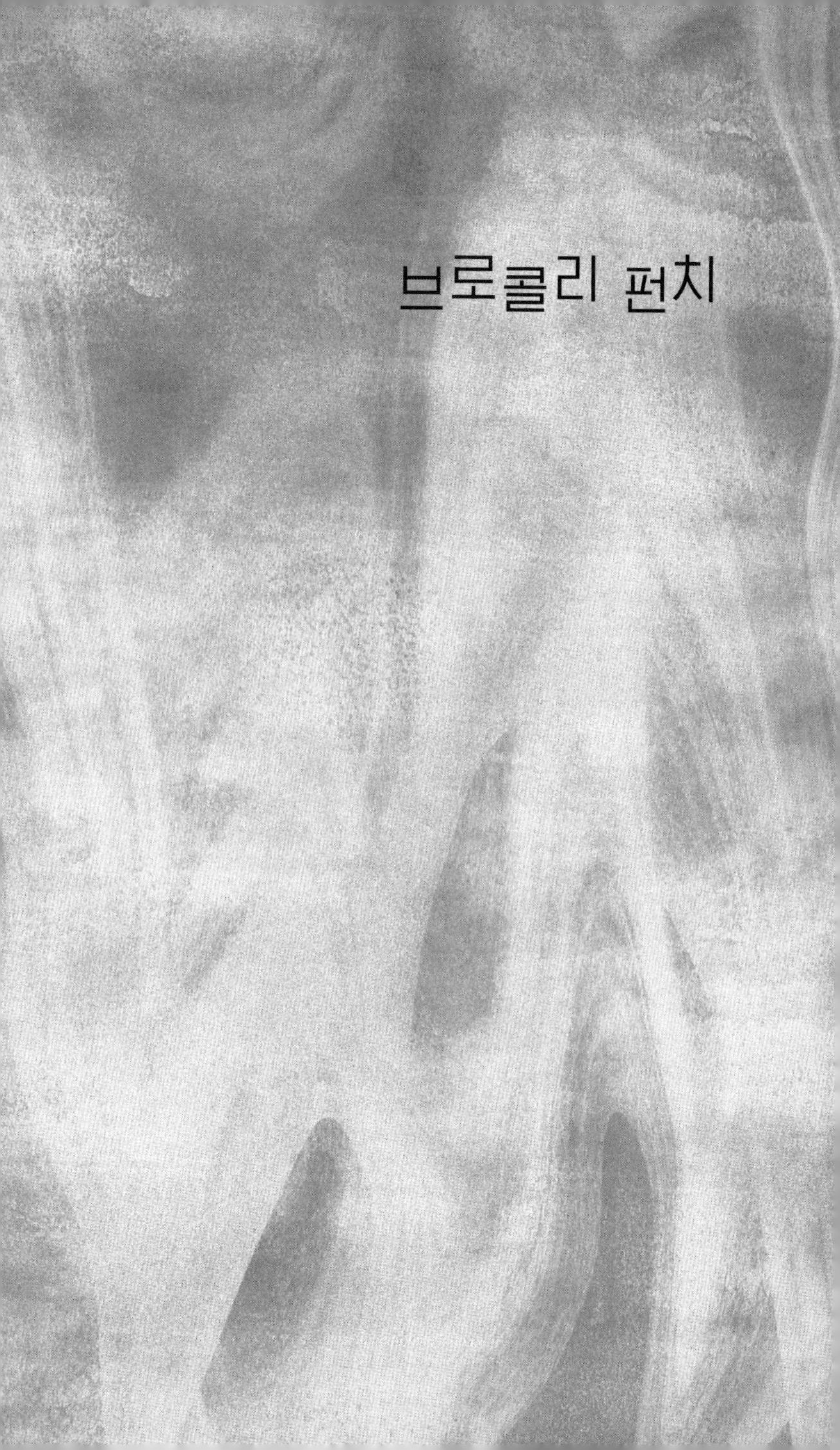

잠에서 깨어 휴대폰을 보니 두 개의 메시지가 와 있었다. 하나는 원준의 오른손이 브로콜리가 되었다는 것이었고, 다른 하나는 안필순 할머니 댁의 말자가 죽었다는 것이었다. 나는 아직 뻑뻑한 눈을 꿈뻑이며 두 개의 문자를 왔다 갔다 읽었다.

말자는 안필순 할머니가 환갑을 기념하여 남자친구에게 선물받은 회색앵무로, 사람 말을 기똥차게 잘하는 데다 머리도 좋아 제법 넉살까지 떨 줄 아는 신기한 녀석이었다. 올해로 꼬박 스무 살을 넘겼으니 삼사십 년을 산다는 앵무의 세계에서는 이미 중장년, 그래서일까 몇 주 전부터 먹는 양이 크게 줄어들더니 잘 앉지도 못해 횃대에서 픽픽 쓰러지고 그랬었다. 모양새가 영 심상찮다 했더니 기어이 어젯밤 죽은 모양이었다.

나는 안필순 할머니가 보낸 문자를 다시 한번 읽었다. 말자주것다와주삼 거두절미, 용건만 딱 요약한 무미건조한 부고였다. 하긴 내가 지금까지 보아온 둘은 주인과 애완조라기보단 시끄러운 앙숙이라 서로 언제 죽을 테냐고 안부 인사처럼 묻곤 했었다, 할머니도 말자도. 그건 아마 어느 한쪽이 떠들기 시작한 걸 다른 한쪽이 배운 것일 테지. 아무튼 어서 할머니 댁으로 가보아야 할 것이겠으나 원준의 손 역시 걱정되기는 마찬가지라, 어떡하지 몸을 두 개로 나누어야 하나, 그런 얼토당토않은 생각을 하고 있는 참에 마침 전화가 왔다. 원준이었다.

"아직도 자니."

평소처럼 안온하고 태평한 목소리였다.

"나 브로콜리 됐다. 오른손이."

"문자 봤어. 어쩌다가? 어떻게 하지?"

"모르지."

나는 시계를 보았다. 오전 열 시가 조금 넘어 있었다.

"병원 가자."

"가야지."

그러고는 말이 없었다. 휴대폰 너머에선 고르게 내쉬는 원준의 숨소리만 넘어왔다. 나는 조금 부아가 나서 괜히 목을 큼큼 가다듬었다. 호들갑을 떤다고 손이 고쳐지는 건 아니겠지만 그래도 어쩜 이렇게 남의 일처럼 태평하담, 누구보다 몸을 챙겨야 하는 직업을 가졌으면서. 아무튼 요 목소리를 들어보면 스스로 병원에 갈 생각은 없는 듯했고 아무래도 내가 밀고 끌며 데려가야 할 것 같으니, 보자 그러면 가까운 병원이 어디, 그런데 손이 브로콜리가 되었을 때는 내과일까 외과일까. 막 그걸 물으려는데 휴대폰에서 삐 삐 소리가 났다. 통화 중에 다른 전화가 걸려왔을 때 나는 소리였다. 보나마나 안필순 할머니일 거였다. 나는 머릿속으로 우리 동네 지도를 펼치고 동선을 착착 그려보았다. 원준을 병원에 데려갔다가 그길로 안필순 할머니 댁에 가는 것이 좋을 것 같았다.

전화를 끊은 뒤 안필순 할머니에게 문자를 남겼다. 원준이 손이 브로콜리가 됐대요 병원 들렀다가 찾아뵐게요 답장은 몇십 분 뒤, 내가 바지에 다리를 꿰어 넣고 있을 때 왔다. 아이고절문양반이어저다가 나는 휴대폰을 멀찍이 밀어내며 미간을 잔뜩 찌푸리고 그 열두 글자의 문자를 타이핑했을 안필순 할머니와 그 옆에 죽어 있을 말자를 생각했다. 말자는 금세라도 나를 향해 위협적으로 날개를 치며 너 또 왔냐, 계집애, 외치며 꽥꽥댈 것처럼 누워 있지만 이제 다시는 말을 할 수 없겠지, 아마도 가로누운 말자의 몸 위에는 안필순 할머니의 손수건이 덮여 있을 것이고 그건 나도 익히 아는 장미 무늬 손수건. 거기까지 생각하자 그제야 그만 폭 슬퍼지고 말았다. 나는 원준의 집까지 걸어가는 내내 코를 훌쩍거렸다.

문을 열자 원준은 생각했던 장소에 생각했던 모습 그대로 누워 있었다.

"왔니."

원준은 인사 대신 오른손, 아니 오른브로콜리를 들어 올려 흔들어 보였다. 아직 잠의 기운이 남은 천하태평한 얼굴이었다. 나는 바닥에 굴러다니는 쓰레기와 빨랫감 들을 요리조리 피해가며 원준이 가로누운 소파베드로 다가갔다. 원준에게서 푸릇한 풀냄새가 훅 끼쳤다.

"언제부터 이랬어?"

"몰라. 아침에 일어나 보니 이렇게 돼 있었어."

원준의 오른손을 붙잡고 이리저리 살펴보았다. 팔뚝 가운데쯤부터 점점 푸르스름하게 물들기 시작해서 가장자리가 깔쭉깔쭉한 잎사귀들로 감싸이고, 손가락은 연둣빛 줄기가 되어 끝으로 모여서는 아프로 펀치파마같이 뽀글뽀글 큼직한 푸른 송이를 이룬 그러니까 완벽한 브로콜리, 빼도 박도 못 하도록 브로콜리였다. 게다가 거참 실하기도 하지, 슈퍼에서 마주쳤다면 무심코 덥석 집어 들었겠다 싶을 만큼 신선하고 굵직해서 나도 모르게 감탄하며 매만질 수밖에 없었다. 한입 와작 깨물고 싶어 이뿌리가 근질근질하도록 멋진 녀석이었다.

"야, 진짜 멋지다."

홀린 듯이 브로콜리를 쓰다듬으니 원준이 흐흐 웃었다.

"멋지지."

그 대답에서 병원에 가지 않겠다는 투정의 전초를 느낀 나는 잽싸게 그것을 차단했다.

“멋지긴 한데 빨리 고쳐야지. 이대로 놔둘 순 없잖아.”

“그래그래, 가자 가.”

원준은 의외로 순순히 대답했다.

“그렇게 나와야지.”

나는 원준을 일으켜 세웠다. 후드 티셔츠에 바지를 입히고 손에 물을 묻혀 머리도 대강 쓰다듬어 빗기고 눈곱도 떼어주었다. 그대로 돌아다니면 창피할까 싶어 브로콜리에는 커다란 수건을 둘둘 감았다. 그러는 동안 원준은 솜인형처럼 가만히 서서 골똘한 눈으로 나를 바라보고 있었는데, 그건 뭔가 하고 싶은 말이 있을 때 으레 짓곤 하는 표정이었다.

집 문을 열쇠로 잠그고 보니 원준은 이미 저벅저벅, 저만치 멀리까지 걸어가고 있었다. 야 같이 가, 외치니 돌아보는 얼굴은 평소처럼 온화했지만, 그렇지만. 아무래도 손이 이렇게 되니 자기도 좀 놀란 모양이지. 대범한 척하지만 사실 그런 게 분명해. 나는 종종걸음 쳐 원준을 따라잡으며 멋대로 생각했다.

고원준은 복싱 선수다. 그러나 어딜 가서 이렇게 말하면 듣는 사람 대부분은 아 그래요,라고 대답하지만 믿지는 않는 얼굴을 한다. 흔히 복싱 선수 하면 떠올리는 몇 가지 특징들, 그러니까 다부진 체격이나 날카로운 눈매 같은 것들을 원준은 전혀 가지고 있지 않은 탓일 거다. 원준은 턱 아래가 두툼하고 눈썹이 새카매서 소년 시절에는 어지간히도 개구진 아이였을 것 같고 어른이 된 지금은 직업을 맞혀보라고 하면 글쎄, 우편 배달부나 중화요리사가 어울릴 것 같은 인상이다. 그러나 경기장에서 원준을 본 사람이라면 누구도 원준이 복싱 선수라는 것을 의심하지 않을 거다. 링에 오르고 경기가 시작되는 순간 원준은 아예 딴사람이 된다. 분명 겉껍데기는 내가 아는 고원준인데 속 알맹이엔 다른 뭔가를 대신 집어넣은, 영판 모르는 누군가가 되어버리는 것이다.

내가 원준의 경기를 처음이자 마지막으로 본 것은 몇 년 전의 일이었다. 그날 나는 경기가 끝나기도 전에 간다는 말도 없이 집으로 돌아와버렸고 그 후 며칠 동안 원준의 전화를 받지 않았었다. 무서웠기 때문이었다. 단순히 사람 둘이 서로 때리고 맞는 모습이 무서웠다는 건 아니다. 복싱 선수가 그런 직업이라는 건 이미 알고 있었으니까. 더 자세히 말하자면 원준이 사람을 때리며 내뿜는 기운이랄까, 감정이랄까 그런 것들이 못 견디게 무서웠다. 표독스러운 눈빛이며 주먹에 실은 살기며 상대의 집중을 끊고 실수를 유도하려는 발놀림, 그 모든 부분에서 끔찍한 악의가 느껴졌다. 그전까지 나는 원준이 그런 기운을 실어 사람을 때릴 수 있는 사람일 줄은 상상도 하지 못했었다. 누군가는 그걸 투지나 열정이라고 할 수도 있겠지만 적어도 내게는 악의로밖에 느껴지지 않았다. 꼭 원준의 앞에서서 때려맞고 있는 게 나인 것처럼 무섭고 두려워 가슴이 활랑거렸다.

그 이후로 나는 다시는 원준의 경기에 가지 않았다. 차마 네가 무서워서,라는 말은 못 하고 이래저래 핑계를 댔지만 원준도 내가 보러 오지 않는 것을 서운해하지 않았고 사실 경기가 자주 있는 일도 아니긴 했다.

하지만 한편으로, 나는 복싱 선수 고원준에 대해서 웬만큼은 알고 있다. 안필순 할머니의 애인인 박광석 할아버지 덕분이다. 이 조그맣고 깡마른 할아버지는 격투기 광팬으로 복싱은 물론 UFC나 레슬링에도 환했는데, 내가 원준과 사귄다는 걸 알고선 당장이라도 숨이 넘어갈 듯 흥분하는 바람에 찬물을 떠다 주며 진정시켜야 했었다. 원준의 화려한 전성기 시절에 대해 알려준 것도 이 할아버지였다. 새파란 어린애였던 고원준 고 조그만 놈이 얼마나 강단이 있었는지, 어찌나 악바리 같이 들러붙고 엉겨댔는지, 당시 관중으로 앉아 있었던 박광석 할아버지는 임플란트를 해 넣으려고 달아둔 임시치아가 빠진 것도 모르고 마냥 환호성을 질렀다고 했다. 그래서 그 임시치아는 어떻게 됐느냐고 묻자 박광석 할아버지는 입을 앙, 벌려 누런 어금니들 사이에 아주 약간 덜 누런 어금니를 보여주며 웅얼거렸다. 삼켰어 꿀꺽. 그러자 나도 안필순 할머니도 박광석 할아버지도 웃느라 자지러지는 바람에 젊은 복서 원준의 전성기 이야기는 그대로 끝이 나버려, 나머지 이야기는 집에 돌아와 인터넷 검색을 통해 알아낼 수밖에 없었다. 신인 아마

추어 복서 고원준의 연전연승과 슬럼프, 트레이닝과 감량 비결을 밝히는 인터뷰까지, 찾을 수 있는 것은 모두 찾아 즐겁게 읽었다. 그러나 이 이야기의 주인공이 내 남자친구인 고원준이라는 건 전혀 믿어지지 않았다.

요양보호사로 일하는 내가 돌보는 할머니 할아버지 들에 대한 시시콜콜한 이야기를 전부 늘어놓는 데 비해, 복싱 선수인 원준은 나에게 복싱 이야기를 하지 않는다. 언젠가 한번 그것에 대해 이유를 물었더니 할 말이 없어서,라는 대답을 들은 적이 있다. 뭐 맨날 똑같지, 트레이닝하고 스파링하고 감량하고. 그렇게 말하는 고원준은 여전히 복싱 선수보단 중화요리사가 어울리는 얼굴을 하고 있기에 나는 물었었다. 너 복싱을 좋아하니? 그러자 원준은 아무 대꾸도 하지 않다가 킁, 하고 코를 들이마시는 걸로 대답을 대신하길래 괜한 질문을 했구나, 했다. 평소 수다스럽게 자기 얘기하길 좋아하는 아이라 이것저것 실컷 떠들 줄 알았는데 의외였다. 하기는 나도 요양보호사가 좋아서 이 일을 하고 있는 건 아니었으니까. 그저 내가 요양보호사의 모든 것을 좋아하진 않아도 안필순 할머니는 좋아하듯이, 원준도 복싱의 모든 부분을 좋아하진 않지만 어떤 부분은 좋아하겠거니 생각하고 말았을 뿐이었다. 다만 원준이 좋아하는 부분에 상대를 때려눕히는 일 그 자체도 포함되어 있을까. 사실 내가 진짜 묻고 싶었던 건 그거였지만 당연히 입 밖으로 꺼내지는 않았다.

콕 찍어 어느 병원엘 가야겠다기보다는 그저 육교 옆에 내과 비슷한 병원이 있다는 게 기억나서 걸어온 참이었다. 그러나 막상 도착해보니 병원 간판에는 내과가 아니라 가정의학과라고 씌어져 있었다. 그러고 보니 가정의학과가 뭐지, 손이 브로콜리가 되었을 때도 갈 수 있는 곳일까. 당황하여 서로 눈만 마주 보고 있는데 들어오세요, 하고 안쪽에서 누군가 말하기에 우리는 들어갔다. 작은 로비에 열이 올라 얼굴이 발간 아이들이 엄마와 함께 드문드문 벌려 앉아 있었다. 접수처에 앉은 간호사가 다정한 얼굴로 우리를 올려다보았다.

"어떻게 오셨죠?"

둘 중 아픈 쪽을 고르자면 나라고 생각했는지 간호사가 나를 보며 물었다. 나는 수건을 둘둘 풀어 원준의 브로콜리를 보여주었다.

"얘가 손이 좀."

원준의 손을 본 간호사가 어머! 하고 탄성을 질렀다. 그러자 그 전까진 텔레비전이나 휴대폰을 보며 딴청을 부리고 있던 아픈 아이들과 그 아이들의 엄마들이 모두 동시에 우리를 쳐다보았는데, 그 사람들도 제각기 놀라며 뭐라고 한마디씩 덧붙이는 바람에 병원 로비는 순식간에 시장통처럼 시끄러워졌다. 어머 브로콜리 저거 정말 오랜만에 보네, 그러고 보니 우리 아저씨도 저렇게 된 일이 있었어, 그래도 저렇게 큼직한 브로콜리가 되다니 아이구 고생이 이만저만 아니겠는걸. 원준은 얼굴이 벌겋게 되어 재빨리 수건을 다시 감았다. 간호사가 웃으며 빈칸이 있는 접수증 양식을 건네주었다. 내가 대신 원준의 주소며 전화번호를 적어서 돌려주자 간호사는 그 위의 여백에다 동글동글한 글씨로 오른손 브로콜리,라고 써넣었다. 그러고 나서 우리는 소파에 앉아 차례를 기다렸다.

"아이구, 어쩌다 젊은 사람이 그렇게 됐어 그래."

맞은편에 앉아 있던 할머니가 우리를 보고 웃었다. 아마도 손자겠지, 코 밑이 반들반들한 남자아이가 할머니의 무릎에 엎어져 있었다.

"생각이 너무 많아서 그렇지 뭐."

"그래그래, 다 생각이 많아서 그렇지."

다른 사람들이 기다렸다는 듯 한마디씩 거들었다. 뜻밖의 이야기에 나는 좀 놀랐다. 생각? 생각이 많으면 브로콜리가 되나? 무릎에 손자를 재운 할머니에게 그것을 물으려는 참에 마침 안쪽에서 부르는 소리가 났다. 고원준 님, 들어오세요. 원준은 눈썹을 한번 으쓱하고는 진료실로 걸어갔다. 나는 귀를 기울였지만 그러잖아도 작은 병원이라 안의 대화를 또렷하게 들을 수 있었다.

아이구 브로콜리가, 이거 오랜만에 보는 환자네요. 언제부터 이랬어요? 자고 일어나보니 이렇게. 불편했겠어요. 자 봅시다. 아프세요? 아뇨. 그러면? 간지러운데요. 간지럽다구요?

네, 안쪽부터, 그러니까 이걸 줄기라고 해야 하나요 팔목이라고 해야 하나요. 아무튼 그 안쪽에 그러니까 물관이라고 해야 하나요 혈관이라고 해야 하나요, 아무튼 그쪽부터가 근질근질한 기분이에요. 아, 그건 정상입니다. 광합성을 하느라 그래요, 광합성. 아시죠? 약 처방해드릴 테니 물 많이 드시고, 잠 잘 주무시고. 무엇보다 푹 쉬셔야 해요. 마음 편하게 잡수시고. 그러면 며칠 안 가 낫습니다.

참 태평한 진료로군, 그렇게 생각하는데 원준이 문득 목소리를 낮추었다.

"저기, 혹시 이거……"

뭐라고 물은 것 같은데 들리지 않았고 다만 의사가 대답하는 것만 알 수 있었다.

"괜찮습니다, 금방 나을 거니까."

"……감사합니다."

드르륵, 바퀴의자 끄는 소리가 들렸다. 원준이 왼손으로 브로콜리를 문지르며 진료실에서 나왔다. 부루퉁한 것 같기도 하고 우울한 것 같기도 한 얼굴이었다.

같은 건물 일 층에 있는 약국에서 약을 받았다. 받은 김에 봉지를 뜯어 그 자리에서 한 알을 먹였다. 길쭉한 초록빛의 불투명한 알약이었다. 엽록소를 억제하는 약이에요. 정수기에서 찬물과 뜨거운 물을 반씩 섞어 담는 내 뒤통수에 대고 약사가 설명했다. 원준은 내미는 약을 왼손으로 받아 꿀꺽 삼켰다. 원준의 목울대가 꿀렁, 움직이는 것을 바라보다 나는 궁금했던 것을 물었다.

"그런데 너, 무슨 생각이 그리도 많길래 손이 브로콜리가 됐니."

그러자 원준은 대답 대신 나를 가만히 바라보기만 했다.

그 얼굴은 어디선가 한번 보았던 듯한 얼굴이었는데, 원준과 헤어져 안필순 할머니의 집으로 걸어가는 도중에서야 어디서 본 건지 생각났다. 어렸을 때 할머니, 그러니까 내가 돌보아주는 할머니들 말고 어린 나를 돌보아주었던 친할머니와 함께 시장에서 복숭아를 한 봉지 산 적이 있었다. 그런데 집에 가서 봉지를 풀어보니 위쪽에 있는 복숭아는 멀쩡한데 아래쪽에 있는 복숭아는 온통 멍투성이였다. 할머니는 화가 나서 왼손엔 복숭아 봉지를 들고 오른손엔 나를 붙든 채 왔던 길을 그대로 돌아가 과일 장수에게 갔었다. 가서 멍든 복숭아를 보여주며 따지자 과일 장수가 딱 원준과 똑같은 얼굴을 했었다. 그러고는 말했었다. 백도는 원래 그래요. 백도는 원래 조금만 스쳐도 멍이 들고 물크러져요. 그런 과일이에요.

그런 과일이에요.

그날 오후, 안필순 할머니와 나와 박광석 할아버지가 참여한 가운데 앵무새 말자의 조촐한 장례식이 치러졌다. 장소는 안필순 할머니의 집 마당, 사실 안필순 할머니는 다세대주택의 일 층에 세 들어 살고 있었으므로 그 마당 역시 안필순 할머니의 것은 아니었다. 하지만 말자를 묻어주기에 그보다 적당한 곳은 없다는 점에는 우리 모두, 심지어 한 건물에 살고 있는 집주인마저 동의했다. 집주인은 무덤 파는 데 쓰라며 창고에서 녹슨 모종삽까지 찾아다 주었다. 나도 작년에 개가 죽어서 저기 묻었어. 집주인은 주목나무 밑동을 손가락질했고 우리는 모두 슬퍼져 장례식에 더욱 어울리는 모습이 되었다.

말자는 생전 분홍색을 좋아했으므로 나와 안필순 할머니는 분홍색 윗도리를, 박광석 할아버지는 분홍색 옷이 없어 대신 수영 센터에서 받은 분홍색 캡모자를 썼다. 말자의 관으로는 나무로 된 와인 상자를 골랐는데 그 안에는 여러 가지 것들을 함께 넣었다. 말자가 쓰던 횃대와 말린 과일과 장난감 공, 양모 방울, 그리고 가스 요금 고지서 다섯 장. 생전의 말자는 그런 재질의 종이만 보면 죽죽 길게 찢어 꼬리에 끼우고 보란 듯이 뽐내기를 좋아했으니까. 그런 물건들 위에 장미 무늬 손수건으로 둘둘 감싼 말자의 몸을 올려놓고 뚜껑을 덮자 준비가 끝났다. 입을 꾹 다문 박광석 할아버지가 모종삽을 쥐고, 미리 보아둔 마당 한구석 사철나무 밑을 파내기 시작했다. 흙은 무르고 축축해 파내기 어렵지 않았지만 박광석 할아버지는 삽을 한 번 땅에 박을 때마다 끙, 끙 하는 소리를 냈다. 나와 안필순 할머니는 그 양옆에 쪼그리고 앉아 파낸 흙에 섞여 있는 돌멩이나 나뭇조각을 집어냈다. 구멍이 적당히 파지자 말자를 담은 와인 상자를 내려놓고 다시 흙을 덮어주었다. 도닥도닥, 덮은 곳을 잘 다지는 것도 잊지 않았다.

그러고 나서 장례식은 끝났다. 추도사 같은 게 있었다면 더 멋있었으려나, 생각했지만 그런 걸 준비해온 사람은 아무도 없었다. 게다가 내내 땡볕 아래 쭈그려 앉아 있던 탓에 우리는 모두 땀을 흘리고 있었다. 나는 시원하게 캔맥주나 들이켰으면 좋겠다, 생각했고 박광석 할아버지 역시 마찬가지인 얼굴로 인중에 땀이 송송 맺혀 있었다. 그러나 안필순 할머니가 자리를 뜨지 않았기에 나와 할아버지 역시 그 자리에 붙박이로 서 있을 수밖에 없었다. 안필순 할머니는 이미 평평해진 흙 위를 자꾸자꾸 쓰다듬고 있었다. 할머니는 내가 알기로 말자가 살아 있을 적에는 쓰다듬기는커녕 다정한 말 한 번을 건네본 일이 없었다. 말자가 읊어대는 욕설들은 모두 할머니에게 배운 것이었으니까. 그러나 우리는 있을 때나 잘하지, 하는 핀잔 따위는 절대 하지 않았다. 그저 안필순 할머니가 마음껏 땅을 평평하게 고르도록 내버려두었을 뿐이었다.

그러고 나서 우리는 안필순 할머니의 집으로 올라가서 손을 씻었다. 셋 다 손톱 밑에 검은 흙이 잔뜩 끼어 있었기 때문에 낡은 칫솔로 서로의 손톱을 번갈아 문질러주었다. 나는 할머니의 칫솔질에 손을 내맡긴 채, 이건 방금 장례를 치른 사람들치고는 너무 따스하고 평화로운 장면이네 하고 생각했고 아무래도 나만의 생각은 아니었는지 수건에 손을 비벼 닦으며 우리는 모두 묘한 표정을 짓고 있었다.

원래 나의 근무 시간, 그러니까 안필순 할머니를 돌보는 일은 오후 여섯 시까지로 정해져 있었지만 이미 그런 것은 지켜지지 않게 된 지 오래라, 날이 저문 지 한참 되었는데도 나는 여전히 안필순 할머니의 집에 엉덩이를 뭉개고 있었다. 안필순 할머니가 쥐포를 굽길래 나는 캔맥주를 사 와 우리는 낮부터 소원하던 맥주를 기어이 마셨고, 그러다가 자연스레 원준의 이야기가 나온 참이었다. 원준의 손이 브로콜리가 되어 큰일이라고 말하자 박광석 할아버지는 침통해졌다. 한참을 우울한 얼굴로 잘게 찢은 쥐포만 노려보고 있다가 말했다.

"그 친구 마음고생이 이만저만이 아닌가 보아."

"무슨 마음고생이요?"

묻자 할아버지는 또 한참 입을 다물고 허공을 노려보았다. 그러다 무슨 말을 하려는 듯 입을 벌렸지만 결국 한숨을 푸욱 내쉬기만 했을 뿐이었다. 안필순 할머니가 대신 말을 이었다.

"우리 젊었을 때도 고런 몹쓸 병이 종종 있었다. 멀쩡하던 사람이 하루아침에 손가락이 강낭콩이 되고 버얼건 고추가 되고 그랬지, 응. 그게 다 마음에 짐이 커서 그런다. 누구를 미워하고 괴로워하고 으응, 그런 나쁜 것들을 맘속에 오래 넣고 있다 보면 사람이 버틸 수가 없어져. 사람이 사람이 아니게 되는 것이지. 맛난 거 먹이고 푸욱 며칠 쉬게 하면 거뜬히 낫긴 했다

마는. 죽을병은 아니긴 해도 꼬라지도 우습고 사는 데도 불편허고 영 몹쓸 병이야. 요즘에는 애들한테 접종도 맞히고 해서 많이 없어졌는가 보더만. 원준이 고놈 허약해졌는가 보다. 나중에 한번 오라 해라. 닭이라도 고아 먹이게."

허약이라니, 현역 복싱 선수인 고원준에게 허약하다는 말이 가당키나 하냐고 웃어넘기려는데 잠깐, 갑자기 목이 탁 막혀 입을 다물고 말았다. 원준의 몸이야 물론 남들보다 훨씬 건강하겠지만 속내도 과연 그럴까, 멍든 백도를 쥔 과일 장수의 얼굴로 나를 응시하던 원준을 떠올리며 이번에는 내가 한숨을 푸욱 내쉬었다. 대체 마음속에 무얼 품고 있었기에 원준은 그 지경이 되도록 괴로웠던 걸까. 그 애의 마음이나 사정을 나는 전혀 헤아리지 못했다, 남을 돌보는 게 직업인 주제에.

"대체 뭐가 그렇게 힘들었던 걸까요 걔는."

빈 맥주 캔을 납작하게 꾹꾹 누르며 나도 모르게 중얼거렸다. 그러자 안필순 할머니도 이번에는 잠잠하여, 침묵이 흐르는 가운데 틀어놓은 텔레비전만 한참을 종알거렸다.

밤이 늦어서야 안필순 할머니의 집을 나서는데 박광석 할아버지가 나를 붙잡았다. 그러고는 귀에 대고 소곤거렸다.

"너희 둘이 내일 시간 좀 내라."

돌아다보니 분홍색 모자 때문인지 맥주 때문인지 얼굴이 불그죽죽한 박광석 할아버지가 사뭇 진지한 얼굴로 나를 바라보고 있었다.

"시간이요?"

"응 시간. 너희랑 할머니랑 해서 산에를 데리고 가려고 그런다."

"산이요? 무슨 산이요?"

"옛날부터 그렇게 앓는 사람들은 이렇게 했어. 산에 가서 노래를 부르면 열흘 앓을 게 이틀이면 낫는다."

"엥? 노래요? 그게 무슨 말이에요?"

"아주 배 속부터 짱짱 울리게 목이 터져라. 따악 그렇게 지르면 돼. 어디 낫나 아닌가 봐라."

그리고 박광석 할아버지는 내 손을 덥석 잡고는 꼭 그렇게 할 거지, 하고 확인을 받듯이 힘주어 눌렀다. 그 손이 하도 쪼글쪼글하고 뜨거워서 나는 알겠어요, 대답할 수밖에 없었다.

"늙은이가 하는 소리라고 허투루 듣지 말고 꼭 그렇게 전해라, 내일 시간 내라구. 알었지?"

"알았어요, 알았어."

그제야 박광석 할아버지는 내 손을 놓아주고는 천천히 돌아섰다. 노래라, 그것보단 차라리 닭을 고아 먹이는 게 낫지 않을까. 생각하며 안필순 할머니의 안마당을 가로질렀다. 대문을 나서기 전 말자를 묻은 곳을 눈여기는 일도 잊지 않았다. 내가 집에 갈 때면 가냐, 또 오냐, 말하며 푸드덕거리던 시끄러운 앵무새. 말자를 묻은 나무 밑은 아직 평평하게 골라둔 모양 그대로였고 그 위에 어둠이 도도록이 내린 것이 꼭 누군가 누워 자려고 토닥토닥 다듬어둔 자리 같았다.

아마 지금쯤 박광석 할아버지는 안필순 할머니의 어깨를 문지르고 있을 것이다. 죽은 새 대신에 다른 어여쁜 짐승을 하나 데려다주겠다고, 내일은 바람이라도 쐬러 애들 데리고 산엘 가자고 소곤거리면서. 나는 대문 앞에 서서 불 켜진 안필순 할머니 집 창문을 바라보며 미적거리다, 원준의 집으로 가기로 마음먹었다.

아무도 없다고 생각했다, 원준의 집 문을 열었을 때에는. 불이 모두 꺼져 있던 탓도 있었겠으나 그보다는 사람이 없는 빈 집이 주는 싸늘하고 적막한 느낌이 훅 끼쳤기 때문이었다. 그런데 현관에는 원준이 항상 신고 다니는 뒤축 구겨진 운동화가 그대로 있기에 원준아 집에 있니, 하고 부르며 나도 그 옆에 신발을 벗어놓다가 흠칫했다. 원준은 아까 낮에 보았던 모습 그대로 소파베드에 길게 누워 있었다. 그런데 창문으로 들어오는 희끄무레한 빛 아래 원준의 모습이 조금 이상했다. 모습이라기보다는 느낌이랄까, 분명 저기 누운 것은 원준의 모습을 하고 있었지만 실은 원준이 아닌 아주 닮은 다른 존재인 것만 같았다. 내가 아는 재료들로 모양만 고원준과 비슷하게 엮어놓은 껍데기 같았다고 해야 할까. 우물쭈물하다 일단 불을 켜려는데 푹 가라앉은 원준의 목소리가 들렸다.

"불 켜지 마. 눈부셔."

나는 어둠에 조금 익은 눈으로 원준의 브로콜리를 살펴보았다. 분명 오전에 보았을 때만 해도 팔뚝 중간쯤부터 시작되던 줄기가 이제는 어깨쯤까지 푸릇푸릇했고, 브로콜리의 머리 부분도 두 배 이상 부풀어 올라 있었다.

"너 약은 먹었어?"

"아니."

무심한 대답에 울컥 화가 치밀었는데 이상하게도 화를 낼 수가 없었다. 마음이 개펄에 빠진 것마냥 푸욱 아래로 아래로만 가라앉는 것 같았다. 나는 원준의 옆에 주저앉았다. 그러자 원준에게서 푸릇, 풀냄새가 났다. 코가 찡하도록 신선하고 새파란 냄새였다.

"원준아."

"으응."

"무슨 일 있니."

"아니."

"박광석 할아버지가 그러더라, 네가 힘들어서 그런다고."

"힘들면 나한테 말해라."

"말해줘라."

"말해줘."

잠들었나 죽었나, 원준은 한참 동안 대답이 없었고 그러자 어두운 방 안에는 꼭 나 혼자 있는 것만 같았다. 나는 울 것 같다고 생각했는데 울 것 같은 게 아니라 울고 있었다.

"말해줘."

그러자 원준은 옅은 한숨을 쉬었다. 원준의 숨에서 짙은 풀냄새가 풍겼다.

"말해줄게, 울지 마."

원준은 입술을 일그러뜨려 한곳으로 모으곤 잠깐 생각에 잠겼다. 나는 소매 끝으로 눈 앞머리를 찍어내며 기다렸다.

"나는 말이야, 복싱을 하기가 싫어."

원준은 코로 숨을 깊게 들이마셨다 내뱉었다. 그러고는 잠시 후, 배 속에 뭉친 무언가를 풀어내듯이 느릿느릿 이야기하기 시작했다.

"……복싱을 잘하기 위해서 가장 중요한 게 뭔지 아냐. 집중이야. 뭐에 집중하냐면 지금 내 눈앞에 있는 이 새끼를 곤죽으로 만들겠다는 집중. 왼손으로 안 되면 오른손으로 오른손으로 안 되면 머릴 들이받아서라도 뻗어버리게 만들어야겠다는 집중. 그게 가능하려면 되게 디테일하게 생각해야 해. 이미지 트레이닝이라고 하잖아. 상대방이 피를 흘리는 모습, 조금씩 힘이 빠져가는 모습, 내 펀치에 쓰러지는 모습 같은 걸 상상하는 거. 그런데 너 살면서 그런 상상을 해본 일이 있냐. 진짜로 미워하는 사람이 너에게도 있었겠지만, 그 사람을 때려서 무너뜨리는 모습을 이렇게까지 자세히 그려내본 적이 있냐 말이야.

나는 심지어 그 사람을 미워하지도 않아. 아니 오히려 좋아해. 복싱에 목숨 걸고 나랑 비슷한 삶을 살아왔을 이 사람하고 친구가 되고 싶어. 그런데 그런 사람을 곤죽으로 만드는 상상을 하는 게, 실제로 곤죽으로 만들기 위해 주먹을 내뻗는 게 어느 순간부터 되게 힘들어진 거야. 이건 스포츠다, 직업이다 하고 계속 생각했지만 스포츠건 직업이건 맞으면 아프고 아픈 건 싫거든. 진짜 싫고 기분 나쁘거든. 그런 걸 생각하게 된 날부터였어. 복싱이 하기 싫어진 건. 하지만 그렇다고 해서 그냥 휙 그만둘 수 있는 일은 아니었지. 그러고 싶지도 않았고. 나는 오랫동안 고민하고 또 고민했어. 그러다가 그럴듯한 해결책을 찾았어. 상대방을 미워해보기로 한 거야. 미운 상대를 때리는 건 그나마 좀 쉬울 것 같았거든.

그런데 좋아하지 않는 걸 좋아하려고 애쓰는 게 힘들듯이 미워하지 않는 걸 미워하는 것도 보통 일이 아니더라는 말이야. 그래서 나는 미움을 억지로 만들어냈다. 세상 나쁜 것들을 다 갖다 붙이면서 미워해야 돼, 미워해야 돼만 반복한 거야. 저 사람은 생각보다 좋은 사람이 아닐 거야, 저 사람도 날 때리고 싶어서 안달이 나 있을 거야, 맞기 전에 먼저 때려눕혀야만 해, 다시는 내게 기어오르지 못하도록 완전히 밟아버려야 해 하면서. 경기가 없는 날에도 나는 온종일 그런 것들만 생각했어. 내게 주먹을 휘두르고 싶게 만드는 것들, 그 감정을 좀더 효율적으로 응축시켜 오른쪽 글러브 안에 모으는 방법에 대해서만.

그런데 그러다가 어느 날, 이렇게 됐어."

원준이 허공에 브로콜리를 휙, 내뻗었다. 어둠 속에서 오톨도톨한 브로콜리의 모양이 반짝 드러났다.

"이렇게 되고 나서부터, 아무리 하려고 해도 화가 나질 않아."

원준의 브로콜리가 몇 번 더 허공을 때렸다. 때리다가 결국 툭, 떨어졌다.

"그런 거 관두는 게 좋다고 생각하겠지. 그렇게 괴로운 일을 무엇 하러 해야 하는지 넌 모르겠지. 그렇지만 나는 이걸 너무 오래 해왔어. 할 줄 아는 게 이것뿐이야. 남 미워하는 거. 미워서 곤죽이 되게 때려주는 거."

원준은 거기까지 말한 뒤 입을 다물었다. 그러자 방 안은 다시 어둠과 침묵과 슬픈 풀냄새만이 가득했다. 나는 입을 열었지만 아무 말도 나오지가 않았다. 길고 힘든 이야기를 들었으니 무슨 말이든 해야 할 텐데, 위로든 핀잔이든 무어라고 대답을 해야만 하는데. 물 밖으로 끌려나온 붕어처럼 입만 뻐끔거리다가 나는 겨우 한 단어를 말했다.

"내일."

원준이 나를 힐끗 바라보았다. 아무런 기대도 없는 눈빛인 것을 어둠 속에서도 알 수 있었다.

"박광석 할아버지가, 내일 산에 가재. 가서 이것저것, 아무튼 하면 잘 낫는대. 내일 같이 가자. 가보자 응. 지금은 푹 자고,

내일 다 같이 가보자."

원준은 대답하지 않았다. 나는 어둠 속에서 원준의 브로콜리를 더듬어 잡았다. 두텁고 미지근한 줄기 밑에서 두근두근, 물이 지나가는 것이 느껴졌다. 이 물은 브로콜리를 한 바퀴 돌아 나와 원준의 어디로 갈까, 미움이나 분노를 만들어내는 그런 곳으로 흘러가서 고일까, 거기에 맑게 섞여들면 조금 묽어질 수 있을까. 나는 오래오래 브로콜리를 쓰다듬고 매만졌다. 내 손끝에도 푸른 물이 드는 것만 같아 내내 배 속이 저릿저릿했다.

다음 날 정오쯤의 일이었다, 원준과 내가 산뜻한 등산복을 커플로 맞춰 입은 박광석 할아버지와 안필순 할머니를 서울대학교 정문 옆, 관악산 등산로 입구에서 만난 것은.

우리는 만나자마자 수선을 피웠는데 나는 두 노인의 옷을 칭찬했고 어디서 사 입은 것인지 진달래색 윗도리가 정말 잘 어울렸으므로 들어 마땅한 평가였으며 박광석 할아버지는 원준의 왼손, 그러니까 브로콜리가 되지 않은 쪽의 손을 잡고 연신 흔들어대느라 그랬다. 내가 아주 자네를 꼭 한번 만나보고 싶었어. 박광석 할아버지는 아주 흡족해했고 원준은 수줍은 것인지 기운이 없는 것인지 고원준입니다, 하며 겸연쩍게 미소 짓기만 했는데 그래도 할아버지는 원준의 손을 놓지 않고 꽤 오래 잡고 있었다.

평일인데도 등산객이 적지 않게 있었고 그 사이에서 우리 넷은 나들이를 나온 사이좋은 가족처럼 보였다. 마침 날씨도 아주 쾌청해 등산하기에 딱 좋은 날이었다. 젊었을 적부터 관악산을 날다람쥐처럼 날아다녔다는 박광석 할아버지와, 그런 할아버지를 따라 자주 왔었다는 안필순 할머니가 등산 스틱을 휘두르며 큰 걸음으로 앞장서고 우리는 뒤를 따라 걷기 시작했다.

등산로 초입이라 그런지 풍경은 아직 숲이라기보다는 큰 공원 같다는 느낌이 들었고 잘 닦인 길에서는 마른 먼지가 날렸다. 나와 원준은 손을 잡고 길 한가운데로만 걸었다. 걸으면서, 나는 어제 원준이 한 말에 대해 곰곰이 생각하고 있었다. 나도 물론 살면서 누군가를 끔찍하게 미워해본 일이 있었고 눈물 나게 하기 싫은 일을 해야만 한 적도 많았는데 그러고 보니 그것들은 다 어떻게 되었더라. 내 속에서 싫다, 싫다 하며 몇 번이고 되뇌어지다가 결국, 사라졌던 것으로 기억한다. 그래, 사라지는 과정이 지난하고 복잡했을지언정 확실히 사라졌다. 피가 나도록 입술을 깨물었던 분노도 평생 잊지 않을 거라고 다짐했던 원한도 시간이 지나면서 없던 일처럼 없어졌다. 딱히 없애려고 노력하지도 않았는데 없어졌다. 그 일이 없던 일이 된 것은 아니지만 적어도 나쁜 감정은 틀림없이 사라졌고 그땐 그런 더럽고 괴로운 일이 있었어, 하고 떠올릴 수 있게 되었으니까. 그건 분명히 내 몸 어딘가에 있는 무슨 기관이

작동한 결과임이 틀림없다. 그렇지 않고서야 그렇게 선명하던 것들이 이렇게 감쪽같이 무뎌질 수가 있을까. 이런 것들을 오래 품고 있으면 올바르게 살아갈 수가 없으니까, 나를 다시 안온한 상태로 되돌리는 역할을 맡은 어떤 기관이 열심히 일한 것이 분명했다. 그런데 원준은 너무 많은 괴로움을 자꾸만 억지로 삼키다 보니 그 기관이 고장 난 게 아닐까. 그래서 괴로움을 그대로, 그대로 받아들이다 결국 어느 날 아침 별안간 브로콜리가,

그렇다면 원준의 손이 낫고 나면 원준은 어떻게 하는 게 옳을까.

그런 생각을 하며 걷는 동안 길은 오르막길이 되었다 내리막길이 되었다 했고 나는 점점 숨이 차기 시작했다. 그러나 원준은 조금 졸린 듯한 평소의 표정 그대로 태연하게 걷고 있었고 박광석 할아버지와 안필순 할머니는 이미 저 앞에 진달래색 점 두 개로 멀어져 있었다. 손나팔을 하여 할아버지이이이 어디까지 가야 돼요오오오, 소리치자 점들은 오뚝 멈춰 서더니 조금만 더 가면 돼, 하듯 손을 머리 위로 들어 올려 앞을 가리켜 보였다. 아무래도 정상까지 오르려는 건 아닌 듯하고 중턱쯤에 생각해둔 장소가 있는 모양이었다.

저만치 길섶, 나무 울타리에 기대앉아 쉬고 있는 박광석 할아버지와 안필순 할머니를 다시 만난 것은 그로부터 반 시간은 더 산을 오른 뒤였다. 멀찍이 걸어오는 우리에게 할머니가

손수건에 싼 얼음물 병을 내밀었다. 다 왔다 다 왔어. 흐느적흐느적 파김치가 된 나를 보며 박광석 할아버지가 껄껄 웃었다.

"요기쯤이면 어떨까 싶은데."

그러고선 갑자기, 할아버지는 울타리를 훌쩍 넘어 길 바깥쪽으로 나갔다. 함부로 들어가도 되는 곳인가 싶어 망설이는데 안필순 할머니도 끙차, 하며 울타리를 넘어갔고 원준도 가볍게 뛰어넘어 뒤를 따라가는 걸 보고 나도 비적미적 울타리를 기어오를 수밖에 없었다. 길을 알고 가는 것인지 그저 가는 것인지 박광석 할아버지는 풀숲을 이리저리 헤치며 자꾸자꾸 숲 안으로 들어갔다. 그 뒤를 줄지어 따라가니 점점 내리막이 가팔라졌다. 그러다가 어느 순간 평지는 뚝 끊기고 낭떠러지가 나타났다. 내려다보니 아래는 온통 돌투성이라, 한 걸음 잘못 디뎌 떨어지기라도 하면 큰일이 날 것만 같았다. 위험하니 너무 가까이는 가지 마라. 박광석 할아버지가 가방에서 둘둘 만 은박 돗자리를 꺼내며 일렀다. 울퉁불퉁 넓은 돌멩이 위에 돗자리를 펴고 네 귀퉁이를 각자의 가방으로 눌러놓았다. 안필순 할머니의 가방에서는 은박지에 싼 김밥 여러 줄과 음료수, 과일을 담은 밀폐용기가 나왔다. 그것들을 펼쳐놓자 그럴듯한 피크닉 차림새가 되어 모두 둘러앉아 포크 대용으로 이쑤시개를 하나씩 쥐었다.

"자, 먹기 전에 해야 할 일부터 하지."

박광석 할아버지가 자기 이쑤시개를 사과 조각에 콕 찔러놓고 원준을 바라보았다.

"자네 그거 풀게. 그리고 노래를 한번 해봐."

"예? 노래요? 갑자기요?"

"갑자기고 자시고 그냥 아무 노래나 불러."

원준이 곤란한 얼굴로 나를 흘끔거렸다. 나는 웃음이 비어져 나오려는 것을 꾹 참으며 고개를 돌렸다. 말하지 않은 건 미안하지만, 노래를 불러야 한다고 했으면 아마 절대 오지 않았을 테니까. 내 속내를 알아챈 원준이 나를 노려보았지만 이미 여긴 관악산 중턱, 어쩔 도리가 없었다.

"그냥 한번 속는 셈치고 해봐."

"무슨 노래를 할까요?"

"하고 싶은 노랠 해야지."

"할 줄 아는 노래가 없는데요."

"정 없으면 소리라도 질러. 아주 시원하게."

원준이 우물쭈물하는 동안 나는 원준의 브로콜리에 둘둘 감아놓았던 수건을 벗겨냈다. 햇빛 아래에서 보아 그런지 브로콜리는 어젯밤보다 더 푸르고 신선한 것 같았다. 그때 원준의 브로콜리를 곰곰 바라보던 안필순 할머니가 갑자기 말했다.

"그러면 나도 노래는 아니구 소리 하나 질러도 되냐."

"그럼, 지르고 싶은 대로 지르게."

"그럼요, 지르세요."

그러자 안필순 할머니는 자리에서 일어나 낭떠러지 끝쪽으로 조심조심 걸어갔다. 가장자리로부터 두어 걸음 떨어진 지점에서 머리가 핑 도는 듯 쪼그려 앉더니 입나팔을 했다. 어깨가 들썩이도록 숨을 크—게 들이쉬고 내뱉으며 외쳤다.

"말자야아아아!"

그다지 깊은 숲이 아니라서 그런가, 메아리가 들릴 줄 알았는데 소리는 그것으로 끝이었다. 그러나 안필순 할머니는 쪼그려 앉은 채 계속 외쳤다.

"내가 욕헌 것도 진심이 아니었구우우 때린 것도 진심이 아니었다아아아."

"좋은 곳에 가라아아아."

"곧 다시 만나자아아아."

그러고 나서도 안필순 할머니는 잠시 허공을 바라보며 앉아 있더니, 한참 후에야 일어서서 엉덩이를 툭툭 털었다. 그러고는 꼭 무대공연을 마친 가수처럼 수줍게 웃으며 돌아왔다. 나와 박광석 할아버지는 열렬하게 박수를 쳤다. 옆에 와 앉는 할머니를 보고 할아버지가 환하게 웃었다.

"아이구, 내 속이 다 시원하네."

"잘혔어. 자, 이제 그러면 원준이 자네 차례."

손사래를 치며 끝까지 뺄 거라고 생각했는데, 놀랍게도 원준은 큼큼 목을 가다듬더니 일어섰다. 우리의 얼굴을 한 번씩 차례로 들여다보고는 아까 안필순 할머니가 가서 앉았던 자리로 조심히 걸어갔다. 재가 뭘 하려고 저러나, 궁금하여 나는 조마조마 그 뒷모습을 바라보았다. 원준은 아까 안필순 할머니가 쪼그려 앉았던 곳보다 한 걸음 정도 더 나아간 자리에 딱 버티고 섰다. 그러고는 허리를 숙여 낭떠러지 아래를 바라보았다. 순간, 나는 벌떡 일어섰다. 원준이 저대로 뛰어내릴지도 모른다는 생각이 들어서였다. 그때 원준이 별안간 소리쳤다.

"아아아아 —!"

엄청나게 큰 소리, 방금 안필순 할머니가 외친 것보다 열 배는 더 큰 소리였다. 우리는 깜짝 놀라 서로 눈을 마주 보았다. 좀 전까지 잠잠했던 낭떠러지 아래 잡목 숲에서 새들이 우르르 날아올랐다. 그러거나 말거나 요란하게 목을 푼 원준은 드디어 허리에 손을 얹었다. 숨을 훅 들이쉬더니 별안간 노래하기 시작했다.

"동해! 물과 백! 두산이 마르고! 닳도록!"

노래인지 괴성인지 모를 그 소리에 아이고! 우리는 동시에 경악한 얼굴로 고꾸라졌다. 할 줄 아는 노래가 없다는 건 정말이었구나, 그래도 그렇지 정말 이건 너무하잖아. 나는 깔깔깔 큰 소리로, 가슴속에서 식식 쇳소리가 날 때까지 웃었다. 박광석 할아버지가 웃지 말라며 눈을 흘겼지만 할아버지도 이미 눈꼬리에 눈물이 맺혀 있었고 안필순 할머니는 숫제 엎드려서 숨 넘어가는 소리를 내며 부들부들 떨고 있었다. 그러나 등 뒤에서 폭소하는 관객들에는 아랑곳없이 원준은 우렁차게 계속 불렀다, 애국가를.

"하! 느님이 보우하사 우리! 나라! 만! 세!"

아이구 잘한다! 안필순 할머니가 박수쳤다. 나도 신이 나서 추임새를 넣었다. 원준아 더! 더 질러봐! 그러자 원준이 돌아보며 씩 웃었다. 사진으로 찍어 남기고 싶을 만큼 상큼한, 그러나 왠지 코끝이 찡해지는 미소였다. 너무 웃어 가려운 뱃가죽을 부여잡고선 아이고 저 짠한 것, 생각하는데 이윽고 노래를 마친 원준이 목을 캑캑거리며 돌아왔다. 나는 일어서서 돌아오는 원준을 안아주었다. 아이구 잘했다 잘했어, 엉덩이를 툭툭 쳐주며 머리도 쓰다듬고 볼도 꼬집어주었다.

"이상하네요. 소리를 지른 것뿐인데 좀 시원한 거 같아요."

오백 밀리짜리 물병을 한꺼번에 비운 원준이 목을 이리저리 돌리며 말했다.

"그거 봐, 그렇다니까. 이제 나을 거야."

박광석 할아버지가 흐뭇하게 말했다. 정말 이래서 뭐가 나을지는 모르겠지만 기분은 정말 좋았고 나는 어쩐지 울 것 같기도 했다. 참 이상한 일이었다 고작 노래를 좀 불렀을 뿐인데, 평소보다 조금 더 크게 말을 한 것뿐인데 이렇게까지 기분이 좋을 일일까. 겨우내 땀에 전 솜이불을 얇보드레한 봄이불로 바꾸어 덮은 첫 밤처럼 온몸이 다 산뜻했다. 비결이 무얼까, 여기가 산이어서일까. 메아리도 없이 소리를 꾸울꺽 삼켜버린 이 산의 청신한 공기 덕분일까. 그러고 보니 원준이 저렇게 소리를 지르는 것을 들은 건 이번이 처음이었다. 저렇게 크게 소리도 지를 줄 아는 애였어, 보기보단 늠름하지, 산공기를 흠흠 들이쉬며 그런 생각을 하는데 콧구멍 앞으로 무언가가 쑥 들이밀어졌다. 이쑤시개에 꽂힌 키위 조각이었다.

"금강산도 식후경이랜다."

목소리에 아직 웃음기가 남은 안필순 할머니가 이쑤시개를 쥐여주었다. 지금 우리는 관악산 그것도 한창 중턱, 금강산에는 대지도 못할 풍경이었지만 어쨌든 나는 고분고분 먹었다. 새콤한 것을 먹으니 입에 침이 확 돌며 음식이 자꾸자꾸 땡겼다. 원준도 그랬는지 멀쩡한 왼손으로 김밥을 두 개씩 집어 입에 욱여넣고 있었다. 그러고 보니 나도 원준도 어제부터 아무것도 안 먹었었다. 김밥은 금세 없어졌지만 아까부터 빵빵해서 수상타 싶던 안필순 할머니의 배낭에서는 유부초밥에 양갱에 뻥튀기, 얼린 보리차까지 먹고 마실 것이 끝도 없이 나와 우리 무릎 앞에 펼쳐졌고 우리는 마음껏 씹고 삼켰다. 밥은 미지근하고 과일은 군데군데 갈변되어 있었지만 눈물 나게 맛있었다.

그때였다. 갑자기 유부초밥을 씹던 원준이 윽, 하며 인상을 확 찌푸렸다. 돌이라도 씹었는가 하여 바라보니 원준은 브로콜리를 쳐들고 빤히 들여다보고 있었다.

"터진다."

"터져? 뭐가?"

모두 이쑤시개를 그대로 든 채 원준의 브로콜리에 시선을 모았다. 계속 윽, 윽 하는 소리를 내던 원준이 이번에는 연둣빛 팔목 중간쯤을 꾹 부여잡았다.

"안에서 뭐가 자꾸만 터지는 것 같아."

"터진다니?"

"모르겠어. 작은 불꽃 같은 것들이 막 따끔거리면서 터져."

그게 뭐야 정확히 무슨 느낌이야, 더럭 겁이 나서 물으려는 참이었다. 갑자기 안필순 할머니와 박광석 할아버지가 동시에 어어! 소리를 질렀다. 할아버지가 원준의 브로콜리 줄기를 부여잡고 얼굴 가까이로 잡아당겼다.

"이것 봐라, 여기!"

나도 얼굴을 들이대자 보였다, 노오랗고 작은 점이. 브로콜리 윗부분의 복슬복슬 보글보글한 작은 봉오리들 중 하나가 다른 것들보다 쑤욱 길어나, 그 끝부분에 노란 실금이 가 있었다. 쌀알만큼 작아 자세히 들여다봐야 분간할 수 있는 크기였지만 우리는 모두 그게 뭔지 분명히 알 수 있었다.

"이거, 이거 꽃 아니야? 맞지?"

"브로콜리가 원래 꽃봉오리 부분을…… 크게 자라도록 개량해서 만든 야채긴 한데……"

"시상에, 그럼 이 쪼그맣고 짜잘한 이게 다 꽃이야?"

우리는 원준의 브로콜리에 얼굴을 바짝 갖다 대고 숨을 죽였다. 느리지만 확실하게, 커다란 브로콜리의 가장자리 여기저기서 톡, 톡 하고 꽃봉오리가 터지고 있었다. 이내 처음 나온

봉오리 끝이 아주아주 조금씩 길어지기 시작했다. 뾰족한 총알 모양의 꽃자루가 쏘옥 올라오더니 그 끝에서 길게 돌돌 말린 샛노란 꽃잎이 천천히 빙글빙글 돌며 비집고 나와 조금씩 펼쳐졌다. 몇 분이 지났을까. 드디어 최초의 한 송이가 완전히 개화했다. 넉 장짜리 꽃잎이 고깔 모양으로 고개 숙인 작고 소박한 꽃이었다. 이윽고 첫번째 꽃을 따라 나머지 봉오리들도 경쟁하듯 쏘옥, 쏘옥 피어나기 시작했다.

"하이고, 참 예쁘네."

"응, 정말 이쁘다."

"장관이네, 장관이야."

우리는 저마다 한마디씩, 왠지 조용히 말해야 할 것 같아 목소리를 낮추어 말했다. 꼭 갓 태어난 아기 동물을 내려다보는 듯 가슴 속에서 뭔가 벅차올랐다. 나는 원준의 어깻죽지를 마구 쓰다듬었다.

"기분 되게 이상하네."

원준이 브로콜리를 내려다보며 말했다. 눈가와 입가가 한결 풀어진 것이 좋아 보이는 얼굴이었다.

"그래그래, 이제 다 나었다."

박광석 할아버지가 흡족하게 웃었다.

한 시간이나 지났을까, 원준의 브로콜리는 커다란 꽃 뭉치가 되었다. 모든 봉오리가 저마다 한껏 피어나 가장자리의 꽃은 축 늘어지고 가운데의 꽃은 꼿꼿이 하늘로 뻗어, 마치 화려

한 샹들리에를 뒤집어놓은 것 같은 모양이었다. 손끝으로 꽃송이 하나를 살짝 쥐어보니 깜짝 놀랄 만큼 맵싸한 향이 물큰 퍼져 나왔다. 평범한 꽃향기와는 다른, 훨씬 강렬하고 정신을 청량하게 해주는 향이었다. 우리는 번갈아 가며 조심조심 브로콜리 꽃뭉치를 쓰다듬었다. 아주 대견한 일을 해낸 누군가를 칭찬하듯이. 손길이 스칠 때마다 꽃들은 고개를 끄덕끄덕하며 향기를 내뿜었다. 꿈에서도 잊지 못할 진한 향기를. 아마 요 매콤달큰한 냄새는 바람을 타고 멀리멀리까지 가닿을 거야, 지금 아마 못해도 관악산 산책로 초입까지는 충분히 향긋할 거야, 하고 나는 생각하며 뿌듯해했다.

결국 우리가 산을 내려온 것은 해가 슬슬 저물어갈 무렵이었다. 온 길을 그대로 되돌아와 서울대학교 앞쯤에서 우리는 헤어지기로 했다. 잔뜩 지친 박광석 할아버지와 안필순 할머니를 택시에 태워 보낸 뒤, 원준과 나는 서로의 집으로 가는 갈림길이 나올 때까지 함께 천천히 걸었다. 원준은 브로콜리 꽃을 수건으로 소중히 감싸 안고 있었다. 그 모양이 꼭 무슨 기쁜 일이 생겨 꽃다발을 한 아름 받아 안고 가는 사람 같았다. 나는 발을 콩콩 구르며 집으로 돌아왔다. 큰 소리로 노래를 부르고 싶은 기분이었다.

그날은 땀을 잔뜩 흘린 터라, 집에 도착하자마자 몸을 씻고 잠자리에 누웠다. 온몸이 노곤노곤해 바로 잠들 것 같다고 생각했는데 막상 누우니 그렇지가 않았다. 소풍 다녀온 아이처럼 즐거움과 흥분이 남아 눈을 감아도 눈꺼풀 뒤에 오늘의 온갖 장면들이 스쳐가는 탓이었다. 나는 베개를 끌어안고 왼쪽으로 굴렀다, 오른쪽으로 굴렀다 하며 오늘을 두서없이 복기하기 시작했다.

그러고 보니 원준이 복싱을 그만두고 싶다는 얘길 내게 하지 않은 것이 새삼 조금 섭섭했다. 평소에는 세상 오만 것들에다 제 느낌과 견해를 떠들어대는 녀석이, 정작 자기 내면에서 일어나는 고런 중요한 일에 대해선 입을 꾹 다문 채 그 지경까지 혼자 괴로워했다니. 그런 건 좀 터놓고 얘기하면 얼마나 좋아, 우리 사이에. 나는 어둠 속을 향해 혼자 입을 삐죽거렸다. 하긴 얘기했다 한들 내가 뾰족한 대책을 내놓을 수 있는 것도 아니었긴 했다. 맛있는 걸 사 줄까, 아님 시원하게 어디 여행이라도 다녀올까, 하며 기분을 풀어주려고 안간힘을 쓰기야 했을 테지만. 어젯밤 박광석 할아버지가 안필순 할머니에게 했던 것처럼 말이다. 그렇게 생각하니 좀 민망한 기분이 들었다. 세상 사람들이 대개 비슷하구나, 실의에 빠진 연인을 달래는 방식은.

박광석 할아버지는 안필순 할머니에게 새로운 앵무새를 사줄까. 만일 그렇다면 그 녀석은 틀림없이 재롱도 잘 떨고 말도 잘하는 녀석일 게 틀림없다. 그 재롱은 말자와는 다른 귀여움이고 그 목소리도 말자와는 다른 목소리일 테지, 하지만 조금

지나면 그 녀석도 결국엔 쌍소리를 떠들어대는 버릇없는 앵무새가 될 것이다. 분명 그럴 거야.

멀리서부터 사르르, 잠이 오고 있었다.

다음 날 아침, 눈을 뜨자 원준에게서 사진을 첨부한 메시지 한 통이 도착해 있었다. 나 복싱 관두기로 했다 사진은 원준의 오른손을 찍은 것이었다. 아직 끝에 시든 꽃봉오리들이 조금 달려 있고 색깔이 군데군데 푸릇푸릇했지만, 거의 온전한 손의 모양을 하고 있었다.

나는 잘 됐네!라고 답장을 보냈다. 정말 잘 된 일이었다.

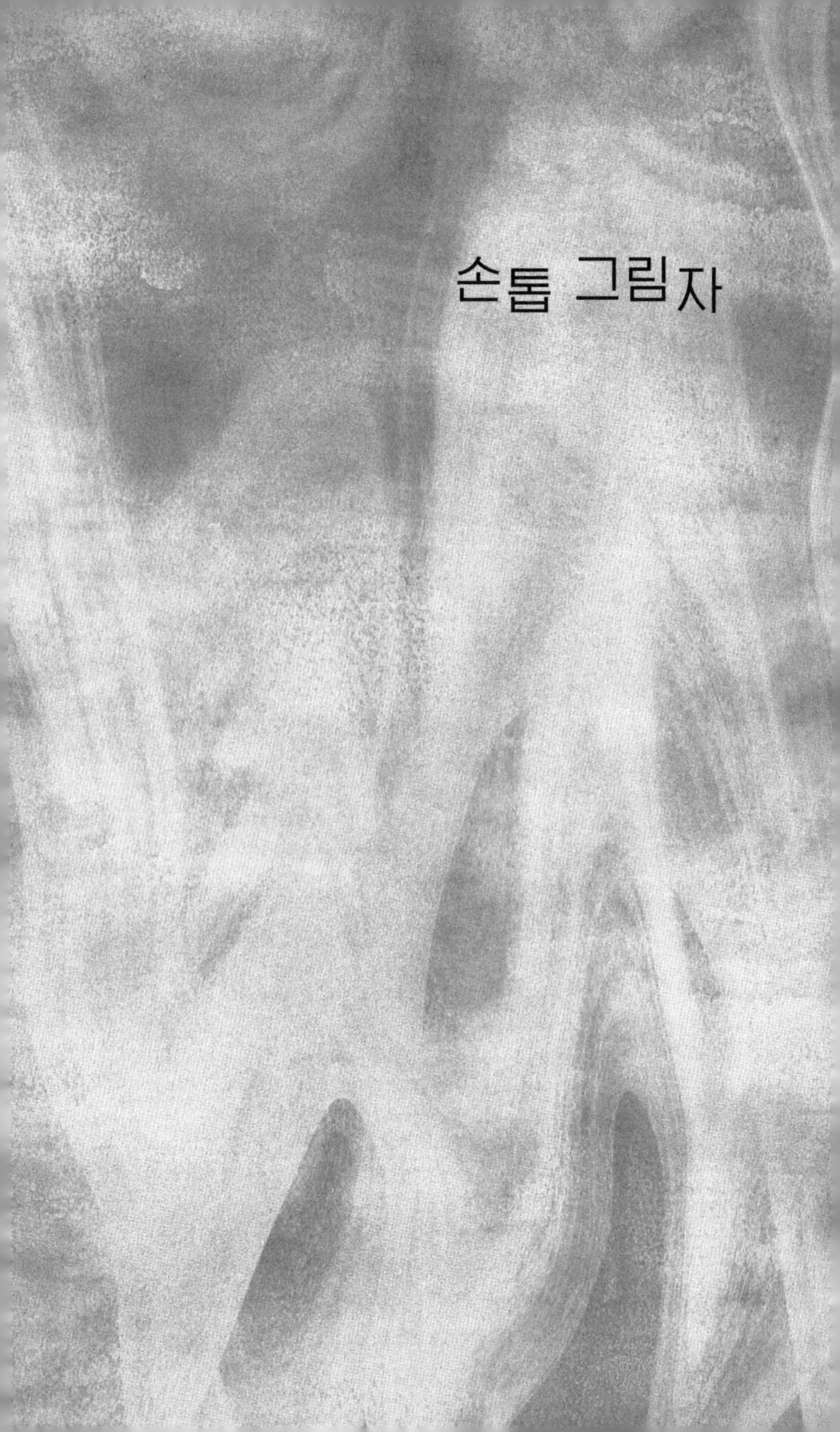

손톱 그림자

어느 날 밤 문득 잠에서 깨었는데 용준 씨가 나를 내려다보고 있었다. 졸린 눈으로 용준 씨 뒤에 걸린 벽시계를 보자니 새벽 네 시, 과연 이런 시답잖은 꿈을 꾸기에 적당한 시간이었다. 빤히 바라보는 시선이 신경 쓰이지 않는 건 아니었고 게다가 좀 무섭기도 슬프기도 했지만 어쨌든 이건 꿈이니까 어서 다시 자야지, 돌아누운 참에 등 뒤의 용준 씨가 나를 불렀다.

일어나요 수정 씨.

그 목소리는 너무나도 용준 씨 같았고 아니 용준 씨니까 용준 씨처럼 말하는 건 당연하지만 이건 꿈이 틀림없으니까. 나는 다시 돌아누웠고 그러자 침대맡에 선 용준 씨의 기다란 다리가 보였다.

일어나요.

용준 씨가 다시 말했다. 그 목소리로, 그 얼굴로 그렇게 부탁한다면야 뭐 한 번쯤은. 나는 다시 자려던 것을 포기하고 천천히 몸을 일으켰다. 그러자 창밖에서 들어오는 가로등 불빛으로 용준 씨의 슬픈 얼굴을 볼 수 있었다. 이건 진짜다, 나는 그렇게 생각했다. 그렇게 생각할 수밖에 없었다. 나를 내려다보고 있는 용준 씨의 모습은 내가 기억하는 용준 씨보다 훨씬 용준 씨 같았으니까.

하지만 용준 씨, 죽었는데요.

나는 나도 모르게 그렇게 말했다. 말하고 말았다. 그러자 용준 씨의 표정이 더한층 어두워졌다.

그런가요. 그렇죠.

그렇게 대답하고는 아무 말이 없었다. 나는 괜스레 마음이 좋지 않아 이마를 문질렀다. 유령일까. 하지만 유령이라기엔 커다란 용준 씨의 커다란 그림자가 뒤로 길게 늘어져 있었고 나는 용준 씨의 낯익은 체취며 옷의 냄새며 용준 씨를 둘러싼 그 주변 특유의 분위기까지 느낄 수 있었다. 유령도 냄새를 풍기나, 혹시 묻혀서 썩었다면 그럴 수도 있겠지, 하지만 용준 씨는 화장했는걸, 화장해서 고운 재를 저어기 영도 어딘가에 뿌렸는걸, 하고 생각하는데 용준 씨가 말했다.

저는 손톱이에요.

네?

되묻자 용준 씨는 입을 다물었다. 그리고 한참 나를 내려다보기만 했다.

그때 옆에서 자던 석기 씨가 깨어나 말했다.

누구야?

그래서 나와 용준 씨는 동시에 대답했다.

손톱이래.

손톱입니다.

손톱?

석기 씨가 일어나서는 졸린 눈으로 나와 용준 씨를 번갈아 바라보았다. 한참 꿈벅이며 바라보다가 물었다.

이 사람, 죽었다고 하지 않았어?

응, 죽었어.

그런데 어떻게 여길.

나도 몰라. 자기가 손톱이래.

손톱?

그러는 동안 용준 씨는 방 안을 둘러보고 있었다. 새로 바꾼 꽃무늬 이불보며 화장대에 놓인 화장품들, 쓰레기통, 옷가지, 그런 것들을 하나하나 오래 쳐다보다 벽에 걸린 사진에 눈을 박고는 이번에는 황망한 얼굴이 되었다. 그건 나와 석기 씨의 결혼사진으로 작년에 찍은 것이었다. 신혼집 안방에는 역시 결혼사진이니까, 하고 내가 고집하여 걸어뒀던 것이었는데 촌스러우니 걸지 말자는 석기 씨 말을 들을 걸 그랬지. 나는 용준 씨의 새하얀 옆얼굴을 보며 후회했다. 뭘 후회했는지는 모르겠지만 아무튼 후회했다.

결혼했나요.

용준 씨가 물었다.

네 했어요.

내가 대답했다.

언제요.

작년에요.

그리고 용준 씨가 더 말이 없기에 나도 입을 다물었다. 어찌 된 일인지 용준 씨는 생전에 제일 즐겨 입던 면바지에 검정 반팔 티셔츠를 입은 깨끗한 차림에다 흰 양말까지 신고 있었고 그에 비해 나는 잠잘 때 입는 늘어진 추리닝에 흐트러진 머리라 부끄러웠다. 용준 씨랑 너무 오랜만인데. 정말 오랜만인데. 하지만 그렇다고 급하게 매무새를 고치자니 그건 석기 씨에게 큰 실례라는 생각이 들어 이러지도 저러지도 못한 채 그저 있었다. 그렇게 석기 씨와 둘이 침대에 반쯤 눕고 반쯤 앉은 채로 용준 씨의 빤한 시선을 받고 있는데 갑자기 석기 씨가 벌떡 일어났다. 그러고는 전등 스위치를 딸깍, 눌러 불을 켰다.

아닌 밤중에, 이게 어떻게 된 건지.

스위치에 한 손을 올려놓은 채로 석기 씨가 말했다. 갑자기 밝아진 탓에 나는 눈이 부셔 으악, 하며 눈을 꾹 감았고 혹시 불을 켜면 용준 씨는 사라지지 않을까 생각했다. 유령들이란 으레 그런 법이니까. 하지만 눈을 떴을 때 용준 씨는 수척하고 파리한 얼굴로 그대로 침대 머리맡에 서 있었고 불을 켜고 보니 석기 씨와 용준 씨는 서로 키도 체형도 얼굴도 비슷해서 마주 보고 선 모습이 꼭 형제 같아, 취향이란 참으로 끈질긴 것이로구나, 나는 이마를 긁적거리며 실없는 생각을 했다.

거실 식탁에 둘러앉으니 날이 밝아오고 있었다. 그렇게 둘러앉고 보니 그냥 있기 맨송맨송해 차라도 내와야 할 것 같다는 생각이 문득 들었다. 아침이니 커피가 좋을까, 그러고 보니 용준 씨는 내가 내린 커피를 좋아했었지. 나는 커피를 세 잔 만들어다 각자의 앞에 하나씩 갖다놓았다.

고마워요.

용준 씨는 커피 잔을 한 손으로 감싸고 다른 손으로 받친 모양으로 호록, 호록 소리를 내며 커피를 마셨다. 마시는 모습을 보면 영락없는 생전의 용준 씨 그대로였고 커피도 바닥으로 그대로 흘러버리는 일이 없이 제대로 용준 씨의 식도를 타고 위장으로 들어가고 있는 것 같았는데 대체 이게 그래서 어찌 된 일이람.

자, 어떻게 된 일인지 들어봅시다.

석기 씨가 물었다. 그러자 용준 씨는 커피 잔을 내려놓고 생각에 잠겼다. 그러다가 갑자기 나를 보고는 물었다.

제가 언제 죽었나요.

올해로 오 년째 되었어요.

대답하면서도 신기했던 것이, 꼭 매년마다 세어보고 있었던 사람처럼 막힘없이 대답할 수 있었다. 누가 길을 걷던 나를 멈춰 세우고 갑자기 물었어도 바로 대답할 수 있었을 것 같았다. 꼭 오 년 하고도 두 달이 되었다고. 용준 씨는 그 말을 듣자 또 한참 생각에 잠겼다.

기억나지 않는 겁니까. 죽었다는 것이.

석기 씨가 또 묻자 용준 씨는 대답했다.

아니요, 죽었다는 건 알고 있어요.

어떻게 죽었는지도 기억해요?

네, 버스 사고로.

석기 씨가 내게 맞냐, 하는 눈짓을 보내기에 나는 고개를 끄덕였다. 용준 씨는 그날 고향 친구의 결혼식에 가기 위해 부산으로 내려가는 고속버스를 탔고 빗길에 미끄러진 그 버스는 가드레일을 들이받아 고가도로 아래로 추락했다. 버스에 탄 사람들은 모두 죽었다. 용준 씨도 죽었다.

결혼하는 친구는 나도 몇 번 보았던 이로, 함께 오라고 청첩장까지 받았었는데 나는 가지 않았다. 그 전날 앞머리를 자르다가 어긋나가서 처참하게 망쳤던 탓이었다.

게다가 용준 씨가 KTX를 타지 않고 버스를 타고 간 것은 나 때문이었다. 인터넷이며 휴대폰 앱을 다루는 데 약한 용준 씨가 내게 KTX 예매를 부탁했었는데 내가 그만 홀랑 잊어버리고 말았다. 그걸 당일에서야 생각해내 부랴부랴 좌석을 찾았지만 빈자리가 없었고 결국 용준 씨는 버스를 타고 갈 수밖에 없었다. 빗길에 뒤집어질 버스를. 탄 사람들이 모두 죽고 말 그 버스를.

용준 씨는 날 원망하고 있을까. 함께 그 버스를 타주지 않은 일을. 함께 타주지 않을 거였으면 타지 않게라도 해줄 수 있었을 일을.

만일 나였다면 어땠을까. 물론 원망했을 것이다. 나는 원래도 좀 비겁하고 옹졸한 편이니까. 버스가 뒤집어지는 순간에도 원망하고 죽기 직전에도 원망하고 죽은 뒤에도 당연히 원망했을 것이다. 귀신이 되어서라도 복수하고 싶다고 생각했을 것이다. 게다가 귀신이 되어 돌아왔더니 다른 사람과 버젓이 결혼해서는, 나라는 사람은 싹 잊고 행복하게 즐겁게 살고 있다니 이건 정말로 용서할 수 없다고 생각했을 것이다. 용서하지 않기 위해 할 수 있는 일은 다 했을 것이다. 계단을 내려갈 때 발목에 엉겨 붙는다든지 매일매일 높은 데서 떨어지는 꿈만 꾸게 한다든지 하는 쪼잔한 짓이라도 했을 것이다.

그런 생각으로 우울하고 슬퍼져 커피 잔만 내려다보고 있는데 용준 씨가 말했다.

죽었다는 것은 잘 알고 있습니다. 갑작스러웠지만.

용준 씨는 이어서 얘기하기 시작했다. 낮고 찬찬한 어조였다.

참을 수 없이 비좁고 캄캄한 곳에 오랫동안 있었습니다. 추위도 더위도 느낄 수 없는 상태였지만 그래도 추웠어요. 그건 생전에 느끼던 추위와는 다른 추위로, 밖에서 오는 것이 아니라 안에서부터 발산되는 그런 느낌의 추위,라고 하면 이해하실까요. 그런 곳이었어요. 저는 거기에서 오래된 그림자처럼 지내고 있었지요. 딱히 갇혀 있었던 것은 아니고, 가고자 한다면 어디로든 갈 수 있었을 테지만 가고 싶은 곳도 오라는 곳도 없어서 그냥 거기 그림자로서 존재했어요. 그저 존재했어요. 아무것도 하지 않고, 아무것도 되지 않고 그저 가만히. 그러다가 어느 순간 갑자기 수정 씨가 보고 싶다는 생각이 들었어요.

한번 그 생각을 하게 되자 종일 내내 그 생각만 하게 되었어요. 수정 씨 말고는 달리 보고 싶은 사람도 없었고 그다지 아쉬울 것도 없는 삶이었으므로 오직 수정 씨만 생각했어요. 거기서는 시간이 흐르지 않으니 내가 얼마나 그런 채로 존재했는지는 잘 모르겠습니다만 꽤나 오랫동안 생각했어요. 그러다가 뜬금없이 손톱,에 생각이 미치더군요.

손톱이요.

예, 저는 손톱을 물어뜯는 습관이 있었거든요.

그러면서 용준 씨는 너는 알 거야, 하는 얼굴을 하고 나를 건너다보았다. 나는 어떤 눈빛으로 그 시선을 맞받아야 할지 몰라 고개를 숙여버렸지만 사실은 기억하고 있다고 말하고 싶었다. 용준 씨는 평생 손톱깎이로 손톱을 깎아본 적이 없을 만큼 손톱 물어뜯기를 좋아했었다. 손톱 끝선이 손가락 끝선에서 일 센티미터는 넘게 들어가 있는 데다 피가 나는 것도 아랑곳없이 그저 조금만 자라면 물어뜯고 물어뜯고 하여 용준 씨의 손톱은 늘 만신창이였다. 게다가 손톱을 우물우물 물어뜯고 나면 그 조각을 푸, 하고 아무 곳에나 뱉거나 퉁겨버리는 못된 습관도 있었다. 평소 깔끔한 것을 좋아하는 용준 씨답지 않은 행동이었다. 손톱 조각들은 맨발에 밟히거나 하면 성가셨으므로 나는 보이는 대로 주워서 책상 위나 선반 위에 올려놓곤 했는데, 서로 뭉쳐진 초승달 모양의 손톱 조각들이 꼭 작은 동물의 뼈 더미 같다고 생각했던 일까지 나는 모두 기억하고 있었다. 바로 어제 일처럼 선명하게 기억하고 있었다.

왜 옛날이야기에 보면 손톱이 사람으로 변하고 그러잖아요.

그건 쥐가 먹어서 그렇게 된 거 아니었나요.

그런가요.

우리 집은 쥐가 나오지 않는데요. 아파트니까요.

석기 씨의 목소리가 단호했다. 용준 씨는 곤란하다는 듯이 입술을 힘주어 모았다.

어쨌든 저는 손톱이라면, 하고 생각했어요. 그러자 수정 씨 주변에 제 손톱이 아직도 떨어져 있을지 모른다는 생각이 들었습니다. 그럼 거기에 어떻게 한번, 안 되면 말겠지만, 하는 생각으로 들러붙어보았어요. 들러붙는 방법은 몰랐지만 이렇게 하면 되지 않을까 하는 느낌으로 훅.

훅?

훅. 그랬더니 이렇게 되었습니다.

용준 씨는 말을 마치고 침묵했다. 석기 씨는 머리를 한쪽으로 괸 채 가만히 생각에 잠겼다. 지금 들은 말이 진짜인지 아닌지 생각하고 있는 게 분명했지만 나는 알고 있었다. 저 말이 모두 진짜라는 것을. 생전의 용준 씨는 절대로 거짓말을 하지 않는 사람이었고 그래서 나는 사랑했으니까.

작년에 결혼했습니다, 저희는.

마침내 석기 씨가 오랜 침묵을 깨고 말을 꺼냈다.

재작년 칠월에 만났고요.

예.

아직 아이는 없지만 곧 가지려고 생각하고 있어요.

예.

저는 종이랑 펄프를 수입하는 회사에 다니고, 별일이 없다면 내년에는 과장으로 승진할 겁니다.

예.

수정이랑은 자잘하게 다툰 적이야 많았지만 크게 싸운 적은 없이, 잘 지내고 있습니다. 그런대로 잘 지내고 있어요.

예.

그러니까.

예.

이쯤에서 돌아가주시면 안 되겠습니까.

석기 씨의 말은 너무나 단호해서 한마디도 끼어들 틈이 없었고 끼어들면 안 될 것 같기도 했으므로 나는 가만히 있었다. 게다가 모두 옳은 말이었다. 석기 씨는 좋은 남자였고 좋은 남편이었고 우리는 서로 사랑하는 사이, 용준 씨를 사랑했던 때만큼인지 아닌지는 비교할 수 없겠지만 아무튼 세상 최고로 사랑하는 사람을 꼽으라면 당연하게도 석기 씨였다.

하지만 나는 용준 씨에게 돌아가라는 말을 할 수는 없었다. 그건 석기 씨를 사랑하는 것과는 별개로 할 수 없는 일이었다. 석기 씨도 그것을 알고 있을 거였고 그래서 자신이 나서기로 한 것이 틀림없다. 나는 그런 석기 씨에게 고마웠고 동시에 조금 섭섭하기도 했다. 섭섭하면 안 되겠지만 섭섭했다.

저도 돌아가려고 했습니다.

용준 씨가 손바닥으로 뒷목을 감싸고 비비며 말했다.

수정 씨도 보았고, 당신과 함께 있는 걸 보고 생각했어요. 돌아가는 것이 옳다고.

예.

어쨌든 목적은 이루었으니 조금은 후련하기도 하고요. 누구도 원망하지 않습니다.

용준 씨가 담담하게 말해서 나는 눈물이 날 것 같았다. 원망하지 않는다는 말은 정말일 것이다. 하지만 어떻게 원망하지 않을 수가 있을까. 그게 사람이 가능한 일인 걸까. 용준 씨는 이미 사람이 아니므로 가능한 걸까.

……그런데 말이죠, 돌아가는 방법을 모르겠어요.

용준 씨가 그렇게 말하고는 우리 둘의 얼굴을 번갈아 바라보았다. 혹시 방법을 아는 사람이 있다면 알려달라는 듯한 얼굴이었다. 하지만 우리라고 그런 방법을 알 길은 없었고 이미 날은 아주 밝아서 낯익은 우리 물건들, 그러니까 화분과 소파와 빨래 건조대 같은 것들이 점차 또렷해지는 가운데 우리는 서로의 얼굴을 멀뚱멀뚱 쳐다보며 앉아 있었다.

어쨌든 석기 씨는 출근해야 했으므로, 용준 씨와 나란히 현관에 서서 출근하는 석기 씨를 배웅했다. 석기 씨는 오후에 반차를 쓰고 나올 수 있을지 알아보겠다고 하고는 나갔다. 문이 닫혔는데도 복도를 걸어가는 발소리는 오랫동안 들리지 않았다. 나는 죄 지은 사람처럼 고개를 푹 숙이고 현관에 놓인 석기 씨와 나의 신발들을 바라보았다. 그러다가, 그러고 보니 용준 씨는 신발이 없겠구나, 하는 것에 생각이 미쳤다. 신발뿐만이 아니라 돈도 없고 외투도 없고 갈 곳도 없을 거였다. 용준 씨는 가족이 없었고 따로 각별하게 지내는 친구도 드물었으니까. 그러므로 죽은 용준 씨가 보고 싶어 한 사람은 나뿐이었고 그래서 이렇게 내게 왔고, 하는 생각이 들자 가슴이 아팠다.

한편 용준 씨는 거실로 되돌아가 물건들을 이것저것 만져보고 들여다보고 하고 있었다.

용준 씨.

하고 부르자 용준 씨가 돌아보았다.

예.

아팠어요, 그때?

정말 궁금한 건 그게 아니었지만 나는 이렇게 물었다. 용준 씨가 웃으며 대답했다.

아니요. 하나도 아프지 않았어요.

그럼요?

안 아팠다기보다 아플 겨를이 없었다고 해야 하나.

그랬군요.

그래도 죽는다는 건 알았어요. 죽을 걸 알았다고 해야 하나.

어떤 기분이었어요?

무서웠어요. 아주 무서웠어요.

아아.

살 수만 있다면 뭐든지 하겠다고 생각했어요. 그 정도로 무서웠어요.

새로 산 텔레비전 앞으로 다가가 손끝으로 만지작거리면서 용준 씨는 말했다.

사실 걱정했어요. 수정 씨도 죽었을까 봐.

그게 무슨 소리예요.

죽는 게 이렇게 무섭고 무서운데 수정 씨도 그랬을까 봐요. 죽은 뒤에는 쓸쓸하고 좁고 추운 세계뿐이었는데, 혹시 수정 씨도 나와 같은 이런 곳에 있을지도 모른다는 생각이 들었어요.

그게 무슨.

그러니까, 살아 있어서 다행이라는 얘기예요, 수정 씨가.

나는 무슨 말을 해야 할지 몰라 가만히 있었다. 그러니까 저 말은 같이 죽어주지 않은 것에 대한 원망일지도 몰라, 하는 생각도 했다. 분명 나라면 그랬을 테니까. 하지만 용준 씨는 아랑곳없이 텔레비전을 구경하다 이번에는 그 옆의 벤자민 화분을 관찰하기 시작했다. 한참 관찰하더니 손에 휴지를 말아와 잎사귀를 하나하나 닦았다. 생전에도 화분 가꾸는 걸 좋아했었지 저 사람, 하고 나는 망연히 서서 기억했다.

주로 뭘 하나요 이 시간엔.

용준 씨가 잎사귀를 닦으면서 물었다.

청소를 하고 밥을 해 먹고. 장을 보기도 하고.

그렇군요.

장은 어제 봐서 오늘은 괜찮아요.

그럼 뭘 할 거예요?

밥을 해 먹어야죠. 배고파요?

묻고 나서야 그렇지, 배가 고플 리가 없겠구나 싶었지만 용준 씨는 무심하게 대답했다.

아뇨, 그렇지만 수정 씨가 해준 밥은 먹고 싶어요.

그렇게 대답하고 또 한참 잎사귀를 닦고는 먼지투성이가 된 휴지를 작게 접어 쓰레기통에 넣었다. 보통 석기 씨가 출근하고 나면 점심은 빵 조각이나 전날 저녁에 남은 것을 데워 대충 먹곤 했지만 오늘은 용준 씨도 있으니까, 뭔가 제대로 된 걸 만들어야겠다는 마음이 들어 주방으로 갔다.

뭐가 먹고 싶나요.

냉장고 앞에 서서 거실에다 대고 물었더니 심상한 대답이 돌아왔다.

아무거나요.

그래, 저 사람은 항상 저렇게 말하는 사람이었지. 냉장고를 열고 찬찬히 살펴보니 딱히 굉장한 재료는 없었고 찌개를 끓이려고 전날 해동해둔 돼지 목살이 한 덩어리 있었다. 마침 석기 씨 집에서 받아 온 신김치도 한 통 있겠다 김치찌개를 끓이기로 마음먹고 냄비에 육수를 올렸다. 김치통을 여는데 용준 씨가 말했다.

김치찌개예요?

네.

김치 냄새, 오랜만이네요.

용준 씨가 코를 큼큼하며 다가와 김치통 속을 들여다보았다. 그러고 보니 용준 씨는 김치를 좋아했었나. 좋아했다면 어떤 김치를 좋아했었나. 석기 씨는 젓갈이 들어가지 않은 깔끔한 김치를 좋아하고 익은 것보단 덜 익은 것을, 흰 줄기보다는 잎사귀 쪽을 좋아하는데 용준 씨는 어땠나. 분명히 옛날에는 알고 있었던 것이었을 텐데 이상하게도 기억이 나지 않았다. 기억나지 않는다는 사실이 슬퍼서 나도 김치통 안에 눈을 박고 오래 서 있었다. 용준 씨의 모든 걸 알고 있다고, 무엇을 좋아하고 무엇을 무서워하고 무엇을 갖고 싶어 하는지 말하지 않아도 다 안다고 자부하던 때가 있었다. 내가 지금의 석기 씨에게 그러하듯이. 그런데 그렇게 생각하자 이번에는 석기 씨에 대해서도 그렇게 잘 알지는 못한다는 생각이 들었다. 여기서 있는 것이 용준 씨가 아니고 석기 씨였다고 해도 나는 분명 똑같이 생각했을 것 같았다. 그럼 대체 내가 아는 건 뭐야, 나는 나에 대해서밖에 모르고 나에 대해서밖에 기억하지 못하는 거야?

육수 끓어요.

용준 씨가 지적했다. 나는 위생장갑을 끼고 김치를 꺼내서 썰어 냄비에 집어넣었다. 고춧가루를 풀고 고기도 집어넣었다. 그러는데 휴대폰이 울렸다. 석기 씨였다.

그 사람 어떻게 됐어?

전화를 받자 석기 씨가 대뜸 물었다.

아직 있어.

뭐 해?

밥해. 찌개.

밥은 먹을 수 있대?

그런가 봐.

일단 오후 반차 냈어. 점심 회식이 있어서 점심은 먹고 들어가야 할 것 같아.

어어.

그리고 석기 씨는 무슨 말을 하려다가 훅 숨을 들이켜더니 결국 입을 다물고 말하지 않았다. 나도 할 말이 없어 찌개 냄비를 국자로 젓는 용준 씨의 뒤통수를 바라보며 침묵했다. 그러자 전화기 너머로 두런두런하는 사람 소리, 전화벨 울리는 소리, 키보드 치는 소리가 들려왔다. 석기 씨도 일하면서 저런 소리를 내겠지. 저건 내가 모르는 석기 씨의 세계일 것이다. 석기 씨가 출근하고 난 뒤 집에 혼자 남은 나의 세계를 모르는 것처럼.

가봐야겠다, 이따 들어가기 전에 전화할게.

어어.

전화를 끊고 나니 용준 씨가 돌아보았다.

뭐래요?

오후 반차 썼대요. 점심 먹고 온대요.

그렇군요. 바쁜가 봐요.

네, 요즘 매일 바빠요. 잘은 모르지만 무슨 큰 프로젝트를 맡았다나.

능력 있는 사람이네요, 수정 씨 남편분.

일밖에 모르는 일벌레예요. 집에서도 일을 하고.

딱히 흉을 보려는 건 아니었는데, 그렇게 말하고 나니 너무 주책없었나 싶어 얼굴이 화끈거렸다. 그러든 말든 용준 씨는 원래 우리 집에 살던 사람처럼 벽에서 주방장갑을 내려다가 찌개 냄비를 집어 식탁으로 가져갔다. 밥그릇을 두 개 꺼내서 나무 주걱으로 밥을 떠 담고 국그릇도 내왔다.

찬밥이라 미안해요.

괜찮아요.

전혀 배가 고프지 않았지만 어쨌든 식탁에 앉았다. 용준 씨는 숟가락을 들고,

잘 먹겠습니다.

하고 나직하게 말한 뒤 찌개 국물을 한 입 떠먹었다.

맛있어요.

용준 씨가 그렇게 말했지만 정말 맛이 있을까 싶었다. 나도 묵묵히 찌개를 덜어다가 밥 위에 붓고 퍽퍽 말아서 한 입 떠먹었다. 입안에서 플라스틱 알갱이처럼 부서지는 밥알을 열심히 씹고 있는데 용준 씨가 물었다.

남편분하고는 어떻게 만났어요.

친구가 소개해 줬어요. 유진이, 기억나요?

기억나요. 그 키 큰 친구.

네, 그 친구가 자기 동창이라면서.

잘됐네요.

네.

좀 자세히 말해줘요, 궁금해요.

자세히 말할 것도 없어요, 그냥 평범해서.

그래도 말해줘요.

용준 씨답지 않게 집요해서 나는 젓가락을 든 채로 어떤 말

을 해주어야 할지 고민했다.

음, 처음 만난 건 합정에 있는 이자카야였어요. 술을 좋아하는 사람은 아니라고 들었는데 술집에서 만나자고 해서. 아무튼 처음엔 별 기대 없이 갔는데 그날 둘 다 과음했어요. 나중에 들어보니 너무 긴장할 것 같아 술이라도 마셔야겠다고 생각했다나.

으음 으음.

그러고 나서 며칠간 연락이 없기에 아, 잘 안 되었구나 생각했는데 나중에야 연락이 와서는 다시 한번만, 이번엔 맨정신으로 만나자고 부탁하더라구요. 그래서 만났는데 영화를 보고 나오니까 할 게 없어서 다시 술집에 들어가게 됐어요. 결국 또 과음했고.

재미있네요.

정말 재미있는 건 그렇게 다섯 번을 만났는데 다섯 번 다 취했다는 거죠. 워낙에 소심한 사람이라 여섯번째에야 고백을 받았고 서로 나이도 나이인지라 그대로 결혼까지 착착.

신혼여행은? 어디로 갔어요?

몰디브요. 날씨도 좋고 풍경도 좋고 사람들도 좋고 다 좋은 곳이었어요.

수정 씨 소원을 이뤘네요. 몰디브에 가고 싶어 했었잖아요.

그랬다. 나는 용준 씨에게도 신혼여행은 몰디브로 가고 싶다고 말한 적이 있었다. 용준 씨는 선선히 그러자고 했었고 그런데 몰디브에서는 무슨 화폐를 쓰죠, 해서 둘이 함께 찾아본 일도 있었다. 그런데 나는 석기 씨와 몰디브에 갔었을 때 용준 씨를 생각했었나. 예쁜 몰디브 루피야를 주머니에 구겨 넣고 그걸로 망고 주스니 스파이시 크랩이니 하는 걸 사 먹었을 때 용준 씨를 생각했었나. 생각하지 않았다. 전혀 생각하지 않았다. 내가 그때 생각했던 거라곤 날씨가 좋다, 바다가 예쁘다 따위뿐이었고 행복하다는 느낌밖에 없었다.

미안해요.

뭐가요?

미안해요. 용준 씨랑 가기로 한 곳이었는데 잊고 있었어요.

그게 왜 미안해요 내가 죽었는데.

죽고 싶어서 죽은 건 아니잖아요.

수정 씨도 잊고 싶어서 잊은 건 아니죠.

그렇게 받아치니 할 말이 없어 입을 다물었는데 용준 씨가 말했다.

뭐 하나 물어도 돼요?

두 개 물어도 돼요.

내가 죽고 나서, 지금 남편분과 만나기 전에, 그사이에는 어땠어요?

용준 씨를 바라보니 한쪽 볼에 불룩하게 밥을 넣고는 다른 쪽을 보며 열심히 씹는 척을 하고 있었다. 무슨 말을 듣고 싶은 건지 알 것 같았지만 어쩐지 그대로 말해주자니 싫었고 심술도 좀 났기에 부루퉁하게 대답했다.

당연히 슬펐죠. 슬퍼했죠.

슬펐어요?

그럼요. 장례식도 도맡아 치르고 용준 씨 물건도 대신 정리하고 아 참, 화장하고 재는 영도 앞바다에 뿌렸어요. 용준 씨 고향이 영도잖아요.

알아요. 고마워요. 고생했어요.

그런 말을 듣고 싶은 게 아니라는 표정이네요.

맞아요. 그런 말을 듣고 싶은 게 아니에요.

얼마나 슬퍼했는지, 어떻게 슬퍼했는지 알고 싶은 거죠.

잘 아네요.

선선히 인정하는 용준 씨가 얄미웠지만 어쨌든 듣고 싶다니 말해주기로 했다.

내내 울었어요. 후회하고. 그때 KTX를 잊지 않고 예매해주었다면, 버스 말고 비행기를 타게 했다면, 하다못해 우등 말고 일반 버스를 타라고 했다면 어땠을까 하고. 울고 울고 울어서 나중에는 눈물샘에 염증이 생겨 병원엘 다녔어요. 살도 많이 빠지고.

그랬어요.

네, 그랬어요. 울다가 쓰러져서 잠들면 용준 씨가 꿈에 나왔어요. 참 미운 게, 꿈에서 차라리 나를 원망해줬으면 좋겠는데, 그러지도 않고 그냥 평소의 해사한 모습으로 나와서는 나랑

밥도 먹고 산책도 하고 그러는 거예요. 그러다가 깨면 용준 씨는 없지. 사진 찍는 것도 싫어해서 사진도 몇 장 없지.

미안해요. 지금이라도 찍을래요?

됐어요 됐어.

그렇게 슬퍼하고 나서, 그 뒤로는 어떻게 되었나요.

뭘 어떻게 돼요. 그냥 그랬지.

그냥 그랬다는 게 뭐예요.

말하는 사이 용준 씨는 어느새 제 밥그릇을 다 비우고 있었다. 빈 밥그릇을 국그릇에 포개어 들고 그 위에 숟가락 젓가락을 얹어 싱크대로 가져가 물을 틀어 채웠다. 사려 깊기도 하지, 생각하며 나도 반쯤 먹은 밥그릇을 갖다놓았다.

그냥 그랬어요. 잊지 못할 거라고 생각했고 잊으면 안 된다고도 생각했는데 잊었어요.

잊었군요.

한 번에 다 잊은 건 아니고 조금씩, 그러니까 예를 들면 용준 씨가 찻잔이었다고 치면요. 깨지고 나서 반짝이는 부스러기까지 모두 손끝으로 찍어 모아서 갖고 있었거든요 처음에는. 근데 그걸 점점 잃어버리게 되더라고요. 나중에는 큰 조각들밖에 안 남았어요. 그 조각들도 원래는 꺼낼 때마다 손이 베일 만큼 날카로웠는데, 갈수록 각을 잃고 뭉툭해져가고.

알아요. 알 것 같아요.

원망하려면 해요.

원망하긴요.

분하잖아요. 분할 거예요. 그렇게 사랑한다고 잊지 않겠다고 해놓고선 지금.

수정 씨는 내가 죽었을 때 나를 원망했나요.

원망했어요. 그렇지만 곧 원망하지 않게 되었어요. 그냥 보고 싶다고만 생각했어요.

나도 같아요. 그리고 언젠가는, 내가 앞으로도 어딘가에 계속 존재한다면 말이지만, 나도 수정 씨처럼 수정 씨를 잊게 될 거예요.

용준 씨는 식탁으로 돌아와 앉았다. 선반에 놓인 물티슈를 뽑아서 식탁 위에 떨어진 찌개 국물을 닦았다. 나는 물티슈를 쥔 용준 씨의 손가락을 보며 눈물을 참았다. 입이 형편없는 모양으로 일그러지고 미간이 찌푸려졌지만 계속 참았다. 울면 안 된다는, 울면 평생 후회하게 될 거라는 생각이 들어서였다.

그런 거예요.

용준 씨가 가만히 속삭였다.

석기 씨는 두 시쯤 되어서야 돌아왔다. 오자마자 침착한 얼굴로 밥은, 하고 묻기에 먹었어 하고 대답하고 나니 아까도 물었던 걸 또 묻네 싶었다. 용준 씨는 소파에 앉아 있다가 엉거주춤 일어서며 눈인사를 했고 석기 씨도 어색하게 인사를 받았다. 그러고 나니 셋이 동시에 황망해져 어쩔 줄 모르다가 결국 아침의 모양 그대로 식탁에 둘러앉게 되었다.

제가 생각해봤는데 말입니다.

석기 씨가 목을 가다듬고 말을 꺼냈다.

아무래도, 그쪽은 자기가 죽었다는 사실을 마음 깊이 이해하지는 못하고 있는 것 같아요.

그게 무슨.

보통 죽은 사람들은, 사라지잖아요 그냥. 어디에도 머무르지 않고.

음.

그런데 그쪽은 어딘가에 존재하고 그랬다면서요. 좁고 어두운 곳에 그림자처럼.

그랬지요.

그게 다 본인이 죽은 걸 인정하지 못하고…… 그래서 그런 게 아닐까 생각했습니다.

그럴 수도 있겠네요.

회사에서 인터넷으로 그쪽에 관련된 기사를 찾아봤어요. 그러니까 그 사고를요. 버스에 탄 사람들은 모두, 이런 말씀 죄송하지만, 즉사했다고 하더군요.

그랬었던 것 같아요. 제 기억에도.

그래요, 그러니까 자기가 죽은 걸 알지만 이해하진 못했다고 해야 할까. 그런 거 아닐까요. 그러니 이승에 미련이 남고 손톱 같은 것에 빙의하고 그런 거죠. 실례되는 말씀입니다만.

아닙니다.

그래서 제 생각에는, 우리가 거기에 한번 가보면 어떨까요.

어디요?

그, 버스가 전복된 곳 말입니다. 기사에 보니 충주IC 어디쯤이었던 것 같은데. 거기를 보면 그쪽도 좀, 뭐랄까, 마음에 변화가 있지 않을지. 그런 생각이 들었다 이거죠.

과연 석기 씨다운 생각이긴 했다. 하지만 나는 그건 그렇게 되지 않을 것 같다는 생각이 들었다. 왜냐고 묻는다면 딱히 반박할 수도 대안을 제시할 수도 없긴 했지만, 그런다고 해결될 문제는 아닌 것 같았던 거였다. 하지만 용준 씨를 바라보니 용준 씨는 고개를 끄덕이며 그런가, 하는 표정을 짓고 있었다.

좋은 생각이십니다.

그럼 그렇게 하죠. 지금 갑시다.

석기 씨가 일어서며 의자에 걸쳐둔 겉옷을 다시 집어 입었다. 어쨌든 두 남자가 가겠다니 나도 급하게 외출복으로 갈아입고 머리를 감을 새는 없을 것 같아 모자를 눌러썼다. 그렇게 준비를 하고 나가려는데 현관에 멀뚱하게 서 있던 석기 씨가 갑자기 아, 했다.

응?

신발. 신발이 없으시네.

아, 그렇네요.

용준 씨가 주저하는데 석기 씨가 신발장을 열었다. 그러고는 깊숙이 들어 있던 석기 씨의 삼선 슬리퍼를 꺼내 현관에 놓아주었다.

신으세요. 가져가셔도 되고.

감사합니다.

어디로 가져가도 된다는 거지, 하고 나는 속으로 웃었다. 용준 씨가 그 슬리퍼를 신자 마치 맞춘 듯이 딱 맞았고 둘이 체격이 비슷하다는 생각은 과연 사실이었구나 싶어 왠지 기분이 좋았다. 우리는 엘리베이터를 타고 지하 주차장으로 내려갔다. 석기 씨와 내가 앞에 타고 용준 씨는 뒤에 탔다.

차가 좋네요.

용준 씨가 내부를 이리저리 살피며 말했다.

안전벨트를 매세요.

석기 씨가 누구에게랄 것 없이 말했다. 나는 아무 생각 없이 차에 타면 으레 그러했듯 안전벨트를 당겨 매었는데 용준 씨가 갑자기 웃었다.

저는 안 매도 되겠군요.

그러더니 킬킬거렸다. 석기 씨는 황당하다는 표정으로 룸미러를 힐끗 노려보았는데 희한하게도 그런 석기 씨의 입꼬리에도 웃고 싶은 기분이 조금 매달려 있는 것이 보였다. 하지만 석기 씨는 웃지 않고 내비게이션을 켜서 목적지에 충주IC를 입력했다. 목적지까지 한 시간 십오 분 소요됩니다, 하고 내비게이션이 경쾌한 목소리로 안내했다. 한 시간 십오 분이 지나면 용준 씨는 사라지게 되는 걸까, 생각하는데 차가 출발했다.

석기 씨는 입을 꾹 다물고 운전에 집중했고 우리는 곧 고속도로를 탔다. 나는 뒷자리의 용준 씨를 돌아보았다. 훅훅 지나가는 고속도로 방음벽의 그림을 빤히 바라보는 용준 씨의 옆얼굴은 태연하고 태평해서 곧 사라질 것처럼 보이지는 않았지만 어떻게 되려나. 나는 다시 앞쪽을 응시했고 목적지에 도착할 때까지 조용히 기다렸다.

아마도 여기인 것 같습니다.

용준 씨가 말했다. 우리는 차를 갓길에 세우고 내렸다. 충주 IC를 조금 더 지난 지점이었고 옆으로 차들이 쌩쌩 달리는 고속도로였다. 머리 위로 고가도로가 지나고 있었는데 과연 저기서 떨어졌다면 모두 죽는 것이 당연하다 싶을 만큼 높았다.

차를 세운 갓길은 옆으로 자갈밭이라 풀 무더기가 좀 있고 루드베키아 꽃이 드문드문 피어 있었다. 그 옆의 낙석주의 표지판이며 갓길과 차도를 나누는 흰 페인트선이며 모든 것이 여기서 사람이 그렇게나 많이 죽었다는 건 알 수도 없도록 새것이었고 심지어 이곳은 조금 고즈넉하기까지 했다. 석기 씨도 그랬는지 묘한 표정을 하고는 손차양을 짚고 이곳저곳을 둘러보고 있었다.

네, 여기가 맞아요. 정확히 말하면 여기쯤일까.

용준 씨가 풀숲으로 쑥 들어가더니 일고여덟 걸음쯤 더 가서 섰다. 그러나 오 년이나 지난 일이니 당연하겠지만 거기엔 아무것도 없었고 풀숲을 헤친 탓에 풀벌레만 사방으로 튀었다.

힘든 일이겠지만, 기억해내보세요.

해보겠습니다.

석기 씨가 재촉하자 용준 씨는 그 자리에 쪼그려 앉더니 눈을 감았다. 저런다고 뭐가 될까, 싶었지만 나는 입을 다물고 용준 씨가 하는 양을 지켜보았다. 오후의 햇빛이 우리 셋의 정수리로 쏟아지고 있었고 날개가 여러 장인 벌레들이 팔다리에 들러붙었다. 나는 짓밟힌 풀들에서 풍기는 풀냄새를 맡을 수 있었고 이러고 있자니 꼭 소풍을 나온 것 같다는, 이상한 기분이 문득 들었다.

그 순간이었다. 용준 씨가 사라진 것은.

석기 씨와 나는 동시에 어! 하고 외치며 몇 발짝 앞으로 달려갔다. 분명히 몇 초 전까지만 해도 용준 씨는 여기에 쪼그려 앉아 있었는데 거기에는 석기 씨의 삼선 슬리퍼만 덩그러니 남아 있었을 뿐 용준 씨는 온데간데없었다. 분명히 계속 보고 있었는데, 뚫어지게 보고 있었는데 언제 사라졌는지 알 수도 없이 사라진 것이었다. 놀랍기도 하고 황당하기도 해서 멍하니 서 있자니 석기 씨가 다가가서 슬리퍼 위에서 뭔가를 집어 들고 손바닥 위에 얹어 보여주었다.

봐.

보지 않고도 알 수 있었다. 오래되어 샛노랗게 변색된 손톱 조각이었다. 바짝 말라 동그랗게 말려 있는 그 조각을 나는 석기 씨의 손바닥에서 집어 들고 오래 들여다보았다. 정말 손톱이었구나. 엄지와 검지 사이에 힘을 주자 손톱은 반으로 접히더니 이내 파삭, 하고 갈라졌다. 나는 신발로 땅을 비벼 흙을 조금 파내고 그 조각들을 묻었다. 그걸 묵묵히 보고 있던 석기 씨가 말했다.

가자.

으응.

용준 씨가 남겨놓고 간 슬리퍼를 집어 들려다, 가지고 가보아야 석기 씨는 신지 않을 것 같아서 그냥 두었다. 우리는 차에 탔고 석기 씨가 내비게이션을 다시 집으로 맞추었다. 에어컨을 틀자 찬바람이 밀려나왔고 그제야 조금 더웠었다는 것을 깨달았다.

정말 이상한 일이었어.

석기 씨가 운전대를 쥐고 말했다.

응, 정말 이상한 일이었어.

나도 말했다. 차가 출발했고 완만하게 좌회전을 하여 우리는 고속도로에 다시 합류했다. 새벽부터 잠을 설친 데다 이제 모든 것이 끝났다는 묘한 안도감에 잠이 올 것 같았다. 고개를 외로 꺾고 눈이 감기는 차에 석기 씨가 부드럽게 가속했다. 나는 멀어지는 갓길의 풍경을 사이드미러로 보아두었다. 안녕히, 하고 마음속으로 인사했다.

용준 씨에게도 석기 씨에게도 말하지 않았지만, 옛날에 나는 저곳에 갔던 적이 있다. 용준 씨가 죽고 난 뒤 일 년이 채 안 되었을 때의 일이었다. 용준 씨처럼 정확한 지점을 맞히지는 못했지만 여기쯤,이라고 생각되는 곳에 한참을 앉아 있었다. 용준 씨의 흔적 같은 것이라고는 아무것도 느끼지 못한 채로 얼굴에 매연만 여러 겹 덮였지만 그대로 계속 있었다. 나는 거기서 죽을 생각이었다. 차에 뛰어들거나 손목을 긋거나 아무튼 거기서 죽을 작정이었고 그러면 용준 씨를 만날 수 있게 되리라고 생각했다. 같은 곳에서 죽어야만 같은 곳으로 갈 수 있을 확률이 조금이라도 늘어날 테니까. 막연하지만 그런 생각으로 거기에 갔었다. 가서 기다렸었다.

그날 어째서 죽지 못했는지, 어떻게 거기서 집으로 돌아왔는지는 생각나지 않았다. 어째서였지. 아무리 생각해도 모르겠지만 아마 시답잖은 이유였을 것 같다. 문득 콜라가 마시고 싶었다거나 아직 끝나지 않은 드라마의 결말이 궁금했다거나 하는 그런 것들. 그래, 맞아. 그런 것들이었겠지. 그런 것들이었을 거야.

문득 내 엉덩이와 허리 부근에서 무언가 쑤욱, 하고 빠져나가는 듯한 느낌이 들었다. 너무 선명하여 실제로 배 속에 뭔가 잃어버린 듯한 허전함마저 느껴졌다. 뒤를 돌아보니 내 등 뒤로 무언가 검은 그림자 같은 것이 길게 늘어져 있는 게 보였다. 끝은 보이지 않았지만 나는 그것이 어디로 이어져 있는 것인지 그냥 알 수 있을 것 같았다.

차는 계속 달렸고 그 그림자는 꼬리처럼 한동안 길게 길게 늘어나며 가늘어지고 가늘어지다가, 어느 순간 마침내 톡 하고 끊어졌다. 그게 끊어지는 순간 나는 몸을 조금 움찔했지만 놀라지는 않았다. 돌아보지도 않았다. 나는 그저 조수석 시트에 몸을 파묻고는 잠을 청했고 이내 잠들었다. 그러는 동안 석기씨의 차는 온 길을 되밟아 달려 우리 집으로 돌아가고 있었다.

왜가리 클럽

'양미네 반찬'은 지난달 십일에 망했다. 물론 망함의 기준을 어디에 두느냐에 따라 정확한 날짜는 달라질 수 있다. 손님이 줄어들기 시작한 시점 혹은 지출이 수입을 넘어선 시점, 그러니까 슬슬 망함의 기운을 느끼기 시작한 것은 사실 한참 더 오래전의 일이긴 했으니까. 그러나 지난달 십일에 폐업신고를 했으므로 공식적으로 망한 날은 아무튼 십일. 나 양양미는 일기를 쓰는 사람이라 그야말로 기쁠 때나 슬플 때나 그날의 구구절절을 일기장에 상세히 적곤 하는데 이날의 일기를 보면 단 한 줄, 게다가 하필 펜이 그것밖에 없었는지 섬뜩한 빨간색으로 이렇게 씌어져 있다. '폐업신고: 관악구청 홈페이지.' 이것은 일기가 아니라 메모에 가깝긴 하지만 일기란 원래 그날의 일을 기록하려고 쓰는 것이고 이 한 문장보다 이날을 잘 기록할 수 있는 문장은 아무리 생각해도 없었으므로 이건 일기라고 보아도 무방하다 생각해 그냥 적었다. 적어두고 나서는 적어둔 그대로 관악구청 홈페이지에 접속해 폐업신고를 했고 그러고 나서는 이제 무얼 해야 하나. 해야 할 일도 하고 싶은 일도 특별히 없었다. 아무렴 가게가 망한 것이지 양양미의 인생이 망한 것은 아니지만은 가게를 폐업하며 인생도 폐업해버린 사람처럼 모든 일에 딱 흥미를 잃어버리고 만 것이다. 하지만 그렇다고 해서 아무것도 하지 않고 시간을 보내자니 통째로 남은 하루가 너무나 기나길었고 그래서 무얼 했느냐면 걸었다. 꼭 원래부터 가게가 망하면 그러려고 마음먹고 있던 사람처럼, 아니 차라리 걷기 위해 일부러 가게를 망해버린 사람처럼 아침부터 저녁까지 무작스럽고 지독하게.

처음에는 그냥 온종일 거리를 헤매 다녔다. 집에서 이십 분 정도 걸으면 신림역 사거리가 있었고 쇼핑몰이며 중고 서점, 카페들이 모여 있어 볼거리가 많았으므로 주로 거기를 갔다. 가게 말아먹은 주제에 허튼 데 돈을 쓰기 무엇해 아무것도 사거나 먹지는 않았다. 그저 볼 수 있는 것은 보았고 집을 수 있는 것은 들었다 놓아도 보며 구경했을 뿐이었다. 서서 책을 뒤적이거나 영화관을 스윽 돌며 요샌 무슨 영화가 좋은가 살피기도 했다. 그러나 사람이 북적이는 곳은 아무래도 오래 머무르면 피곤해졌고 사지도 못하는 물건 구경에도 곧 진력이 나고 말았다. 게다가 번화가라 그런가 새로 들어오는 가게며 문을 닫는 가게가 드물지 않았는데, 그런 것을 보면 마음이 찌르르해진 나머지 내 가게도 아닌 그 앞에 한참을 멍하니 서 있다 돌아오곤 했고 그게 반복되자 나중에는 아예 가게라면 종류를 막론하고 들어가는 건 물론 그 앞을 지나는 것조차 슬퍼지는 지경에 이르고 말았다.

그러므로 결국에 향한 곳은 바로 그 아래 있는 도림천이었다. 도림천은 강폭이 좁고 수심도 얕아 썩 볼품 있는 개천은 아니었지만 가운데 강을 중심으로 한쪽에 우레탄 포장이 된 산책로가, 다른 쪽에는 자전거도로가 길게 놓여 있었고 양쪽 모두 꼭 영원히 걸을 수도 있을 것처럼 길고 길었다. 잘 닦아놓은 길을 따라 두 다리만 움직이면 되었으므로 방향을 생각하지도 목적지를 정하지도 않은 채로 그저 흐느적흐느적, 태엽을 감아놓은 양철 로봇처럼 나는 걸었다. 초여름이라 덥지는 않았지만 걷다 보면 몸이 땀에 푹 절어 어느새 신도림역이니 안양천이니 하는 곳을 지나고 있었고 간간이 한강까지 몇 킬로미터 남았다고 적힌 표지판이 있어 이리로 쭉 가면 한강까지도 가는구나, 멍하니 짐작하기도 했다. 마음만 먹으면 가볼 수도 있었겠으나 한 번도 가본 적은 없었다. 한강이란 왠지 놀러 가는 곳, 대단히 즐겁고 밝은 곳으로 생각되었고 지금의 내게는 아무래도 갈 수 없는 장소처럼 느껴졌으니까. 한강이 가까워지는 것 같다는 느낌이 들면 슬그머니 돌아서서 온 방향을 되짚어 걷곤 했고 걸으면서도 걷는다는 자각은 하지 않았다.

그렇게 걸으면서는 당연히, 망한 것들에 대해 생각했다.

개업 초반에는 수입이 꽤 나쁘지 않았었다. 가게는 대학동 녹두거리 위쪽, 원룸 건물이 다닥다닥 붙은 골목 안에 있었다. 저렴한 임대료도 매력적이었지만 그보다는 젊은 일인 가구가 많은 곳이라 눈여긴 자리였고 기대는 빗나가지 않았다. 낮에는 주로 학생들이 들러 스팸 구이나 제육볶음, 동그랑땡 따위를 한두 팩씩 집어 갔고 저녁에는 퇴근한 직장인들이 맥주에 곁들일 꼬막 무침이나 김치전을 사 갔으니까. 인기 있는 반찬은 문을 닫기도 전에 다 팔리고 없는 적도 많았다. 반찬을 한 팩 살 때마다 조그만 명함 크기의 종이에 도장을 하나씩 찍어 주었는데, 열 개를 모으면 반찬을 한 팩 골라갈 수 있는 그 도장을 사흘 만에 다 모아온 손님도 있었다. 어때요, 맛이 괜찮나요? 먹을 만해요? 나는 일면식이 있다 싶은 손님에게는 무조건 그렇게 물었고 뭐 당연하겠지만 대부분이 맛있다고 대답했으므로 안심했다. 안심하고 하루 종일 신나게 일했다. 시금치를 손질하고 진미채를 데치고 대파를 다듬으면서, 음식 냄새를 맡고 끓는 김을 쐬면서도 고된 줄도 몰랐다. 그렇게 만든 반찬을 일회용 포장용기에 예쁘게 담아 착착 쌓아놓고 나면 꼭 금괴를 쌓아놓은 것마냥 온몸이 다 뿌듯했다.

뭔가 이상하다고 느낀 건 개업한 지 반년 정도 지났을 때쯤이었다. 가게를 닫고 나면 팔다 남은 반찬을 집으로 가져가 혼자 늦은 저녁을 먹곤 했는데, 어느 날부터인가 퇴근하는 내 손에 평소에 먹을 수 없었던 반찬들이 종종 들려 있기 시작했다. 만드는 대로 팔려나가 남은 적이 없었던 제육볶음, 계란말이, 돼지고기 김치찌개 같은 것들이. 처음에는 그러려니 했지만 그게 일주일이 넘고 열흘이 지나자 그 둔한 내게도 슬슬 뭔가 이상하다는 느낌이 왔다. 집에 혼자 앉아 모래를 씹는 기분으로 그것들을 씹던 어느 저녁, 결국 식탁 의자를 걷어차고 일어났다. 그동안 가게 일이 바쁘다는 핑계로 제대로 정리한 적 없었던 장부며 영수증들을 두서없이 긁어모아 결산을 해보았다. 확실히 눈에 띄게 줄어들고 있었다, 수입이.

그때부터는 걷잡을 수가 없었다. 아무리 맛있는 반찬을 만들고 참기름 냄새를 풍겨도 손님은 오지 않았다. 특별 메뉴를 적은 입간판을 골목에 세우고 반찬 두 팩을 사면 한 팩을 더 주는 등의 이벤트를 하기도 했지만 소용없었다. 아르바이트생을 구해 일당을 주어가며 전단지를 돌려보기도, 밤을 새워가며 지역 커뮤니티에 광고글을 올려보기도 했다. 모든 것이 허사였다.

저녁 시간 직전에야 조금 손님이 들었으나 그마저도 곧 끊기게 되었다. 나는 포스기 너머에 멀뚱히 앉아 빈 가게를 지켰다. 냉장 쇼케이스에서 식어가는 반찬들과 함께 내 몸도 천천히 체온을 잃는 것 같았다. 그렇게 오지 않는 손님을 기다리며 차가워지고 차가워지다 윤기도 잃고 숨도 다 죽어갈 무렵쯤에는 배신감마저 들었다. 마치 이 동네 사람들이 어딘가에 모여 약속이라도 한 것을, 그 집은 다신 가지 말자고 작당한 것을 나만 몰랐던 것처럼 속이 상하고 분통이 터진 거였다. 남은 반찬을 입에 욱여넣으며 이렇게 맛있는데 왜! 하고 혼자 울분에 차서 외친 적도 있었다. 그 상태로 또다시 몇 달이 흘렀다. 손님이 없다고 해서 가게 임대료를 안 낼 수도 없었고 그대로 상해버린 반찬을 채워 넣지 않을 수도 없었으므로 생돈을 부어가며 꾸역꾸역 버티고 있었던 거였다.

그러던 어느 날이었다. 오전 시간을 내내 혼자 공치다 오후에 손님 하나가 들어, 멍하니 앉아 그 손님이 쇼케이스를 열었다 닫았다 하며 반찬을 고르는 걸 지켜보고 있던 참이었다. 나도 모르게 갑자기 손님에게 말을 걸었다.

"반찬이 안 팔리는 이유가 뭐라고 생각하세요?"

그러자 그 손님은 귀에 꽂았던 이어폰을 빼고 돌아보며 네? 하고 되물었다. 거기서부터 이미 쓸데없는 소리를 했다고 후회하고 있었으나 이왕 말을 꺼낸 것, 했던 질문을 반복해 들려주었다. 그랬더니 손님은 인상을 찌푸리고 음, 음 하며 고민하다가 이렇게 대답했다.

"글쎄요…… 아무래도, 반찬보다 맛있는 게 많으니까."

그러고는 아, 그렇다고 이 집 반찬이 맛이 없다는 건 아니구요, 하고 덧붙이더니 오래 고르다가 집어 들었던 고사리무침과 애호박전을 그대로 내려놓고는 나가버렸다. 하긴, 나 같아도 가게 주인에게 이런 질문을 들었다면 거기서 뭘 사고 싶지는 않겠지, 생각했지만 그것 또한 씁쓸해서 그날은 문을 일찍 닫았다. 쇼케이스 안에 반찬들을 그대로 놓아두고 집에 돌아와서 평소에는 켜지도 않았던 텔레비전 앞에 멍하니 앉아 있다 그제야 처음으로 자각했다. 이러다가 망할 수도 있겠다는 것을.

하지만 자각했을 뿐, 그것이 실제로 일어날 수 있는 일이라고는 실감하지 못했었다. 그로부터 몇 달을 더 버티며 돈과 정신력을 착실히 까먹다 결국 문을 닫기로 결정했을 때에나, 가게를 내놓고 집기들을 중고 매입 업자에게 한꺼번에 넘기고 나서도 망했다는 실감은 나지 않았다. 그다음 날 눈을 떴으나 더 이상 가서 앉아 있어야 할 곳이 없다는 것을 깨달은 뒤 오랫동안 베개에 얼굴을 비비며 누워 있던 그 순간조차도.

바로 그런 점이 내가 망한 이유라고 나는 도림천을 걸으며 생각했다. 현실 감각이 전혀 없다는 점, 모든 것이 잘될 거라고 근거 없이 그저 낙관만 하는 그런 점이 말이다.

물론 이유는 그것뿐만이 아니었다. 망한 이유에 대해 생각하니 모든 것이 다 망하기 타당하고도 모자람 없는 이유처럼 느껴졌다. 그 손님 말마따나 세상에 그렇게나 맛있는 게 많은데 하필 반찬을 팔았던 것, 건강한 맛을 추구한답시고 화학조미료를 넣지 않았던 것, 가격에 망설이다 결국 마을버스 옆면 광고를 하지 않았던 것도. 나는 마음속에 펼친 공책에 그런 이

유들을 떠오를 때마다 적어 넣었고 집에 돌아와서는 그 한 줄 한 줄을 곱씹고 곱씹으며 나를 원망했다. 그렇게 매일 몇십 킬로미터씩을 걷다가, 어느 날부터엔가는 걷지도 않게 되었다. 아침에 눈을 뜨면 관성적으로 옷을 주워 입고 도림천으로 내려가긴 했으나 조금 걷다가 말고 산책로 중간중간에 놓인 벤치나 돌멩이에 걸터앉아 멍하니 허공을 바라보며 한나절을 보내고 돌아오곤 했던 것이다.

그러던 어느 날이었다. 그날도 벤치에 앉아 개천을 바라보는데 누군가 내 옆에 와서 앉았다. 나는 나대로 미워하고 원망하는 생각에 빠져 있었으므로 앉거나 말거나 신경도 쓰지 않았다. 옆자리 사람도 나와 같은 자세로 앉아 휴대폰도 책도 없이 그저 앞을 똑바로 응시하고 한참을 있었다. 그러더니 갑자기 말을 거는 것이었다.

"자주 나오시네요."

화들짝 놀라 쳐다보니 옆에 내 또래 정도로 보이는 여자가 앉아 있었다. 나는 떨떠름한 마음으로 여자의 행색을 살폈다. 말마따나 이곳에 자주 나오긴 했으나 눈에 익은 사람은 아니었다. 애초에 지나다니는 사람을 일일이 쳐다보며 다닐 만큼 여유로운 마음도 아니긴 했지만. 여하튼 모르는 사람한테 웃으면서 말을 거는 사람에게는 분명 수상한 목적이 있을 것이라 짐작했으므로 대답은커녕 얼른 시선을 돌려버렸는데, 여자 역시 별로 대답을 기대하지는 않았다는 듯한 태도로 그저 어딘가를 흥미롭게 바라볼 뿐이었다. 뭘 보는 것인가 싶어 시신을 따라가니 개천 가장자리 물풀과 죽은 갈대가 우거진 곳에 커다란 왜가리 한 마리가 서 있었다.

"잘 봐요. 곧 성공할 것 같으니까."

여자가 왜가리에서 눈을 떼지 않은 채로 말했다. 뭘 성공한다는 건가 싶어 얼떨결에 나도 그 왜가리를 빤히 쳐다보았는데 그러고 보니 도림천에도 저런 큰 새가 있었나, 의아해하던 바로 그 순간이었다. 왜가리가 별안간 기다란 부리를 물에 내리꽂았다. 다음 순간 여자와 나는 동시에 아! 하고 탄성을 질렀다. 고개를 쳐든 왜가리의 부리 끄트머리에, 신기하게도 펄떡이는 은빛 송사리 한 마리가 물려 있었다. 왜가리는 머리를 요령 좋게 움직여 물고기를 꿀꺽 집어삼키고는 곧 아무 일도 없었던 것처럼 기우뚱기우뚱 몇 걸음을 걸어갔다.

"와, 진짜 잘 잡네."

나도 모르게 양손을 부여잡고 그렇게 말하니 여자가 방긋 웃었다.

"그렇죠? 보고 있으면 정말 재밌어요."

재미있을 것까진 없고 그냥 좀 신기했을 뿐이었는데. 여자의 페이스에 말려든 것 같아 퍼뜩 정신을 차리고 표정을 가다듬었다. 가게가 망한 날부터 이때까지 내내 얼굴이라기보단 금이 간 돌멩이 같은 걸 달고 다녔던 터라 무표정으로 되돌아가는 건 아주 쉬운 일이었는데 다시 돌멩이가 되고 나니 바로 그 직전에 내 입꼬리가, 조금 올라가 있었다는 사실을 깨닫게 되었다. 웃을 일이 뭐 있다고 웃었나, 새가 물고기 잡아먹는 게 웃을 일인가. 양양미 참 배알도 없지 가게 말아먹고도 웃고 앉았네, 속으로 읊조리는데 여자가 내 속내를 다 읽었다는 듯 의기양양한 말투로 말했다.

"거봐요, 웃으니까 또 웃어지죠?"

나는 어이가 없어 여자를 빤히 바라보았다. 나에 대해 뭘 안다고 그러냐고 쏘아붙이는 말이 혀끝까지 올라왔으나 말을 섞기보단 그냥 자리를 피하는 게 낫겠다 싶어 그만 입을 꾹 닫았다. 엉거주춤 일어서려는데 여자가 나를 올려다보며 말했다.

"혹시 왜가리 보는 거, 관심 있어요?"

이건 또 무슨 소릴까, 도저히 못 참겠다 싶어 발끈하며 고개를 돌렸을 때였다. 여자가 쉿, 검지를 입술 위에 올리며 턱짓으로 왜가리를 가리키기에 나도 모르게 그쪽을 쳐다본 그 순간, 왜가리가 또 한 번 부리로 물을 내리찍었다. 군더더기 하나 없이 날렵한 동작이었다. 곧이어 어김없이 잡혀 올라온 통통한 송사리가 왜가리 목구멍 속으로 쏘옥, 빨려드는 걸 지켜보다 나는 나도 모르게 혼잣말로 장관은 장관이네, 중얼거리고 말았고 그러자 여자는 그것 보라는 듯한 얼굴로 나를 쳐다보았다.

벤치에 도로 주저앉은 나는 여자의 이름이 김하영이며 격주 주말마다 도림천에 나와 왜가리를 본다는 것, 게다가 거기에는 김하영 말고도 두 명의 여자가 매번 참석하여 나름 본격적인 모임의 꼴을 갖추고 있다는 사실까지 알게 되었다. 이런 얼토당토않은 짓을 꽤나 열심으로 하는구나 싶기도 했고 이 여자가 나를 그 모임의 일원으로 끌어들이려 한다 생각하니 우습기도 했다. 여하튼 이제 와서 발을 빼기도 무엇하게 되었으므로 나는 김하영이 내민 휴대폰에 얌전히 내 번호를 찍어 되돌려주었으나, 이게 잘하는 짓인지 모르겠다는 의심이 여전히 있었음은 물론이었다.

"그런데 다른 분들도 제가 가입하는 걸 괜찮아하시려나 모르겠네요."

물론 정말로 그들의 의견이 궁금한 건 아니었다. 그냥 예의상 던진 말이었고 더 솔직히 말하자면 영 내키지 않는다는 말을 돌려 한 것이었는데 김하영은 손사래를 치며 자신만만하게 대꾸했다.

"아유, 걱정 마세요. 다들 좋다고, 꼭 잘 꼬셔보라고 했었거든요."

그러고는 덧붙였다.

"사실 요 며칠간 양미 씨를 봤어요. 일부러 보려고 한 건 아닌데 눈에 띄길래."

"저를요? 제가 눈에 띄나요?"

그러자 김하영이 무슨 소리냐는 듯 눈을 동그랗게 떴다.

"그럼요, 엄청 띄죠. 그렇게 자주 나오시면서 정말 주변은 전혀 안 보고 다니셨구나. 여기 봐요. 평일 이 시간에, 이렇게 햇빛 좋고 공기 좋은 델 걸어 다니면서 그런 표정 한 사람이 양미 씨 말고 또 있나."

말문이 턱 막히고 말았다.

둘러보니 정말 김하영의 말대로였다. 막 시작된 여름의 뜨뜻한 공기 속에 하늘이며 나무며 어느 하나 푸르고 맑지 않은 것이 없었다. 산책로 옆 무성한 잔디 사이마다 민들레꽃이 누군가 흘리고 간 금화처럼 활짝 피어 점점이 이어졌고 개울 가장자리 늘어진 갯버들 아래로는 물이 돌돌 흐르며 사방으로 빛의 조각을 뿌려대고 있었다. 그리고 사람들, 그 아름다운 풍경 속을 걷는 사람들이 있었다. 개를 앞세우고 뛰어가는 사람, 연인과 이어폰을 한쪽씩 나눠 낀 사람, 조깅에 여념 없는 사람, 핫도그를 하나씩 들고 가는 사람, 모두 나이나 차림새는 달랐지만 얼굴은 똑같이 부드럽게 풀려 있었다. 그러니까 지금까지 이 예쁜 세상 속에서 나만 우중충했구나. 단박에 눈에 띌 정도로 나 혼자만 어둡고 파리했구나. 그걸 깨닫자 갑자기 마음 깊은 곳 어딘가가 무겁고 뭉툭한 것으로 꾸욱, 눌리는 것 같았다.

"괜찮아요, 괜찮아. 다 그럴 때가 있죠 뭐."

김하영이 태연하게 말했다. 그러더니 꼭 오래 알고 지낸 사이인 양 내 어깨를 툭툭 치는 것이었다. 나는 깜짝 놀라 몸을 움츠렸다.

“마침 이번 일요일이니까 생각 있으면 꼭 와요. 모임 장소랑 시간은 문자로 보내둘 테니.”

그렇게 말하고 김하영은 훌쩍 일어섰다. 손차양을 하고는 아까 왜가리가 날아간 개천 상류 쪽을 바라보았다. 왜가리를 찾으러 가려는 모양이었다.

“그럼, 먼저 갈게요.”

김하영이 휘적휘적 상류 쪽으로 걸어갔다. 나는 좀 어안이 벙벙한 채 김하영의 뒷모습을 눈으로 좇았다. 키가 훌쩍 큰 데다 다리는 보기 안쓰러울 만큼 바짝 마른 그 모습이 지금까지 구경했던 왜가리와도 좀 닮은 것 같았다. 사실 저거, 왜가리 아닐까? 나는 벤치에 앉은 채 잠깐 그런 어이없는 상상을 했다가 금세 그만두었다. 이렇게 현실 감각이 없으니 가게를 말아먹었지, 하는 낯익은 목소리가 바로 귓가에서 들리는 것마냥 생생했기 때문이었다.

일요일 오후 두 시, 나는 운동화 코끝을 땅바닥에 문대며 구신림극장 쪽 천변 입구에 서 있긴 했으나 그때까지도 이게 잘하는 짓인지 고민하고 있었으므로, 만일 김하영이 나를 먼저 알아보고 양미 씨! 외치며 달려오지 않았다면 그냥 돌아갔을 것이 틀림없었다.

“안 올 줄 알았는데 진짜 왔네.”

생글생글 웃는 김하영의 뒤로 여자 둘이 느릿느릿 걸어오는 것이 보였다. 한 명은 오십대 초반쯤 되어 보였고 다른 한 명은 대학생, 그것도 새내기를 갓 벗어난 듯 앳되어 보였다. 어린 쪽은 목에 두꺼운 가죽 띠를 걸고 있었는데 그 끝에는 손바닥만 한 디지털 카메라가 대롱대롱 매달려 있었다.

"뭐 자기소개는 이따가 하고, 먼저 왜가리부터 찾죠."

서로 어색하게 목례를 주고받고 나자 김하영이 씩씩하게 앞장섰다. 우리는 김하영의 뒤를 따라 도림천으로 통하는 산책로 입구를 걸어 내려갔다. 거의 매일을 출근 도장 찍듯이 온 곳이었지만 누군가와 함께 오는 것은 처음이었고, 더군다나 처음 보는 사람들과 왜가리를 보러 가고 있다는 사실이 아주 이상하게 느껴져 나는 다 아는 풍경을 새삼 두리번거리며 그들을 따라갔다. 앞장선 김하영은 마음속에 정해둔 목적지라도 있는 듯 거침없이 걸었고 두 여자는 묵묵히 그를 따라가고 있었다. 그런데 왜가리가 그렇게 흔한 새였나, 만약 못 찾으면 어떻게 하지. 십 분을 넘게 걸어 슬슬 그런 걱정이 들 때쯤 김하영이 갑자기 우뚝 멈춰 섰다.

"여기쯤이 좋겠네요."

김하영이 개천을 가로지른 여울보 한쪽을 가리켰다. 거기엔 무슨 마술이라도 부린 양 왜가리 한 마리가 수면을 노리며 도사리고 있었다. 제일 뒤에서 따라오긴 했지만 나도 나름대로 눈을 크게 뜨고 개천을 샅샅이 뒤지며 걷고 있다고 생각했는데 거참 신기하네, 왜가리 찾는 센서라도 달렸나, 나는 깜짝 놀라 김하영을 바라보았으나 다른 두 여자는 이런 일쯤이야 익숙하다는 듯 무표정한 얼굴이었다. 나이 든 쪽은 산책로 가장자리에 놓인 커다란 돌멩이 위에 편한 자세로 앉았고 어린 쪽은 울타리에 팔꿈치를 올려놓고 카메라를 켰다. 한눈에도 그다지 고급 카메라는 아닌 듯했지만 여자는 아주 신중한 자세로 카메라를 오른쪽 눈에 갖다 대고는 입술을 꾹 다물었다.

"양미 씨도 편하게 보세요."

짝다리를 짚고 서 있던 김하영이 권했다. 나는 그 자리에 어색하게 쪼그려 앉았다. 왜가리는 지난번 김하영과 보았던 녀석보다 훨씬 작았다. 새에 대해선 잘 모르지만 아마 성체가 된 지 얼마 안 된 녀석이 아닐까 싶었다. 제대로 사냥을 할 수 있을까.

왜가리는 물살을 거슬러 선 채로 제 발치만 노려보며 한참을 미동도 않고 있었다. 언뜻 보면 사냥을 한다기보다는 그냥 고개를 숙이고 쉬고 있는 듯 보이기도 했다. 그러나 가만히 지켜보니 그게 아니라는 걸 금세 알 수 있었다. 그저 한가로이 서 있는 것 같지만 사실 왜가리의 저 작은 몸, 특히 그 눈과 부리에는 지금 엄청난 집중이 응축되어 있었다. 녀석은 무심한 자세로 살기를 감춘 채 그저 끈기 있게 기다리고 있는 거였다, 틀림없는 성공으로 이어질 단 한 번의 시도를. 나는 경탄하는 마음으로 숨소리도 죽인 채 왜가리를 뚫어지게 바라보았다. 잠깐이라도 한눈을 팔면 안 될 것 같았다.

"오!"

아주 짧은 찰나였다. 왜가리가 목을 한껏 늘려 비스듬히 앞쪽으로 뻗었고, 동시에 옆에서 차르르르 하고 카메라 셔터 돌아가는 소리가 들렸다. 왜가리의 부리가 물에 잠깐 닿았다가 떨어졌다고 생각한 순간 그 끝에 무언가가 물려 있었다. 도림천에 저렇게 큰 고기가 살았었나 싶게 큼직하고 통통한 송사리였다. 송사리는 거세게 팔딱거렸지만 이내 별수 없이 꼴깍, 왜가리 부리 속으로 들어가고 말았다.

"멋지네 아주."

나이 든 여자가 작게 읊조렸다. 돌아보니 나이 든 여자가 미소를 지으며 내 쪽을 보고 있었다. 마치 사냥에 성공한 게 왜가리가 아니라 자기인 것처럼 뿌듯한 얼굴이었다. 모르긴 몰라도 나도 저런 표정을 짓고 있었을 것 같다. 별거 아니라면 아닌, 그저 새가 물고기를 잡는 모습일 뿐인데 신기하게도 그 모습에는 감동, 그래 감동이라고 불러도 손색없을 만한 감흥이 있었으니까. 게다가 그 감흥을 나만 느낀 게 아니라 여기 모인 네 명의 여자가 동시에 느꼈다는 것, 이게 범상한 반응이고 적어도 이곳에서만큼은 보편적인 일이라는 것을 나는 새삼 깨달았고 그 사실이 왠지 재미있고 편안하게 느껴졌다.

"아직 어린 새 같은데 잘 잡네요."

나도 모르게 소리를 낮추어 중얼거렸다.

"어리든 늙었든 왜가리는 다 잘 잡아요."

"어린 애들이 더 잘 잡는 것 같아. 이제 봐요, 몇 마리 더 잡을걸."

김하영과 나이 든 여자가 번갈아 소곤소곤 대답했다. 뷰파인더에 얼굴을 들이대고 무언가를 부지런히 살피고 있던 어린 여자가 다시 카메라를 들어 오른눈에 갖다 댔다. 카메라 옆으로 보이는 왼쪽 얼굴이 사뭇 진지했다.

그 뒤로 몇 시간 동안 우리는 사냥하는 왜가리를 구경했다. 왜가리라고 매번 물고기를 잡는 데 성공하는 것은 아니었고 다섯 번 중 한 번 정도는 빈 부리로 고개를 들곤 했는데, 물론 그럴 때도 왜가리의 얼굴에는 아무 표정이 없었으며 방금 성공했거나 실패했다는 사실 자체를 순식간에 잊어버린 듯 바로 다음번 사냥에 몰두했다. 우리는 왜가리가 성공하면 각자 낮은 소리로 감탄했고 실패하면 발을 동동 구르며 분해했다. 지나가는 사람들 몇몇은 이 여자들이 무얼 저리 보나 하며 우리 뒤에 섰다가 갔고 꼬맹이들이 첨벙첨벙 물장난 치는 서슬에 왜가리가 놀라 날아가기도 했다. 그러면 천천히 걸어 따라가거나 영 멀리 갔다 싶으면 하류 쪽으로 걸으며 다른 왜가리를 찾았다. 왜가리가 없으면 어떡하나 하고 나는 매번 걱정했으나 김하영은 왜가리 찾기에 천부적인 재능이 있었다. 앞서 휘적휘적 건던 김하영이 물 가장자리에 도사린 왜가리를 찾아내 손가락으로 가리키면 우리는 그 앞에 다시 편한 대형으로 둘러앉거나 섰고 다시금 구경을 시작했다.

그러다 마침내 하늘 구석이 은은하게 어두워지기 시작할 즈음이었다. 어린 여자가 김하영 쪽으로 카메라를 흔들어 보였다. 배터리가 거의 다 된 것 같았다.

"오늘은 여기까지 보고, 새로 온 분도 있으니 좀 걷다가 헤어질까요."

김하영의 말에 우리는 엉덩이를 툭툭 털며 일어섰다. 각자 깔고 앉아 있던 자리의 둥글게 눌린 꽃잔디를 발로 문질러 다시 북돋아두는 것도 잊지 않았다. 그러고 나서 우리는 상류 쪽으로, 왔던 곳을 향해서 천천히 되걷기 시작했다.

구 신림극장 앞 마을버스 정류장까지 느릿느릿 걸으며, 나는 나이 든 여자의 이름이 심동미이고 어린 여자의 이름이 강희진이라는 것과 김하영까지 셋 다 미림여고 사거리 언덕 근방 그러니까 우리 집 근처에 살고 있다는 것, 그리고 이들은 격주 일요일마다 이렇게 모여 왜가리를 구경한 지 벌써 반년이 넘어간다는 사실을 알게 되었다.

그런데 놀라운 일은 내가 나의 이름을 이야기했을 때 벌어졌다.

"저는 양양미라고 하고요. 저도 대학동 살아요."

그렇게 간단하게 자기소개를 마쳤는데 강희진이 문득 걷던 발걸음을 멈추더니, 나를 빤히 바라보곤 묻는 것이었다.

"혹시, 반찬가게 하시던 분 아니세요? 양미네 반찬."

"맞아요. 문 닫았지만요."

의외의 질문이라 좀 놀라며 대답했는데 옆에서 심동미도 한마디 거들었다.

"거기 나도 알아요. 우리 집 앞 골목이라."

"어어, 난 사 먹은 적도 있는데! 거기가 양미 씨 가게였어?"

김하영도 나섰다. 나는 아무 대답도 못 하고 세 여자의 얼굴만 번갈아 쳐다보았다. 아무래도 이 작은 동네에선 어디에 어느 가게가 생기고 망하는지 누구나 대강 알고 있는 게 당연하겠지만 그래도 양미네 반찬을 기억하는 사람이 나 말고도 또 있었다니, 게다가 한 명도 아니고 두 명도 아닌 세 명 모두가. 놀랍기도 하고 고맙기도 해서 그저 입만 벙긋거리는데 심동미가 아무렇지 않은 얼굴로 결정타를 날렸다.

"그 집 반찬, 나 맛있어서 좋아했는데요. 우리 아저씨도 잘 먹었어."

다급하게 입술 끝에 힘을 주어 딱 맞붙인 덕분이었다, 길 한복판에서 오늘 처음 만난 이를 붙잡고 울음을 터뜨리지 않을 수 있었던 것은. 그래도 당장에 대답을 하자니 목 안쪽이 부어오른 듯 뜨끈하고 울컥해서 아무 말도 나오지 않아 나는 그저 심동미의 얼굴만 울먹울먹 쳐다보았다.

"어어, 왜 이래요. 왜 그래."

당황한 심동미가 한 발짝 다가오며 내 얼굴을 살폈으나 눈물을 눌러 참는 것 외에는 할 수 있는 것이 없었다. 길거리 한가운데에 못생긴 장승처럼 우뚝 버티고 선 채로 아래턱을 하염없이 하염없이 찌그러뜨리며 나는 머릿속으로 중얼거렸다. 제발 그만해, 창피하게 뭐 하는 거야, 웃긴 거, 그래 웃긴 걸 생각해. 하지만 전혀 웃기지 않은 삶을 너무 오래 살아온 탓일까. 당연히 아무것도 떠오르지 않았고 핑그르르, 야속하게도 눈물이 고인 찬이었다.

멀뚱하게 서 있던 강희진이 갑자기 어디론가 다급하게 뛰어가기 시작했다. 깜짝 놀라 어딜 가는 건가 뒷모습을 좇으니, 전속력으로 달린 강희진은 신림역 4번 출구 앞 롯데리아의 문을 기세 좋게 밀치고 들어가는 것이었다. 그러고는 문이 닫히기도 전에 다시 되돌아 뛰어나왔다. 사람들을 헤치고 달려오는 강희진의 손에 종이냅킨 몇 장이 쥐어 있는 게 보였다.

달려온 강희진은 숨을 헉헉거리며 내게 그 냅킨을 건네주었다. 나는 그걸 얼른 반으로 접어 눈꼬리를 꾹 눌렀다. 냅킨에 햄버거 냄새가 배어 있었다. 고맙다고 말해야 한다는 생각이 들었지만 그 짭짤하고 고소한 냄새를 맡자 이상하게도 터지는 눈물을 멈출 수 없었고, 나는 세 여자에게 둘러싸인 채 기어이 좀 울고 말았다.

"열심히 해도 안 되는 일이 있지. 살다 보면 꼭 있어, 그런 일이."

콧물을 훌쩍여가며 털어놓은 망한 가게 이야기를 끝까지 듣고 난 심동미의 대답이었다.

해가 완전히 저물어 어두워졌으나 낮 동안 데워진 미지근한 공기가 부드러웠고 이르게 켜진 가로등 아래에는 날벌레들이 폭죽처럼 튀고 있었다. 우리는 미림여고 사거리를 쭉 걸어 올라가면 나타나는 작은 어린이공원에 앉아 있었다. 딱히 여기를 마음에 두고 걸은 건 아니었으나 걷다 보니 이곳이었고 마침 우리 네 사람의 집과도 고루고루 가까워 이야기를 나누기엔 마침맞은 장소이긴 했다. 벤치에 나란히 끼어 앉은 우리를 지나는 사람들이 힐끔거렸다. 하기사 울먹이며 게두덜거리는 다 큰 여자를, 마찬가지로 다 큰 세 여자가 심각한 얼굴로 에워싸고 있는 모습은 내가 생각해도 볼만한 광경인 것 같긴 했다.

옆에 앉아 있던 심동미가 몸을 일으키더니 그대로 몇 걸음 걸어 그네 앞으로 갔다. 그네를 타려는 건가 했는데 타지는 않고 그네 주변에 둘러놓은 은색 철봉이며 기둥을 무심한 얼굴로 한참 들여다보았다. 손을 뻗어 소중한 것을 쓰다듬듯 만져보기도 했다. 그러다가 덧붙였다.

“나는 애 키울 때가 그랬는데, 온 마음을 다 쏟아도 안 되는 일이 있기는 있더라구요.”

“맞아요. 그런 거 다 있지. 나도 있어요.”

김하영이 기다렸다는 듯 거들었다. 나는 아무 대꾸도 못 하고 고개를 푹 숙인 채 앉아 있었다. 처음에는 마치 속에서 뭔가 떠밀려 나오는 것처럼, 그야말로 구토하듯이 시작한 이야기였으나 이야기를 마치고 나서야 두서없이 지루한 신세 한탄을 늘어놓은 게 민망하다는 생각이 들었기 때문이었는데, 게다가 민망하기로 치면 길 한복판에 서서 통곡했던 것이 더했다 싶어 얼굴을 들 수가 없었다. 뒷모습을 보이고 선 심동미가 말을 이었다.

"나는 그럴 때 왜가리를 보게 됐는데, 그게 좀 도움이 된 것 같애요."

왜가리? 예상치 못한 화제에 얼굴을 들어 보니 심동미는 여전히 그네 기둥을 소중히 쓰다듬고 있었다.

"우리 중학생 막내가, 유별나게 속을 썩이는 앤데요. 왜가리를 보니까 참 재는 재네 부모가 어떻게 가르쳤길래 저렇게 고기를 똑부러지게 잘 잡나 싶은 거예요. 첨에는 그렇게 부러워하면서 내내 봤는데 보다 보니 알겠더라고요. 가르쳐서 되는 게 있고 스스로 배워야 하는 게 있다는 걸."

"어, 맞아요. 나도 느낀 게 좀 있어요. 왜가리한테."

김하영이 벌떡 일어섰다. 그러더니 그 마르고 길쭉한 다리로 훌쩍훌쩍 몇 걸음을 걸어 심동미 옆으로 다가가 섰다. 마치 웅변이라도 하려는 듯한 모양새였다.

"일찍 결혼한 걸 후회한 적이 많았어요. 헤어질 타이밍이 여러 번 있었는데 놓쳐버리고 어영부영 결혼하게 된 거지. 근데 왜가리를 보면 그래요, 되게 타이밍을 잘 잡잖아? 여기서 좀 재미 봤다 싶으면 귀신같이 알고 다른 데로 날아가고. 여기는 이제 글렀다, 쟤들이 이 타이밍을 어떻게 잡는지가 난 너무 궁금했거든요. 근데 지금은 좀 알 것 같아요. 몇 번 실패하면 거기는 튼 거예요. 그럼 그걸 알았으면 날아가버리면 되거든. 거길 뜨면 되는 거야. 그게 참 뭐랄까, 인간보다 나은 것 같아요."

말을 마친 김하영이 크흠, 목을 가다듬으며 덧붙였다.

"이거 언제 꼭 한번 말하고 싶었던 건데, 양미 씨가 기회를 만들어주네."

무어라고 대답을 해야 할 타이밍이었다. 그러나 이상하게도 입이 떨어지지 않았다.

실은 나도 있었다, 왜가리를 보고 생각했던 것이. 왜가리는 그 생김새도 미끈하니 좋고 물고기를 잡는 모습도 노련하여 멋있었으나 가장 기억에 남았던 장면은 사냥에 실패했을 때였다. 오랫동안 도사리고 집중해 부리를 내리꽂았으나 아무것도 잡지 못하고 물방울만 사방에 튀기며 고개를 드는 왜가리가. 분명 나였다면, 아니 사람이었다면 민망하여 헛기침이라도 한번 하며 혹시 누가 이 창피한 꼴을 보지는 않았나 슬쩍 주변을 두리번거렸을 법한 보기 좋은 실패였다. 하지만 왜가리는 그러지 않았다. 정확히 말하자면 실패를 아무렇지 않게 여기는 것이 아니라, 성공과 실패를 같은 무게로 여기는 것에 가까웠다고나 할까. 그도 그럴 것이 고기를 잡았다고 해서 왜가리가 특별히 기뻐하는 것 같지는 않았으니까. 왜가리에게는 그저 매번 잘 노려서 잘 내리꽂는 것만이 중요했고 그 뒤의 일은 성공하든 실패하든 모두 같았다. 그것이 멋있었다고, 가슴이 빼근하도록 부러웠다고 말하고 싶었다. 인간에게 가능한 일인지조차 알 수 없으나 그저 사는 동안 조금이라도 닮아보고 싶다고, 언젠가는 나도 그렇게 되고 싶다고. 하지만 아무리 말을 다듬고 매만져도 내가 지금 느끼는 감정을 제대로 표현할 수 없을 것 같았고 자칫하면 손발이 오그라들 만큼 창피한 말을 하게 될 것 같아 겁나기도 했다. 나는 물 밖에 끌려 나온 붕어처럼 입술을 빼끔거리다 고작 이런 말을 했다.

"아, 알 것 같아요."

그때였다. 아까부터 카메라를 들었다 놓았다 하며 이야기를 듣고만 있던 강희진이 슬그머니 일어났다. 저 친구도 하고 싶은 말이 있는 걸까, 생각했는데 강희진은 그대로 말없이 걸어갔다. 심동미와 김하영을 지나쳐 미끄럼틀 쪽으로 가는가 싶더니 뜬금없게도 그대로 미끄럼틀을 거꾸로 올라갔다. 미끄럼틀 꼭대기에 그대로 쪼그려 앉은 강희진은 카메라를 들었다. 카메라 바깥으로 비어져 나온 강희진의 반쪽 얼굴이 이래도 되겠죠, 묻듯이 갸웃했고 대답할 새도 없이 다음 순간, 찰칵찰칵 사진 찍는 소리가 들렸다.

"어어, 단체샷 찍을 거면 미리 말해야지!"

심동미와 김하영이 누가 먼저랄 것도 없이 내 쪽으로 달려왔다. 내 얼굴 옆으로 심동미와 김하영의 얼굴이 바짝 와 닿았고, 누구의 팔인지 모를 팔이 내 어깨 위에 턱 놓였다. 나는 본능적으로 양 손가락을 브이 자로 하여 얼굴 옆에 갖다 댄 채 미끄럼틀 위를 똑바로 올려다보았다. 방금까지 울고 훌쩍거렸던 주제에, 망한 얘기나 실컷 한 주제에 양양미 참 밸도 없다, 그렇게 생각했지만 꼭 나쁜 기분만은 아니었으므로 나는 그대로 꽤 오래 있었다.

다다음 주 일요일 같은 시간, 구 신림극장 앞 마을버스 정류장에서 다시 만나기로 하고 우리는 헤어졌다.

마침 나는 여기서 공원 오른편으로, 나머지 셋은 왼편으로 갈라져 거기서 각자 꺾은 골목길로 접어들면 되었으므로 목례를 하고 돌아서 걷던 참이었다. 별안간 마음속에 반짝, 번개 치듯 떠오른 생각이 있었다. 그 생각이 괜찮은지 곱씹어보기도 전에 나는 이미 저만치 골목 중간까지 휘적휘적 걸어간 이들을 향해 달려가고 있었다.

"저기, 저기요! 잠깐만요!"

실제로는 열 걸음도 안 뛰었지만 울었던 탓인가 이상하게 숨이 찼다. 나는 의아한 얼굴로 돌아보고 있는 세 사람을 바라보고 헉헉거리며 물었다.

"혹시 반찬거리 좀 가져갈래요? 진미채랑 마른멸치랑, 국물 새우랑 다시마 같은 거."

그들은 아무 대답도 않고 잠시 나를 물끄러미 내려다보았다. 왠지 민망해져 덧붙였다.

"집에 엄청 많이 남았거든요."

그러자 그게 신호라도 된 양, 셋은 동시에 배를 잡고 웃기 시작했다.

"아니 그게 무슨 그렇게 급한 일이라고 그렇게 뛰어와요?"

"난 또 무슨 큰일이라도 난 줄 알았네."

"아유 좋지. 우리 집은 입이 많아서 먹을 거면 뭐든 환영이야."

이렇게까지 크게 웃을 일인가 싶기는 했지만, 나는 그들이 골목 한가운데 서서 웃을 만큼 웃을 때까지 기다렸다. 그러면서 나도 좀 웃었는데, 이따가 이들은 마른 반찬거리를 한아름씩 안은 채 다시 이 길을 되돌아 걸어갈 것이고 그런 생각을 하니 참으로 오랜만에 마음이 좋았기 때문이었다.

이윽고 웃을 만큼 웃은 우리는 누가 먼저랄 것도 없이 우리 집 쪽으로 걷기 시작했다. 가로등이 사방에 켜져 온 골목이 따뜻한 오렌지색이었고 창문 열린 어느 집에서 저녁 설거지를 하는 소리가 들려오고 있었다. 나는 반 발짝 앞서서 타닥, 타닥 발을 구르며 걸어갔다. 그러다 돌아보면 이상하고 다정한 얼굴들이 내 뒤로 걸어오고 있었고 사실 돌아보지 않아도 알 수 있었다, 그들이 나를 잘 따라오고 있다는 것을.

치즈 달과 비스코티

정시에서 오 분 정도 지났을 때 남색 재킷을 입은 남자가 들어왔다. 그러고는 모두에게 펜과 종이를 하나씩 나눠주었다. 의사, 또는 치료사라는 직업을 가진 사람들은 모두 환자의 시간을 개똥으로 여기라는 교육을 받는 게 틀림없다. 나는 내게 종이를 내미는 남자의 털투성이 손을 노려보았다. 그러다가 그게 얼마나 이상하게 보일지 생각하고 곧 시선을 돌렸다. 내 정신은 멀쩡했고 절대로 환자처럼 보이고 싶지 않았다. 그런데 그렇게 생각하고 나면 으레 그렇듯, 이번에는 시선을 어디에 두어야 정상적인 사람처럼 보이는지 혼란스러워지기 시작했다.

종이를 다 나눠준 남자가 치료실 앞으로 돌아가서 말했다.

"여러분, 안녕하세요!"

이미 반수가 넘는 사람들이 남자보다는 종이와 펜에 더욱 큰 관심을 보이고 있었다.

"오늘부터 여러분과 함께 글쓰기 치료를 진행할 미트볼 스파게티입니다. 그냥 미트볼이라고 불러주세요. 여러분을 만나서 정말 기쁩니다."

남자는 그렇게 말하고 과장된 동작으로 꾸벅 절을 했다. 자기가 엄청나게 웃긴 농담을 해냈다고 믿는 개그맨처럼. 물론 아무도 웃지 않았다. 나는 남자의 말이 재미있기보다는 안쓰러웠고, 그런 내 기분을 충분히 담은 표정을 지은 채 옆자리 여자를 쳐다보았다. 마침 그 순간 여자는 입에서 뭔가를 푸 소리 내어 뱉고 있었다. 종이 위에 톡 떨어진 것은 손톱 거스러미였다.

남자는 이런 반응은 이미 예상한 것이었으며 자신은 하나도 신경 쓰지 않는다는 듯이 말을 이어갔다.

"겁내지는 마세요. 그냥 친구를 만들러 나왔다고 생각하세요. 여러분은 서로 짝을 정하고 대화를 주고받게 될 겁니다. 그게 전부예요. 저는 여러분의 피를 뽑거나 뇌에 전극을 달지 않을 거예요."

남자가 바보 같은 미소를 지었다. 나는 두번째로 슬퍼졌다. 하지만 이번에는 공감을 바라는 표정으로 주변을 두리번거리는 대신, 그냥 남자를 빤히 바라보는 쪽을 택했다.

"오늘은 자기 닉네임을 짓는 걸로 시작합시다. 좋아하는 음식, 좋아하는 인물, 뭐라도 상관없어요. 앞으로 여기서는 서로 그 이름으로만 부르는 겁니다. 오 분을 드릴게요."

빈 종이 위에서 볼펜을 빙빙 돌리며, 나는 글쓰기 말고 수영이나 합창 치료를 받을 걸 그랬다고 후회했다. 하지만 내 배는 삼십대 중반의 남자인 걸 감안하고도 심하게 불룩해 드러내기 꺼려졌고 남들 앞에서 노래를 부른다는 건 생각만 해도 끔찍했다. 꼼짝없이 흰 종이로 돌아올 수밖에 없었다. 다행스럽게도 나는 직업상 이런 상황을 아주 많이 겪곤 해서 면역이 있었다. 뭔가 써야 하지만 아무것도 써지지 않는 상황에 써먹기 좋은 몇 가지 묘책. 나는 그중에서 '마감 시간이 임박할 때까지 아무것도 하지 않기'를 선택했다. 사 분이 남았다.

방에는 열 명 남짓한 사람들이 둥글게 앉아 있었다. 특별히 정신 나간 것처럼 보이는 사람은 한 사람뿐이었다. 나눠준 종이를 받자마자 잘게 찢어 캠프파이어라도 하려는 듯 높이 쌓아놓은 여자였다. 치료사가 우연히 그 사람 옆을 지나가는 척하며 종이를 한 장 더 주었다. 나는 이런 치료들이 대부분 어떻게 흘러가는지 잘 알고 있었기에, 제발 저 사람과는 파트너가 되지 않길 기도했다.

잠시 후—사 분보다 더 긴 시간이 흐른 뒤—치료사가 종이를 걷어갔다.

"제가 호명하면 일어서서 간단하게 자기소개를 해주세요.

짧게 한마디로 하셔도 됩니다. 정 어려우시면 안 하셔도 되고요."

자기소개. 긴장감에 배 속이 싸늘해지는 것이 느껴졌다. 자기소개란 정상인에게도 매우 어려운 일이다. 차라리 막춤을 추라거나 옷을 벗으라는 요구가 나올지도 모른다. 그러면 요구한 사람을 미친놈 취급할 수 있으니까. 하지만 자기소개는 이 사회를 살아가는 일반적인 사람들에게 꼭 필요한 절차이다. 바로 그 점이 자기소개가 어려운 이유겠지만.

"요구르트 젤리 씨."

치료사가 호명했다. 구석쯤에서 어려 보이는 여자가 비틀거리며 일어났다.

"안녕하세요요구르트젤리를제일좋아하고요특히블루베리가들어간게제일좋아요또콜라맛도좋아하고요어제는후추맛을먹었어요."

여자는 이 모든 말을 아주 빨리했다. 말을 하는 게 아니라 그저 지저귀고 있는 것 같을 정도였다. 그렇지만 치료사는 여자에게 부드럽게 웃어 보였다.

"수고하셨어요. 아주 잘해주셨어요. 저도 젤리 엄청 좋아해요. 혹시 스웨덴에 가게 되면 스웨디시 젤리를 꼭 드셔보세요. 진짜 맛있답니다. 그럼 다음, 콩 통조림 씨."

이런 식으로 몇 명의 사람들이 호명되고 각자 이상한 소리를 늘어놓는 동안, 나는 내 차례가 되면 뭐라고 해야 할지 고민했다. 나는 매우 평범하고 정상적이며 아무 정신적 질환이 없다는 것을 어떻게 알려줄 수 있을까. 수많은 말들이 떠오르긴 했지만 곱씹어 생각해보면 약간 정신 나간 놈처럼 들릴지도 모르겠다 싶은 것들뿐이었다. 결국 내가 호명되었을 때("마법의 선인장 씨?") 나는 일어났고 이런 말을 했다.

"마법의 선인장이라는 필명으로 패션지에 이달의 별자리 운세를 연재하고 있는 사람입니다. 혹시 잡지를 구독하고 싶으시면 말씀만 하세요. 일 년 구독하시면 삼십 퍼센트 싸게 드릴 수 있으니까요. 취미는 여행이고 최근엔 어머니와 나트랑에 다녀왔어요. 베트남이요. 참 좋더라고요. 저는 이 근처에 사니까 친하게 지내면 좋겠군요. 가끔 맥주가 마시고 싶다거나 그저 심심하실 때 산책할 사람이 필요하실 수도 있잖아요."

여기까지 말하고 나서야 나는 내가 떠들어댄 모든 것들이 매우 비정상적인 얼간이 같다는 것을 깨닫고 자리에 앉았다. 심지어 그것들의 대부분은 거짓말이었다. 나는 잡지 정기구독권을 할인해줄 수도 없고, 여행을 좋아하지도 않으며, 이 근처에 살지도 않는다. 덧붙여서 여기 앉아 있는 사람들과는 더 이상 한마디도 섞고 싶지 않았다. 친구가 된다니 어림없는 소리였다. 이 중 누군가가 나한테 맥주를 마시자고 하면 나는 그 사람의 귀를 물어뜯을지도 모른다.

"별자리 운세라니 정말 특이한 직업을 가지셨네요. 점성술사라고 하나요, 그런 걸? 저는 쌍둥이자리인데 이번 달 제 운세는 어떤가요?"

쌍둥이자리들은 오늘 하루가 끝나기도 전에 전부 끔찍하게 죽을 겁니다, 라고 대답하는 대신 그냥 수줍게 웃어 보일 수 있는 정도의 이성은 남아 있었다. 자연스럽게 차례가 넘어갔다. 나는 남들의 소개에 귀를 기울이는 척하며 여기 있는 모두가 기억상실증에 걸렸으면 하고 생각했다. 아마 나는 오늘 하루의 나머지 전부를 이 바보 같은 짓을 되새기며 괴로워하게 될 것이다. 하지만 한편으로는, 내가 오바마나 마틴 루서 킹에 비견할 만한 연설 솜씨를 가졌다고 해도 자기소개를 하고 나면 약간은 이런 감정을 느낄 것 같다는 생각도 들었다. 그러자 지금 내가 느끼고 있는 부끄러움이 매우 정상적이고 평범한 것처럼 느껴졌다.

비록 이런 사람들 틈에 섞여 앉아 있긴 하지만 나는 아주 멀쩡한 사람이고 어떤 정신병도 앓고 있지 않다(물론 현대인들이 모두 갖고 있는 약간의 편집증을 제외하고). 나는 돌과 이야기할 수 있다. 내가 여기 앉아 있는 이유는 단지 그것뿐이다. 믿어지는가? 사람들 대다수가 할 수 없는 것을 할 줄 아는데, 칭송과 존경은커녕 미친놈 취급을 받는다는 게 말이다.

내가 이 치료 코스에 들어가기로 결정했을 때 어머니는 울면서 기뻐했다. 사실 이건 어머니의 환갑 선물을 겸해 내린 결정이었다. 생일 선물로 정신병원에 다니기로 했다는 게 좀 우습게 들릴 수도 있다는 거 안다. 하지만 나는 십몇 년 전에 딱 한 번 정신과를 방문한 뒤로는 현대 의학의 어떤 도움도 구해 본 적이 없었고, 어머니는 나 때문에 가슴이 아파 돌아버릴 지경이라고 입버릇처럼 말하곤 했었다. 내가 결혼을 못 하는 것과 변변한 직업을 갖지 못하는 것, 심지어 살이 찐 것까지 모두 그놈의 정신병 탓이라는 거였다. 물론 말도 안 되는 얘기다. 나는 그저 햄버거와 피자를 좋아하는 독신주의 기고가일 뿐이다.

물론 어머니는 나를 그냥 내버려두지는 않았다. 나는 외출했다가 집에 돌아왔을 때 어머니가 웬 낯선 사람과 함께 차를 마시고 있는 광경을 종종 볼 수 있었다. 어머니의 손에는 눈물을 닦는 데만 사용하는 실크 손수건이 쥐여 있고, 내가 현관에서 신발을 벗는 동안 어머니는 떨리는 목소리로 말한다.

"이분은 널 위해 오신 심리상담가셔. 이분과 잘 얘기해보렴."

그러고는 티 테이블에 열 사람이 먹어도 남을 양의 과자와 과일을 갖다 준 뒤, 안방에 들어가 조용히, 하지만 또렷하게 들리는 소리로 흐느끼는 것이다. 젠장, 진짜 울고 싶은 건 나다. 하지만 나는 손수건 대신 과자를 집어 들고 포장을 벗긴다. 와작와작.

이런 일이 반복되자 나는 자칭 '심리상담가'라는 사람들의 사업 구조를 어느 정도 파악할 수 있게 되었다.

"그래, 어머니께 대충 들었어요. 돌이 말을 한다구요?"

심리상담가들은 대부분 말수가 적고, 그나마 하는 말도 모두 빙빙 돌려 요점을 피한다. 그러면서 내게 대화를 이끌어내려는 수작인 것이다. 언제부터 들었나요? 왜 그게 들린다고 생각하나요? 그게 들릴 때의 기분은 어떤가요?

방문에 귀를 대고 듣고 있을 어머니를 위해, 나는 그 모든 허섭스레기 같은 질문에 성의 있게 답했다. 그러면 그들은 노트에 무언가를 끼적거리며 찡그리는 동시에 미소를 지으려는 것 같은 기괴한 표정을 짓는다. 나는 그들이 환자의 증세를 분석하고 있을 때 그런 표정을 한다는 것을 금세 알아차렸다.

곧이어 그들은 똑같은 질문을 한다. 토씨 하나 틀리지 않는다.

"왜 당신에게만 그게 들린다고 생각하나요?

그렇다. 이 질문은, 너는 네가 뭐 초능력자라도 된다고 생각하는 거냐?라고 들린다. 나는 최대한 예의 바르게 대답한다.

"들리는 걸 어쩌라구요."

그러면 심리상담가들은 모두 미리 작당이라도 한 듯 주머니에서 조약돌 하나를 꺼내면서 묻는다.

"그럼 이 돌도 말을 할 수 있나요? 뭐라고 하는지 알려줄래요?"

당연하게도, 모든 돌들이 말을 할 수 있는 건 아니다. 그랬다면 나는 시끄러워서 진짜로 미쳐버렸을지도 모른다. 인간중에서도 외발자전거를 탄다거나 물구나무를 설 수 있는 사람은 극소수인 것과 같은 이치다. 그들에게 어떻게 그걸 할 수 있는지 물어보면 꼭 나처럼 말할 것이다("글쎄요, 그냥 몇 번 해보니까 되던데요?"). 하지만 그들이 꺼낸 조약돌은 모두 내게 아무 말도 하지 않았고, 나는 솔직히 말하는 수밖에 없었다.

"그 돌은 말을 할 줄 모르는 녀석인가 봐요."

그러면 그들은 그럴 줄 알았다는 얼굴로 돌을 다시 주머니에 넣었다. 나는 어쩐지 변명을 한 것 같은 찝찝한 기분으로 마지막 과자를 집어 먹는다. 돌이 말을 할 줄 모르는 것인지, 말을 하고 싶지 않은 것인지 나는 모른다. 어떤 사람이 말을 하지 않는다고 해서 그 사람에게, 실례지만 당신 혹시 언어 장애가 있나요?라고 묻지는 않는다. 그런 사람이 있다면 그 사람이야말로 정신병원에 처넣어야 옳다.

나는 얼마 지나지 않아 심리상담가들을 대하는 데에 도가 텄고, 그들을 놀려주는 것에 재미를 느끼게 되었다. 예를 들면, 나는 맛있는 디저트를 맨 나중으로 미루는 것과 같은 심리에서 아버지 이야기를 최대한 늦게 꺼냈다.

"저는 아버지의 얼굴을 몰라요. 제가 어머니 배 속에 있을 때 돌아가셨거든요. 사진 한 장 남아 있지 않답니다. 저랑 아주 닮았다고 하긴 하더군요. 그때도 맥도날드와 피자헛이 있었나 보죠?"

프로이트의 망령에 사로잡힌 심리상담가들이 눈을 빛내는

소리가 들리는가? 개똥을 물고 있는 것 같은 표정으로 앉아 있던 그들이 이 얘기만 하면 어찌나 행복해하는지! 내가 다 뿌듯해질 정도였다. 그래서요? 아버지 얘기를 좀더 해보세요. 아버지가 그립지 않나요? 아버지 생각을 자주 하나요? 외동아들로서 어머니를 지켜야 한다는 강박관념이 있나요?

참고로 말하자면, 우리 어머니야말로 자신을 지키는 데에 어떤 도움도 필요로 하지 않는 부류의 사람이다. 어머니는 예순 살이지만 아직도 유명 패션 잡지의 편집장으로 재직하고 있으며, 이천 년대 이후로 등장한 모든 것에 대해 나보다 많이 알고 있다. 어머니의 삶을 요약하면 다음과 같다. 애플 워치, 플라잉 요가, 비건 푸드, 샤넬의 프라이빗 패션쇼 맨 앞자리. 트위터, 페이스북, 인스타그램, 유튜브 팔로워를 합치면 서울시 인구수를 훨씬 넘는 데다 지난달에는 가장 영향력 있는 대한민국 여성 직업인 백 명 중 하나로 선정되어 크리스털 트로피를 받아오신 내 어머니, 모두가 어머니를 존경한다. 게다가 어머니는 여전히 아름답기까지 하다. 나는 삼십대 중반의 독신 남성이 자신의 어머니를 아름답다고 하는 게 요즘 어떤 의미로 들리는지 잘 알고 있다. 하지만 어머니는 객관적으로 아름답고 남편이 없다는 것조차 아무런 장애물이 되지 않을 만큼 멋진 여자다. 어머니의 유일한 단점은, 돌과 대화할 줄 아는 노총각 비만 아들이 있다는 것뿐이다.

내 어머니에 대해 알고 나면 심리상담가들은 잽싸게 노선을 바꾼다. 너무 뛰어난 어머니를 둔 게 괴롭지 않았나요? 어머니의 그늘에서 벗어나고 싶지는 않아요? 등등. 그러고는 오이디푸스 콤플렉스니, 젠더 역할이니 하는 것들을 설명하기 시작한다. 나에게 그런 개념들은, 비유하자면 내 지갑에 이십 년째 들어 있는 콘돔과도 같다. 분명히 존재한다는 건 알지만 왜 존재하는지는 도무지 알 수 없으며, 아마 내가 평생 써먹을 일이 없을 것이라는 점에서 그렇다.

몇십 명의 심리상담가들이 다녀가고 어머니가 그들을 위해 구운 브라우니가 백 접시를 넘었지만 나는 여전히 돌과 말을 할 수 있었다. 다만 나는 더 이상 그것을 아무에게도 말하지 않았고, 돌과 대화하고 싶을 때는 주변에 아무도 없는 것을 꼭 확인했다. 하지만 어머니가 내게 가끔씩 물을 때는 항상 솔직하게 말하는 쪽을 택했다.

"너, 아직도 돌멩이 친구들과 사귀니?"

"슬프게도 아직 절친한 사이네요."

어차피 거짓말을 해도 알아차렸을 테지만 나는 어머니께 거짓말을 하고 싶지 않았다. 이유는 모르겠다. 심리상담가들은 이거야말로 내가 오이디푸스 콤플렉스라는 증거라고 주장할 수 있겠지만 말이다.

내가 처음이자 마지막으로 정신과를 찾았던 그때, 나는 망상장애라는 진단을 받았다. 그날 집으로 돌아온 나는 인터넷에서 미국 정신의학회가 제정한 정신장애 진단 통계편람에 따른 망상 장애의 기준을 찾아보았다. 그 첫번째 항은 이랬다. '기괴하지 않은 망상일 것'. 나를 진찰한 의사가 나를 기괴하지 않다고 판단한 건 썩 나쁘지 않은 일이었다. 만약 일 항이 충족되었다면 나는 망상장애가 아니라 조현병 진단을 받았을 테니까. 그렇다. 나는 기괴하지 않다. 그리고 기괴하지 않은 정신병은 사실 현대 사회를 살아가는 누구나 조금씩 가지고 있지 않은가. 입에 넣는 것마다 씹어대거나 다리를 떨지 않으면 앉아 있지 못하는 사람들보다는 차라리 돌과 대화하는 편이 낫다. 훨씬.

내가 처음으로 돌과 대화한 건 열일곱 살 때의 일이었다. 그 시절 나는 거의 인간 쓰레기나 다름없는 삶을 살고 있었다. 키와 거의 비슷한 숫자의 몸무게에 여드름투성이, 다른 스타일은 상상조차 해본 적 없는 스포츠형 머리. 나는 공을 가지고 하는 어떤 운동의 룰도 몰랐고 성적도 그저 그랬다. 유일하게 잘하는 건 이 상태가 머지않아 끝나리라는 것을 믿으며 아무렇지 않은 척하는 것이었다. 학창 시절에 주기적으로 두들겨 맞아본 사람은 안다. 진짜 쪽팔린 건 맞았다는 사실 자체보다, 그 폭력이 자신에게 굉장히 큰 영향을 미쳤음을 티내는 것이다. 나는 나를 괴롭히는 놈들을 무시하는 데 도사였다(라고 생각했다, 그 당시에는). 내 신발이 변기통에 들어가 있는 걸 폴터가이스트 현상이라고 생각하거나, 아무도 나와 같은 조가 되려

하지 않을 때면 내가 남들을 밀어내는 특수 능력을 가진 히어로라고 믿는 식이었다. 물론 큰 도움은 되지 않았다. 우주의 모든 불행이 나를 겨냥해서 날아왔고 나는 커다래서 맞히기 쉬운 과녁이었다. 나는 아침에 눈을 뜨자마자 오늘이 빨리 끝나기만을 바랐고 내일 지구가 멸망하길 기도하며 잠들었다.

그러던 어느 여름날이었다. 나는 내 가슴을 주무르려는 양아치 한 놈을 피해 학교 뒤쪽 주차장에 숨어 있었다(나는 비만인들의 영원한 동반자인 여성형 유방 증후군을 앓고 있었다). 날 구해줄 수 있을 것 같은 사람은 적어도 이 지구에는 한 명도 없었고, 나는 그놈이 흥미를 잃고 딸딸이나 치러 집으로 가기를 기도했다. 하지만 그런 기도는 보통 이루어지지 않는다. 그놈이 나를 찾아내기까지는 얼마 걸리지 않았다.

"여기 있다! 젖소!"

녀석이 외쳤다. 나는 숨어 있었던 게 아니라 마침 거기에 굉장히 흥미로운 무언가가 있었던 것처럼 바닥에서 아무거나 주워 들고 자세히 들여다보는 척했다. 그건 내 자존심을 지키기 위한 마지막 발악이었지만 그저 나를 더 찌질하게 보이게 하는 것 외에는 아무런 효과도 없었다. 나는 곧이어 내 머리며 배로 녀석들의 주먹이 날아올 것을 알고 있었다. 그때 내 손아귀에서 그 소리가 들렸다.

"던져! 날 던지라고!"

이것저것 잴 것도 없었다. 나는 마법에 걸린 허수아비처럼 손에 든 것을 던졌고 그것은 날아가서 그놈의 이마 한가운데를 정통으로 맞혔다.

뭐, 믿지 않는대도 괜찮다.

그건 날카로운 돌멩이였다. 그놈은 네 바늘을 꿰맸고, 나는 고의로 머리를 가격한 게 아니었다는 걸 선생님과 어머니 앞에서 설명해야 했다. 물론 돌이 그러라고 했다고는 말하지 않았다. 어머니가 드디어 내가 남자다워졌다며 너무나 기뻐했기 때문이었다. 어머니는 앞으로도 저런 놈들이 괴롭히면 똑같이 해주라고 했다.

그놈이 이마에 붕대를 감은 채로 학교에 돌아왔을 때 내가 죽도록 얻어맞았음은 말할 것도 없다. 그 사건 이후로 내 학교생활은 더욱 험난해졌다. 하지만 나는 그날 새로운 취미가 생겼기에 견딜 수 있었다. 나는 내 눈에 보이는 돌멩이라는 돌멩이는 모두 주워다 말을 걸었던 것이다. 저기요? 제 말이 들리나요? 제발 대답해주세요. 저 들을 수 있어요. 제발.

그건 마치 지구에 마지막으로 남은 인간이 전 세계를 향해 쏘아올리는 메시지와도 같았다. 다행히도 돌들은 내게 응답해주었다. 물론 모든 돌이 대답해준 건 아니었지만. 나는 새로운 친구들을 귀찮아질 만큼 많이 사귀었다. 나는 조금 대화를 나눠보고 느낌이 안 온다 싶은 녀석은 그냥 다시 멀리 던져버리는 방법으로 친구를 골랐다. 덕분에 내 호주머니는 항상 돌멩이들로 가득했다. 나는 이게 세상에서 가장 지독한 유년 시절을 보낸 사람에게 주어지는 초능력 같은 거라고 생각했다.

아이러니하게도, 친구들이 생기고 나서야 나는 내가 무진장 외로웠었다는 사실을 깨닫게 되었다. 그 전까지는 내가 외로웠는지도 몰랐었다. 내게 그것은 거창하게 이름을 붙일 필요도 없는 '평소의 상태'였으니까. 하루하루가 너무나 새로웠다는 건 말할 필요도 없다. '새 플레이스테이션 콘솔이 나왔대' '난 울버린보단 그린 랜턴이 좋아' 같은 얘기를 편하게 주고받을 수 있는 친구가 있다니, 그 전까지는 대체 어떻게 살아왔던 건지!

내 가장 오래된 친구는 스물세 살 때 만난 조면암이다. 진한 초콜릿색 바탕에 흰색 각섬석이 군데군데 박힌 모양이 아주 근사한 녀석이다. 얼핏 보면 어머니가 종종 굽는 비스코티 과자와 비슷해 스콧이라는 이름을 가진 그 돌은 내 현명한 조언자이자 재치 있는 절친이다.

스콧은 내가 돌들과 대화할 수 있다는 사실을 숨기는 게 좋겠다고 했다. 비범한 것은 드러내지 않을수록 좋다는 게 스콧의 조언이었다. 스콧의 말이 맞다. 스파이더맨도 배트맨도 평소에는 자기 능력을 숨기고 살아가지 않는가. 사람들은 자신과 다른 것, 새로운 것, 이해할 수 없는 것을 만났을 때 받아들이려고 노력하는 대신 무시하거나 경멸하곤 한다. 나도 굳이 그들에게 이해받고 싶은 생각은 없었다. 내 세계는 나와 스콧, 그리고 사흘에 한 번씩 라지 사이즈 슈림프 피자와 코카콜라를 배달해 먹는 것이면 충분히 완성되었으니까 말이다.

아마 지난번 치료 후 누군가가 방이 너무 덥다고 불만을 제기한 모양이다. 오늘 치료실 안은 적당히 시원했다. 지난번엔 둘러앉을 수 있도록 둥글게 배치되어 있었던 책상과 의자는 이제 둘씩 짝지어져 놓여 있었다(병원은 항상 환자들을 원하는 대형으로 앉힐 수 있는 가장 쉽고 강력한 방법을 알고 있다). 내 옆에 앉은 사람은 아주 훤칠하고 키가 큰 남자였다. 이 방 안에서는 그나마 제일 정상적으로 보였다. 나는 그와 통성명을 막 끝낸 참이었다. 남자는 자신을 '쿠커'라고 소개했다.

"쿠커요? 요리를 좋아하시나 보죠?"

내 질문에 남자는 과장되게 웃었다. 나는 어깨를 움츠렸다(감정표현 과잉은 정신질환자들의 특징이다).

"아뇨, 쿠커는 제가 좋아하는 로봇입니다. 혹시 〈월레스와 그로밋〉을 아시나요?"

"찰흙으로 만든 애니메이션이요? 어릴 때 봤던 것 같은데."

나는 〈월레스와 그로밋〉에 멍청하게 생긴 개가 나온다는 것 말고는 아는 것이 없었다. 그런데 남자는 내가 〈월레스와 그로밋〉을 안다는 사실만으로도 너무나 기뻐하며 진짜 미친 사람처럼 날뛰기 시작했다.

"맞아요! 영국에서 만든 클레이 애니메이션이죠. 월레스가 사람, 그로밋이 개. 거기 쿠커가 나와요! 로봇 쿠커! 기억나세요?"

"미안합니다만, 그렇게 자세히는 기억나지 않네요."

물론 전혀 미안하지 않았다. 나는 오늘치 치료 시간인 두 시간을 일 초라도 더 빨리 흘러가게 하는 데에 온 신경을 집중하고 있었다. 내 하루의 십이 분의 일을 이런 무의미한 일로 보내야 한다니. 집으로 돌아가고 싶었다. 해야 할 일이 산더미였다. 다음 주의 별자리 운세도 아직 황소자리까지밖에 지어내지 못했고, 어머니가 퇴근하기 전에 건조기에서 빨래를 끄집어내 정리해야 했으며, 그 일들이 끝나고 나면 스쿳에게 지난했던 오늘 하루에 대해 토로하며 정신을 쉬게 할 시간도 필요했다. 게다가 내일은 여행을 갈 계획이었으므로 짐도 싸두어야 했다. 몇 달 전 우연히 적철석이 많을 것 같은 강둑을 발견해 눈여겨두었었다. 철이 섞인 돌들은 예민하고 사려 깊으니 스쿳과도 좋은 친구가 되어줄 것이다. 그런데 갑자기 남자가 내 손을 덥석 잡았다. 나는 깜짝 놀라 남자에게 주먹을 날릴 뻔했다.

"정말 반갑네요. 〈월레스와 그로밋〉을 좋아하시는 분은 저 말고 처음 보거든요. 지난번에 소개하실 때부터 느낌이 좋았는데 이렇게 인연이 되네요. 친하게 지냈으면 좋겠어요. 저도 이 근처 살아요."

나는 〈월레스와 그로밋〉을 안다고만 했지 좋아한다고 말한 적은 없었다. 잡힌 손을 비틀어 빼며 막 그 점을 지적하려는데, 치료사가 내 등 뒤로 다가왔다(치료사들은 필요할 때면 언제든지 발걸음 소리를 전혀 내지 않고 걸어 다닐 수 있다).

"와! 두 분, 벌써 많이 친해지셨네요. 좋아요. 그렇게 시작하는 거예요. 어색한 건 처음뿐이죠?"

남자가 무슨 대단한 칭찬을 받은 양 활짝 웃었고, 치료사도 마주 웃었다. 정신병원 광고에라도 나올 법한 장면이었다. 나는 온몸에 소름이 오싹 돋고 말문이 막힌 채로 나머지 시간 내내 남자가 〈월레스와 그로밋〉에 대해 떠드는 것을 들을 수밖에 없었다. 〈월레스와 그로밋〉에는 총 다섯 개의 에피소드가 있으며 로봇 쿠커가 등장하는 건 그중 첫번째 「화려한 외출」이고 자신은 그 에피소드를 천 번은 넘게 보았다는 것, 괴짜 발명가 월레스가 치즈로 된 달을 맛보기 위해 우주선을 개발한 이야기와 치즈 달에 살면서 그곳을 보호하는 로봇 쿠커에 대해서……

"네, 기억나요. 정말 재미있었죠."

내가 한 말은 이게 다였지만, 남자는 내가 그의 얘기에 아무런 흥미도 느끼지 못한다는 걸 전혀 깨닫지 못하고 계속 떠들었다. 치료사가 사람들 사이를 뱀처럼 지나다니며 가끔 대화에 끼어들거나 주의 깊게 듣는 척하는 것도 매우 거슬렸다. 나는 기분이 점점 나빠졌다.

끝날 시간이 되어갈 무렵 남자가 내 전화번호를 물어보았을 때, 그날의 끔찍함은 절정에 다다랐다.

"오늘 정말 재미있었어요. 메시지 보내도 되죠? 맥주 마시기 좋은 펍을 알아요."

내 번호가 찍힌 휴대폰을 가방에 집어넣으며 남자가 말했다. 오늘 가슴주머니가 달린 셔츠를 입은 건 현명한 일이었다. 주머니 속에서 스콧이 '진정해. 그냥 미친놈일 뿐이잖아'라고 속삭여주지 않았다면 나는 그를 흠씬 두들겨 팬 뒤 이 병원 전체에 불을 질렀을 것이다. 스콧, 현명한 내 친구.

그런데 비극은 그게 끝이 아니었다. 그날 밤, 내가 여행가방에 모자를 욱여넣고 있을 때 갑자기 전화벨이 울렸다. 나는 그게 잡지사에서 온 전화일 거라고 생각했다. 그 시간에 전화를 걸 만한 족속들은 잡지 편집자 외에는 없으니까. 그런데 아니었다.

"여보세요! 저 쿠커입니다! 혹시 주무시고 계셨나요!"

마치 우주 끝에서 다른 끝에다 말하는 것처럼 소리를 꽥꽥 질러대고 있는 그 정신병자가 누구인지 기억해내자마자 나는 다시 기분이 나빠졌다.

"아뇨, 그런데 무슨 일이시죠?"

"그냥요. 혹시 지금 바쁘신가요? 안 바쁘시면 맥주 한잔 어떠세요?"

"아, 죄송하지만 정말 바쁩니다. 너무 바쁘네요. 너무. 눈코 뜰 새가 없어요."

"그래요? 뭘 하고 있는데요?"

여기까지 대화했을 때 전화를 끊었어야 했다. 하지만 그때

어머니가 건조기에 말린 내 팬티를 들고 방에 들어왔다. 어머니는 내가 이 시간에 누군가와 전화를 하고 있는 걸 보고 상당히 놀라신 것 같았다. 쿠커의 목소리는 재난 상황을 알리는 스피커처럼 수화기 너머로 또렷하게 새어 나왔기 때문에 어머니는 굳이 엿들을 필요도 없었다.

"어…… 여행 갈 준비를 하고 있어서요. 챙겨야 할 게 너무 많네요. 정신이 없어요."

"여행이요? 어디로요? 와! 참 좋은 일이네요. 요즘 날씨가 완전 여행 가기 좋은 날씨죠!"

"어…… 음…… 물가로 좀 가볼까 해요. 좋은 곳이 있어서요."

"좋네요! 물! 저도 마침 물가로 가고 싶었어요. 낚시를 좋아하거든요. 혹시 동행 있으신가요?"

나는 어머니의 얼굴을 보지 않으려고 애썼지만, 어머니의 눈썹이 치켜올라가는 소리를 똑똑히 들은 것만 같았다. 어머니는 너무 놀라서 내 팬티를 내려놓는 것조차 잊어버렸을 지경이었다. 정신병자, 고도비만, 모태 솔로인 내 아들과 같이 놀고 싶어 하는 사람이 있다니!

"여보세요? 여보세요?"

쿠커, 어머니, 쿠커, 어머니. 극도의 압박감을 느끼는 상황에서는 흔히들 가장 나쁜 결정을 내리고 만다. 인간은 모두 그렇게 설계되어 있다. 그저 땀을 뻘뻘 흘리며 자신이 일을 최악의 상황으로 몰아넣는 걸 지켜보는 수밖에는 없는 것이다.

"볼만하겠군."

가슴주머니 속에서 스콧이 낮게 중얼거렸다.

날씨는 더 맑을 수 없이 맑았고, 바람은 더 시원할 수 없이 시원했다. 내 짐작대로 이 강가의 돌은 대부분이 철을 포함하고 있었다. 날카롭게 조각난 붉은 돌들이 사방에 깔려 있는 풍경은 장관이었다. 형편이 된다면 근처에 숙소를 구해 묵으며 여유롭게 둘러보고 싶을 정도였다.

"와! 진짜 멋있네요! 그런데 왜 이 돌들은 빨간색이에요?"

뒤에서 새끼 새처럼 졸졸 따라다니는 쿠커만 없었다면 이 여행은 내게 올 하반기의 가장 즐거운 기억으로 남았을 것이다. 인터넷에 '아무도 모르게 사람 죽이는 법' 따위를 검색할 필요가 없는 쾌적하고 조용한 여행.

"지층 연구가 취미라니 정말 근사하시네요! 완전 쿨! 혹시 제가 방해가 되는 건 아닌지 모르겠어요. 저는 저쪽에서 낚시할 만한 곳을 찾아볼게요. 낚시는 항상 자리가 중요하거든요. 좋은 자리를 찾으면, 거기서 몇 시간이고 기다리는 거죠. 물고기를요. 가끔 이상한 게 낚이기도 하지만."

쿠커는 바보 같은 웃음을 짓고는 돌아서서 약간 떨어진 곳으로 걸어갔다. 그는 자기 키와 비슷한 크기의 검은 낚시 가방을 메고 한 손에는 커다란 뜰채를 들고 있었다. 뾰족한 돌 위로 비틀거리며 걸어가는 쿠커의 뒷모습은 가련할 만큼 정신병자 같아 보였다(물론 앞모습도 마찬가지였다).

쿠커가 작게 보일 만큼 멀어지자, 나는 쿠커에게서 등을 돌린 채 드디어 작업에 착수했다. 어려울 건 하나도 없다. 그 자리에 앉아 첫번째로 눈에 띄는 돌부터 집어 올려 시작하면 된다.

"안녕, 내 말 들리니? 들리면 대답해주렴."

돌은 대답이 없었다. 하지만 나는 실망하지 않았다. 이 일에 가장 필요한 덕목은 오래 쭈그려 앉아 있을 수 있는 강한 무릎, 그리고 인내심이다. 처음 한 번의 시도에 실패했다고 해서 포기했다면 인류는 여기까지 발전하지 못했을 것이다. 나는 돌이 대답할지 말지 결정할 수 있는 충분한 시간 동안 사려 깊은 눈길로 녀석을 바라본 후, 원래 있던 자리에 조심히 내려놓았다. 자, 그리고 다음.

"안녕? 대답해줄래? 난 네 말을 들을 수 있어."

"안녕? 들리니? 아, 이쪽은 내 친구 스콧이야."

"날씨가 참 좋지? 난 멀리서 왔어."

같은 말을 몇 번이나 반복했지만 하나도 지루하지 않았다. 인간들의 사교 파티나 만찬이 이렇게 재미있었다면 얼마나 좋았을까. 열다섯번째에 드디어 내 말에 대답하는 녀석을 만나자, 나는 기뻐서 소리를 지를 뻔했다. 게다가 녀석은 암석 표본으로 전시해도 좋을 만큼 멋진 적철석이었다!

"지금 내가 사람하고 얘길 하고 있는 건가?"

녀석의 목소리는 낮고 굵었다. 약간의 경계심이 느껴지긴 했지만 기본적으로 섬세하고 상냥한 친구들만이 갖고 있는 목소리였다.

"오, 안녕! 대답해줘서 정말 고마워. 얼마나 기쁜지 몰라. 우린 여기서 좀 떨어진 도시에서 왔어. 반가워. 넌 참 잘생겼구나."

"여기 오래 있었지만 말하는 인간을 본 건 처음이야. 별일도 다 있군."

"모두가 할 수 있는 건 아니야…… 사실은 나 혼자뿐이지."

"호오, 그래. 재미있군, 재미있어."

사실 별로 재미있는 대화는 아니었다. 하지만 나는 상당히 흥분해 있었고 스콧도 그랬다. 새 친구를 만나는 건 우리 둘 다 오랜만이었고 날씨는 너무 좋았으며 아직 말을 걸어보지 못한 돌들이 아주 많이 남아 있었다.

"여긴 지내기 좀 어때?"

"뭐, 매일 똑같지. 해가 잘 들어서 좋은데 가끔 비가 오면 물이 넘치기도 해."

"흙탕물에 잠기는 거 진짜 싫지."

스콧이 말을 보탰다. 친구를 고르는 데 꽤 까다로운 편인 스콧도 이 친구가 마음에 든 것 같았다. 돌들은 단순하고 솔직하기 때문에 조금만 대화를 나눠보면 금방 성향을 파악할 수 있다. 우리는 편안하게 앉아 잠시 그 친구와 담소를 나누었다.

강, 햇빛, 새 친구와 오래된 친구. 나는 오늘 하루가 시작된 후 처음으로 얼간이 쿠커에 대한 것을 거의 잊어버렸다.

어딘가에서 둔탁한 소리가 들려온 건 그때였다. 풍덩 하는 소리가 먼저였는지 비명 소리가 먼저였는지는 잘 기억나지 않지만, 어쨌든 나는 뒤를 돌아보았고 강 위에 커다란 물보라가 일어난 것을 보았다.

"무슨 일이지?"

스콧이 의아한 목소리로 물었다. 나는 손차양을 하고 눈을 찌푸린 채 그쪽을 바라보았다.

"살려주세요! 살려줘!"

그 소리를 듣기도 전에 나는 그쪽으로 달려가고 있었다. 쿠커였다. 쿠커가 강 중간쯤에서 허우적거리고 있었다!

"거기 가만히 있어요!"

나는 달려가며 소리쳤다. 물론 쿠커는 가만히 있지 않았다. 그랬다간 가라앉고 말 판이었으니까. 잔뜩 겁에 질린 쿠커의 얼굴이 물에 잠겼다 드러났다 하며 조금씩 하류 쪽으로 떠내려가고 있었다. 나는 신발을 벗을 새도 없이 풍덩풍덩 강으로 들어갔다.

"내 손 잡아요!"

내가 손을 내밀자 쿠커는 기다렸다는 듯이 내 손에 엉겨 붙었다. 그런데 물에 푹 젖은 쿠커는 생각보다 무거웠고 발바닥이 미끌, 한 순간 나도 중심을 잃고 물 속에 쓰러지고 말았다.

거센 물살이 기다렸다는 듯이 두번째 희생자를 휩쓸었다.

"아악!"

우리는 한 덩어리로 엉킨 채 흙탕물 속에서 발버둥을 쳤다. 문득 글쓰기 치료 첫 시간에 수영 치료를 선택할걸 하고 후회했던 일이 언뜻 머릿속을 스쳐갔다. 그랬으면 이 멍청한 놈과도 만날 일이 없었을 텐데…… 하지만 대부분의 후회가 그렇듯이 아무 소용도 없었다.

엄청나게 오래 허우적댄 것 같았지만 실제로는 오 분도 지나지 않았다. 정신을 차려보니 나와 쿠커는 돌투성이 강가에 몸을 꼬부린 채 두 개의 고무호스처럼 물을 토해내고 있었다.

"미안해요."

한참 동안 숨을 고른 쿠커가 기어들어가는 목소리로 말했다.

"미쳤어요? 거긴 왜 들어가요?"

매섭게 쏘아붙이자(미친 사람에게 미쳤냐고 묻는 건 생각보다 재미있는 일이었다) 쿠커가 물에 젖은 비스킷 같은 꼴로 웅얼거렸다.

"정말 미안해요. 낚싯바늘이 하필 거기 걸려서."

하마터면 저 멍청이와 저승길까지 함께 갈 뻔했다니! 소름이 오싹 끼쳤다. 쿠커가 흠뻑 젖은 셔츠를 벗자 허여멀건한 상체가 드러났다. 저 등짝을 한 대 시원하게 걷어차고 싶었다. 달리기만 빨랐어도 걷어차고 튀었을 텐데. 그런 생각을 하며 나도 셔츠를 벗어 물기를 짜려고 할 때였다. 뭔가 이상했다.

스콧!

스콧이 없었다! 스콧이 들어 있던 셔츠 앞주머니가 텅 비어 있었다. 묵직하게 느껴지던 무게감도 없었다. 게다가 스콧이 없어진 게 언제부터였는지도 전혀 알 수가 없었다.

"쿠커, 혹시 스콧 못 봤어요?"

"예?"

"돌이요. 내 주머니에서 돌 떨어지는 거 못 봤냐구요!"

쿠커는 대답 대신 내 얼굴을 가만히 쳐다보았다. 정적. 쿠커의 머리카락에서 물이 똑똑 떨어졌다. 쿠커는 아무 말도 하지 않았다. 하지만 나는 쿠커의 생각을 읽을 수 있었다. '저 불쌍한 사람, 멀쩡한 것 같더니 기어이 병이 도졌군.' 쿠커를 죽여버리고 싶었다. 하지만 방법이 없었다. 쿠커는 나보다 키도 크고 힘도 세 보였으며 내게는 이렇다 할 무기도 없었다. 게다가 쿠커를 죽이는 것보다 스콧을 되찾는 게 먼저였다. 나는 침착하려고 노력했다.

"뛰어오면서 중요한 걸 떨어뜨렸어요. 같이 좀 찾아봐줘요. 손바닥 반만 하고 초콜릿색에 흰색 점이 박힌 돌이에요."

쿠커는 천천히 고개를 끄덕였다. 하지만 전혀 심각하게 생각하지 않는 눈치였다. 내 말을 이해한 건지도 알 수 없었다. 그러거나 말거나, 나는 돌아서서 바닥을 샅샅이 뒤지기 시작했다.

"스콧! 스콧! 들리면 대답해! 제발!"

그러나 스콧의 목소리는 어디에서도 들리지 않았다.

"스콧! 제발!"

바닥을 기어 다니며 이 잡듯 뒤졌지만 스콧은 없었다. 그때 끔찍한 생각이 머리를 스쳤다. 혹시 물에 빠뜨린 건 아닐까? 나는 나도 모르게 고통스러운 소리를 내지르고는 돌투성이 바닥에 머리를 대고 울기 시작했다. 스콧은 차가운 물, 특히 흙탕물이라면 질색을 하는 녀석이었다. 저 머저리 같은 놈을 구하느라 그런 곳에 스콧을 내던지다니!

"저기, 괜찮아요?"

쿠커가 다가와 머뭇머뭇 내 어깨에 손을 얹었다. 나는 손을 거칠게 뿌리쳤다. 쿠커를 죽여버릴 수 있다면 뭐든지 할 수 있을 것 같았다. 세상에서 가장 고통스럽고 잔인한 방법으로 죽이고 싶었다.

"미안해요."

쿠커가 작게 말했지만 전혀 귀에 들어오지 않았다. 나는 필사적으로 스콧을 구할 방법을 생각하고 있었다. 방법이 아예 없는 건 아니었다. 지금 당장 차에 가서 휴대폰을 가져와, 잠수부를 부르면 된다. 넓지도 깊지도 않은 강이니 어렵지 않게 찾을 수 있을 것이다. 잠수부들은 프로다. 가라앉은 돌 하나 찾는 건 일도 아니다. 차근차근 생각하자. 스콧은 이 근처에 있을 것이다. 지금 이 장소를 절대 놓치면 안 된다.

"쿠커, 여기 가만히 서 있을래요? 차에 가서 휴대폰 좀 가져

올게요. 절대 움직이면 안 돼요."

쿠커의 어깨가 덜덜 떨리고 있었다. 울고 있는 것 같았다.

"미안해요. 미안해요. 나 때문이에요. 내가 잘못했어요."

"아니, 됐고 그냥 여기 가만히 서 있으라고요."

그러자 쿠커는 큰 소리로 흐느끼며 외쳤다.

"치료사님께 얘기 들었어요. 돌이랑 대화할 수 있다면서요? 지금 잃어버린 돌도 당신 친구죠? 정말 미안해요. 난 당신 말 다 믿어요. 정말 미안해요. 당신 친구를 찾을 수 있다면 뭐든지 할게요."

그 순간 내가 차로 달려가려던 발걸음을 멈춘 이유는 무엇이었을까. 비록 녹아내린 아이스크림 같은 꼴을 한 정신병자였지만, 생전 처음으로 나를 믿는다고 말하는 사람을 만났기 때문일까? 아니면 그냥 쿠커가 거기서 조금이라도 움직일까 봐 겁이 났던 걸까?

"정말 미안해요. 난 이해해요. 다 이해한다고요."

지금이라도 쿠커의 다리를 부러뜨려 여기서 움직이지 못하게 만들어야 할지, 아니면 빨리 차로 달려가는 게 좋을지 혼란스러웠다. 지금 이 순간에도 스콧은 물 밑에서 괴로워하며 하류로 데굴데굴 굴러가고 있을지도 몰랐다.

한편 쿠커는 이제 자리에 쭈그려 앉아 통곡을 하고 있었다.

"다 알아요, 다 이해한다구요."

뭘 알고 뭘 이해한다는 건지는 잘 모르겠지만, 어쨌든 스콧을 구하는 게 먼저였다. 나는 차로 달려갔다. 쿠커에게 거기 그대로 가만히 있으라고 소리치면서. 그러지 않아도 쿠커는 한 발짝도 걷기 힘들어 보일 만큼 심하게 울부짖고 있었다.

스콧이 레몬 향이 나는 따뜻한 거품물 속에 반쯤 잠긴 채로 말했다.

"정말 긴 하루였어, 친구."

나는 방금 치즈 크러스트 피자를 크게 한입 베어 물었기 때문에 그냥 고개만 끄덕였다.

스콧의 말마따나 정말 긴 하루였다. 잠수부가 오길 기다리는 데 오백 년쯤 걸렸고, 그 잠수부에게 스콧의 외양을 설명하는 데 다시 오백 년이 걸렸으며, 그냥 여기 널린 다른 돌들을 주워가면 되지 않느냐는 잠수부의 말이 왜 개 같은 헛소리인지 설명하는 데 이천 년이 걸렸다. 그 밖에 수십만 번의 시행착오가 있었지만("이거예요?" "아뇨, 전혀 달라요. 하얀 점이 있다고 말했잖아요!") 결국 그 덜떨어진 잠수부는 십 미터쯤 떨어진 강바닥에서 스콧을 찾아냈다. 도합 삼천 년이 흐르는 동안 내가 걱정과 불안으로 폭삭 늙어버린 건 당연했다. 나를 예전의 건강한 삼십대로 되돌려놓을 수 있는 것은 단 하나였다. 내 방에 들어가 문을 잠그고, 스콧과 함께 피자를 먹는 일.

"정말 너를 잃는 줄 알았어."

내가 말하자 스콧이 킥킥 웃었다.

"오, 그런 끔찍한 소리 하지도 마. 그 밑은 정말 최악이었다구."

"그래, 그랬을 거야."

잠수부의 출장비는 쿠커가 지불했다(그 잠수부는 나이를 먹을 만큼 먹은 두 남자가 돌을 끌어안고 우는 꼴을 힐끔거리며 떠났다). 내가 수건으로 스콧을 잘 닦아주는 동안, 쿠커는 내 주변을 맴돌며 내 눈치를 살폈다.

"저어, 당신 친구한테 날 소개해도 될까요? 그래도 돼요?"

스콧을 되찾은 기쁨에 분노를 일 퍼센트쯤 잊어버린 탓이었을까, 나는 쿠커에게 스콧을 만져볼 수 있도록 허락했다. 그러자 쿠커는 조심스럽게 스콧을 손바닥 위에 올려놓고 말했다.

"안녕하세요, 스콧. 저는 쿠커라고 해요."

스콧이 대꾸했다.

"이 친구 꼴이 말이 아니군. 뭐랄까…… 꼭 정신병자 같아."

나는 웃음을 터뜨렸다. 그러자 쿠커가 눈을 동그랗게 뜨고 물었다.

"뭐래요? 뭐라고 했어요?"

"아, 스콧도 반갑다는군요. 앞으로 잘 지내보자고 하네요."

쿠커도 바보처럼 활짝 웃으며 대답했다.

"저도 잘 부탁해요! 스콧, 당신은 정말 좋은 사람, 아니 좋은 돌이에요!"

그리고 우리는 차를 타고 집으로 돌아왔다. 돌아오는 내내 우리 셋은 여자, 철학, 만화, 뭐 이런 것들에 대해서 이야기를 나누었다. 주로 쿠커가 떠들었고 나는 스콧의 대답을 쿠커에게 전해주는 식이었다. 물론 스콧의 신랄한 빈정거림을 전부 곧이곧대로 전하지는 않았지만.

내 차가 도시 근처로 접어들었을 즈음이었다.

"이제 우리가 썩 친해졌다고 생각해서 얘기하는 건데요."

쿠커가 자못 진지한 표정으로 말했다.

"제가 왜 치료 센터에 다니는지 궁금하지 않으셨나요?"

솔직히 말하자면, 전혀 궁금하지 않았다. 하지만 쿠커는 대답을 기다리지 않고 말을 계속했다.

"〈월레스와 그로밋〉, 그걸 처음 본 건 여덟 살 때였어요. 그날 밤 꿈을 꾸었죠. 치즈로 된 달로 날아가는 꿈을요. 꿈이 얼마나 생생했던지 다음 날 밤까지 계속 그 꿈 생각만 했어요. 정말 꿈이었을까? 전 창문을 활짝 열었어요. 마침 보름달이 무진장 밝게 떠 있었고, 뭔가에 홀린 듯이 전 창틀을 딛고 달을 향해 뛰었어요. 떨어져서 곤죽이 되었어야 할 제 몸은 둥실둥실 떠올라 날았죠. 오로라색으로 반짝이는 먼지를 뒤로 길게 뿌리면서, 달을 향해서요. 모든 게 편안했어요. 마치 예전부터 날 수 있었는데 그걸 이제야 깨달은 기분이었달까."

"이 친구, 제대로 미쳤구먼."

스콧이 말했다. 그 말을 쿠커에게 전달하지는 않았지만 나도 정확히 같은 생각을 하고 있었다. 나는 내비게이션을 조작하는 척하면서 쿠커의 시선을 피했다.

"달에 닿기까지는 얼마 걸리지 않았어요. 달은 〈월레스와 그로밋〉에 나온 그대로였죠. 정말로 치즈로 되어 있었어요. 표면부터 중심까지, 전부 다요. 고다, 에멘탈, 콩테, 체다, 아무튼 상상할 수 있는 모든 종류의 치즈가 다 있었죠. 전 실컷 먹었어요. 그리고 돌아오니 날이 밝아 있었죠."

"……그랬군요."

"그 뒤로 몇 가지 사실을 알게 됐어요. 달에 날아갈 수 있는 건 보름달이 뜨는 날뿐이라는 것, 달의 치즈는 가지고 돌아올 수 없다는 것, 그리고 이런 얘기를 남에게 하면 미친놈 취급을 받는다는 것도요. 물론 말을 하진 않았어요. 하지만 보름달이 뜨는 밤마다 설명해야 했죠, 대체 내가 어디로 사라지는 건지를. 결국 아버지가 저를 센터로 보낸 거예요."

쿠커가 코를 훌쩍였다. 나는 뭐라고 대답해야 할지 몰라 목을 가다듬었지만 초콜릿 바가 갈라지는 것 같은 이상한 소리만 났을 뿐이었다. 아주 조금은 쿠커를 이해할 수 있을 것 같기도 했고, 동시에 미친 소리 좀 그만하라고 소리치고 싶기도 했다. 사실 지금까지도 내가 뭐라고 하고 싶었는지 잘 모르겠다. 다만 생각나는 건 차 창문에 대고 잘 가라며 손을 흔드는 쿠커의 모습이 가련할 만큼 얼간이 같았다는 것뿐이었다.

"스콧, 넌 쿠커가 한 얘기 어떻게 생각해?"

스콧이 나른하게 대답했다.

"뭘 생각해. 그냥 단단히 미친놈이구나 싶었지."

"하긴."

나는 다 먹은 피자 상자의 뚜껑을 닫아 침대 밑에 잘 숨겼다. 창문을 열어 피자 냄새를 빼는 것도 잊지 않았다. 곧 어머니가 돌아올 시간이었다. 오늘 여행은 어땠냐고 물으면 환상적으로 즐거웠다고, 새 정신병자 친구를 사귀었다고 이야기할 작정이었다.

"엄마, 그 친구는 달로 날아갈 수 있대요! 멋지죠? 저보다 더 미쳤다니까요!"

창문으로 시원한 밤공기가 밀려들어왔다. 벌써 밤이 깊어 하늘 한가운데에 둥근 달이 걸리고, 그 주변으로 별들이 반짝이고 있었다. 배가 부른 탓인지 갑자기 엄청나게 피곤했다.

"야 스콧, 저 둥그런 달을 보니까 갑자기 와플이 먹고 싶은데."

막 농담을 한 순간, 나는 너무나 놀라 먹은 것을 모두 토해낼 뻔했다. 이상한 광경을 보았던 것이다. 저 멀리 달빛을 받아 또렷하게 드러난 검은 형체가 로켓처럼 밤하늘로 솟아오르고 있었다. 멀리서 보아도 알아볼 수 있을 만큼 분명했다.

"스콧, 저거 보여?"

나는 스콧을 목욕물에서 끄집어내어 창가로 달려갔다. 하지만 스콧에게 물어볼 것도 없었다. 길고 반짝이는 혜성 같은 꼬리를 뒤로 남기며 날아가는 그것은 분명 쿠커였다. 쿠커가 날고 있었다, 똑바로, 곧게, 달을 향해서. 나는 얼이 빠진 채로 그 모습을 바라보았다. 내가 진짜 미친 걸까, 정신병자와 함께 있었더니 정신병이 옮은 걸까, 아니, 이게 대체 어떻게……

"스콧, 스콧, 너도 저게 보여?"

나는 눈으로 쿠커를 좇으며 소리쳤다. 그런데 스콧은 대답하지 않았다.

"스콧?"

되물었지만 여전히 대답은 돌아오지 않았다. 스콧은 그저 내 손아귀 안에서 조용하고 차갑게 식어가고 있을 뿐이었다.

"스콧? 이봐, 친구?"

나는 창가에 멍청하게 서서 쿠커와 스콧을 번갈아 바라보았다. 점점 멀어지는 쿠커가 마침내 달 속으로 사라지고, 그가 남긴 빛의 꼬리마저 흐릿하게 지워질 때까지.

평평한 세계

점심밥을 다 먹어갈 때쯤이었다. 그릇 밑바닥에서 얼룩 하나를 발견했다. 꼭 멍처럼 보이는 푸르고 진한 얼룩이었는데 수저질을 멈추고 가만히 지켜보자니 귀퉁이가 조금씩 이지러지며 밥알 밑으로 숨어드는 것이었다. 어떡할까. 나는 맞은편에서 밥을 먹고 있는 새어머니와 밥그릇을 번갈아 흘겨보다 그냥 쿡적쿡적, 나머지 밥을 모두 먹어버렸다. 먹는다고 죽을 것 같지는 않았고 밥맛도 특별히 달라진 것 없이 어제와 똑같은 맛, 재료를 대충 썰어 대충 볶아낸 그런 맛이었으니까. 그런데 밥을 다 먹고 나서 그릇을 보니 얼룩은 없었다. 도망갔나. 그릇을 치우며 슬쩍 그릇 밑바닥이며 밥상을 확인했는데 거기에도 아무것도 없었다. 내가 먹어버린 걸지도 몰라. 생각하며 얼룩이 사라진 밥그릇을 씻었다. 그릇에 얼룩이 붙다니 설거지를 제대로 하지 않은 탓일까, 혹시 세제를 아끼려고 물을 타서 쓴 게 잘못이었나. 평소보다 더 많은 거품을 낸 스펀지로 평소보다 더 힘주어 문질러 닦은 그릇을 엎어두고 방에 들어왔다.

일요일이라 학교를 안 가는 오늘은 딱히 할 일도 없고 만날 친구도 없어서 한들한들, 침대에 누워 창문 밖 선봇대의 전깃줄을 세어보고 유튜브로 남의 집 고양이도 구경하며 혼자서 놀았다. 그렇게 꼬부리고 누워 실컷 빈둥대다가 갑자기 할 일이 생각났다. 오늘 아침에 대야에 교복 블라우스를 담가두었었다. 내일 입고 가려면 마저 빨아서 널어두어야지, 침대에서 몸을 일으키는데 팔이 침대를 짚고 누르는 느낌이며 발이 바닥을 디디는 감각이 어딘가 좀 이상했다. 내 몸이 닿는 모든 부분에 몰캉몰캉하고 폭신폭신한 얇은 막 같은 것이 씌워진 느낌이랄까. 나는 어리둥절해서 일어선 채로 잠시 서 있었다. 그때 나는 내가 반투명해져 있다는 것을 깨달았다.

혹시 얼룩을 먹어서 이렇게 됐나.

침대에 도로 앉아 곰곰이 생각했다. 평소와 별다를 것 없는 날이었고 딱히 반투명해질 만한 짓은 하지 않았는데. 다른 것이 있다면 점심밥과 함께 얼룩을 하나 먹었을지 모른다는 것뿐인데 그게 혹시 먹은 사람을 반투명하게 만드는 얼룩이었

나. 그럼 혹시 같은 밥을 먹은 새어머니도 반투명해졌을까, 알아보기 위해서는 일단 방문을 열고 거실로 나가야 했는데 이상하게도 몸이 이렇게 되고 나니 이전처럼 힘을 쓰는 것이 어려웠다. 문 손잡이를 제대로 쥐는 데만도 꽤 오랜 시간이 걸렸는데 힘을 주어 잡고 돌리니 미끈, 미끈하며 손아귀에서 빠져나가는 통에 양손을 다 써서 안간힘을 들여야 했다. 겨우 열린 문틈에 손가락을 비집어서 지나갈 수 있을 만큼의 공간을 벌리고 나자 녹초가 되고 말았다. 걸어 나갈 기운도 없어 문지방에 주저앉은 채 거실을 내다보았다. 텔레비전을 보고 있는 새어머니의 뒤통수가 보였다. 늘 그렇듯이 비딱한 자세로 웅크려 앉은 모양이 반투명해진 것 같지는 않았다. 나는 소리를 내어 새어머니를 불러보았다.

"저기요."

그러나 새어머니는 대답하지 않았다. 앉은 채로 잠들었나. 그런데 가까이 다가가 보니 새어머니는 잠든 게 아니라 그저 심상한 얼굴로 텔레비전을 보고 있었는데 그렇다면 왜 사람 말을 무시하지, 화가 나서 다시 불렀다.

"저기요."

그런데 코앞에서 부르는데도 새어머니의 표정에는 아무 변화가 없었고 나조차도 내 목소리가 좀 이상해서, 꼭 깊고 깊은 동굴 속이나 우주 끝에서 말하는 것만 같이 웅웅 울리고 어딘가 쓸쓸한 느낌마저 들어 움찔한 참에 알게 되었다. 아니 이거 혹시.

마침 화장실 문이 열려 있기에 들어가서 거울을 보았다. 원래 같았으면 조그맣고 깡마른, 이마에 여드름이 좀 난 중학생 여자아이가 서 있어야 할 거울 속에는 아무것도 보이지 않았다. 나는 세면대를 붙잡고 한참 멍하니 서서 거울 안을 들여다보았다. 원래 내가 알고 있던 우리 집 화장실의 풍경, 물때 낀 샴푸 린스 병과 아마도 전에 살던 사람이 붙여놓았을 미끄럼 방지 인어공주 스티커와 깨진 타일들까지 모두 그대로였지만 그 안에 나는 없었다. 그러니까 나는 들리지도 보이지도 않게 되었구나. 아예 사라졌구나.

그렇구나, 생각했다.

좀 놀랐을 뿐 슬프지는 않았다. 왜 슬프지 않냐면 나는 원래부터 좀 존재감이 없는 편이었고 세상에 내가 있는지 없는지, 있다면 어떤 기분인지 무얼 먹고 싶고 주로 누구와 노는지 등을 궁금해하는 사람은 없었으므로 지금의 나는 어떻게 보면 평소와 별다를 것 없는 상태인 셈이니까. 아니 오히려 잘됐다, 이렇게 된다면 해보고 싶은 일이 하나 있었다. 나는 좀 웃으며 거실로 다시 나왔고 새어머니 앞에 쪼그려 앉았다. 쪼그려 앉아 눈을 똑바로 바라보며 말했다.

"나도 네가 싫어."

들리지 않을 거라고 생각하고 한 말이었는데 갑자기 새어머니가 팔을 움직였다. 놀라 움찔했지만 새어머니는 아무 표정도 없는 얼굴로 리모컨을 집어 들어 텔레비전 채널을 돌렸다. 이번에는 내가 머쓱해지고 말았다. 오랫동안 해보고 싶었던 말이었건만.

"정말 싫어."

덧붙였지만 이미 김이 샌 느낌이라 그만두었다.

새어머니는 그 이후로도 몇 시간 동안 꼼짝 않고 텔레비전을 보았다. 원래 새어머니는 집에선 텔레비전 보는 것 말고는 별다르게 하는 일이 없긴 했지만 그래도 너무하지, 그 자세 그대로 붙박인 듯이 몇 시간을.

나는 나대로 이 반투명한 상태에 대해 여러 가지를 부지런히 시험해보았다. 아직 반투명해진 지 몇 시간밖에 되지 않긴 했지만 배가 고프거나 화장실에 가고 싶은 생각은 전혀 들지 않았고 몸을 세게 부딪혀도 그저 물컹, 물컹할 뿐 아프지 않았다. 그러나 그렇다고 해서 벽이나 물건을 통과해 지나갈 수는 없었는 데다 힘이 개미만큼 줄어든 것도 여전하여, 시험 삼아 이불 귀퉁이를 들어 올리려고 해보았는데 이불이 쌀자루처럼 무겁게 느껴져 힘들었다. 전단지, 머리끈, 더 가벼운 물건으로 바꾸어가며 몇 번이나 시도하다 지쳐 그만두고 말았다.

그러고 나니 크게 할 일이 없어 그냥 온 집 안을 돌아다녔다. 스스로 문을 여는 것은 불가능했으므로 문이 열린 곳, 내 방과 거실과 화장실을 여러 번 번갈아가며 들락거렸다. 화장실 바닥에 놓인 세숫대야에는 내가 어제 담가놓은 블라우스가 아직 그대로 있었다. 그걸 보자 그제야 학교 생각이 났다. 내일부터는 학교에 가지 않아도 되는구나, 생각하니 기분이 괜찮았다. 어차피 별로 재미있는 일은 없는 곳이었으니까.

그러는 동안 해가 저물었다. 새어머니는 채널을 몇 번 돌리다 텔레비전을 껐다. 내 방 쪽을 향해 소리쳤다.

"고미야."

대답이 없자 한 번 더 불렀다.

"고미야."

그러더니 드디어 자리에서 일어났다. 나는 내 방으로 걸어가는 새어머니의 뒷모습을 흥미진진하게 지켜보았다. 내가 없어진 것을 알면 새어머니는 놀랄까, 화를 낼까. 새어머니는 내가 빠져나오느라 빼꼼 열어둔 문틈으로 어두운 방 안을 들여다보았다. 그렇게 잠시 서 있더니 손을 집어넣어 방의 불을 켰다. 아무도 없는 방 안이 환하게 밝아졌다.

"짜잔, 나는 여기 없습니다."

나는 신이 나서 외쳤다. 물론 들리지 않았겠지만.

그러나 새어머니는 한참 동안 서서 텅 비어 있는 방 안을 바라보다가, 아무렇지 않은 얼굴로 불을 다시 껐다. 그러고는 거실의 불을 끄고 주방의 쪽창문도 닫았다. 기가 막혀 그 모습을 지켜보는데 태연하게 자기 방으로 들어가 문을 쾅 닫아버렸다. 안에서 부스럭부스럭, 이불에 살 스치는 소리가 들렸다.

나는 새어머니의 방문을 발로 걷어찼다. 바람이 문을 흔드는 것만큼의 충격도 주지 못했지만 어쨌든 힘껏 찼다. 욕도 실컷 했다. 내가 없어지니 너는 좋겠다, 아주 쌤통이겠다, 소리치자 분하고 원통해 눈물이 왈칵 났다. 꾸덕한 젤리 같은 눈물방울이 바닥에 뚝 떨어져 푸르스름하게 빛이 났다. 화가 나는 것과는 별개로 그건 또 놀라워서 이런 몸으로도 눈물은 나는구나, 엎드린 채로 코를 훌쩍이며 그런 것을 신기해하고 있자니 두번째로 머쓱해져 문을 발로 차는 짓 따위는 그만두게 되었다.

몸이 이렇게 되면 잠을 잘 수가 없는 모양인지, 평소처럼 자려고 침대에 누워 눈을 감았지만 말똥말똥 눈만 굴러갈 뿐 잠이 오지 않았다. 텔레비전도 휴대폰도 책도 볼 수 없으니 그냥 그대로 누워 이런저런 생각을 했다. 주로 좋고 즐거운 것들만 생각하려고 노력했다. 내일부터 가지 않아도 될 학교와 치르지 않아도 될 기말고사와 하지 않아도 될 청소 빨래 설거지를. 지금까지 새어머니는 제 눈을 핑계로 나를 부려먹었지만 이제 자기 스스로 밥을 해 먹고 옷을 빨아야 할 것이다. 나는 지금부터 아무것으로도 살아갈 필요가 없다, 그렇게 생각하니 기분이 좀 나아졌다.

나의 새어머니는 한쪽 눈이 보이지 않는 사람. 거기에는 끔찍한 이야기가 있다. 새어머니가 어렸을 때의 일이다. 온 가족이 차를 타고 나들이를 갔다가 돌아오는 길에 삼중 추돌 사고가 났다. 그때 초등학생이었던 새어머니는 휴게소에서 산 알감자를 긴 나무 꼬치로 찍어 먹고 있었는데 사고의 충격으로 그 꼬치가 왼쪽 눈을 깊이 찌르며 안구 속에서 부러졌다. 그대로 병원으로 옮겨졌으나 부러진 나무 꼬치와 흐물흐물 곤죽이 된 안구를 함께 적출하는 수밖에 없었다나. 그러나 새어머니는 그날 왼쪽 눈알뿐만이 아니라 어머니와 아버지 그리고 어린 남동생까지, 훨씬 중요한 것들을 몽땅 상실했으므로 왼쪽 눈알 따위 없어진 건 별로 주목할 만한 사건도 아니었을 것이긴 했다.

이 이야기를 듣고 나서 나는 감자를 먹지 못하게 되었다. 감자를 씹으면 안구를 이루고 있는 얇은 가죽 주머니가 뾰족한 꼬치에 푹 찔리며 탁 터지는 그 느낌이 입안에서 생생했기 때문이다. 게다가 날카로운 물체, 예를 들면 뜨개용 대바늘이나 주삿바늘, 가끔 컨디션이 나쁠 때는 샤프펜슬 따위를 보고도 온몸이 딱딱하게 굳으며 도망치고 싶은 마음이 들게 되어버리고 말았다. 이 얘기를 들은 건 초등학생 때이지만 몇 년이 지나 중학교 이학년이 된 지금까지도 마찬가지로 뾰족한 것이 싫어, 도대체 어린아이에게 왜 이런 끔찍한 얘길 했을까 생각해 보아도 알 수가 없다.

내게 이 이야기를 해준 것은 물론 나의 아버지다.

나는 이 이야기만큼이나 그날의 풍경 역시 생생하게 기억하고 있다. 학교에서 돌아오자 아버지가 왼쪽 눈에 안대를 쓴 여자와 함께 거실에 앉아 있었다. 원래 낯을 가리는 꼬맹이였던 나는 현관에서부터 그대로 얼어붙었는데 아버지는 나를 돌아보지도 않고 고미 이리 와봐라, 했다. 쭈뼛쭈뼛 다가가자 여자가 가려지지 않은 쪽 눈으로 나를 훑어보았다. 작고 약삭빨라 보였다, 여자도 여자의 오른쪽 눈도. 내 짧은 인생에서 첫눈에 싫은 사람을 만난 것은 처음이었는데 아버지는 태연하게도 말했다. 오늘부터 이분이 우리 집에서 함께 살게 될 것이라고. 나는 아버지가 한 말의 모든 부분이 이해되지 않아 여자의 얼굴만 빤히 쳐다보았는데 아버지는 그걸 안대에 대한 설명을 요구하는 것으로 알아들었는지 저 이야기, 그러니까 나무 꼬치와 감자 이야기를 해준 것이었다. 심지어 아버지는 그 말끝에 아주 재치 있는 농담을 해낸 사람처럼 껄껄 웃기까지 했다. 그렇다면 그 이야기를 옆에서 듣는 새어머니는 어떤 표정이었나. 함께 웃었는지 아니면 애한테 별소리를 다 한다며 타박했는지 기억나진 않지만 아마도 좋은 얼굴은 아니었을 것이다. 새어머니는 내 앞에서 좋은 얼굴을 한 적이 한 번도 없으니까.

둘은 결혼식은커녕 혼인신고도 하지 않았지만 제법 오래 부부로 함께 살았다. 그러나 평화롭지만은 않았던 것이, 아버지는 술을 자주 마셨고 취하면 사람을 때리는 사람이었으므로, 저런 사람은 죽어 없어지는 편이 좋겠다고 항상 생각해왔는데 과연 저주가 통했는지 몇 년 뒤 간경화로 죽었다. 집에는 나와 새어머니만이 남게 되었다. 그리고 지금은 나도 반투명해져 있는지 없는지 모를 존재가 되었으므로 새어머니만이 남은 것이다. 억울할 뿐이었다. 마지막에 혼자 남는 건 나이고 싶었는데. 무엇을 돌보거나 신경 쓰는 일 없이 훨훨 혼자 살고 싶었는데.

나는 이제 어떻게 될까.

바로 누웠다가 모로 누웠다가 하며 나는 뒤척뒤척, 나의 반투명한 미래에 대해 생각했다. 하지만 아무리 생각해도 별다르게 특별한 일이 일어날 것 같지는 않았고 들리지도 보이지도 않는 이 몸으로는 어디에다 대고 호소할 수도 없어 재미없다, 지루하다, 반투명해지기 전에도 후에도 재미없고 지루하구나, 하며 계속 뒤척이다 날이 밝아 반투명한 첫날은 그렇게 지나가버렸다.

새어머니는 아침 느지막이 일어나 서투른 솜씨로 라면을 끓여 아침을 먹었고, 얼굴을 잘 씻은 뒤 어디론가 나갔다가 밤 늦게야 들어왔다. 새어머니가 나갈 때 현관문이 열리는 틈을 타 밖으로 나가보려고 했지만 문이 여닫히는 그 타이밍을 잘 잡을 수 없어 며칠째 실패했다. 자칫했다간 현관문 사이에 그대로 끼인 채 새어머니가 돌아올 때까지 기다려야 할지도 몰랐으므로 겁이 나기도 했다. 나갈 때 항상 텔레비전을 끄고 가는 바람에 놀 거리도 없어 며칠간은 아주 심심했다.

그런데 그렇게 며칠이 지난 토요일이었다. 새어머니가 점심을 먹고 텔레비전 앞에 앉기에 나도 멀찍이 앉아 오랜만에 텔레비전에 몰두해 있는데 초인종이 울렸다. 움찔 놀란 새어머니를 따라 나도 움찔 놀랐다. 내가 반투명해지기 전에도 집에 누군가 찾아오는 건 드문 일이었으니까. 새어머니는 몸을 꼬부려 현관문에 난 구멍으로 밖을 내다보았다.

"누구세요?"

"안녕하세요. 어머니, 저 고미 담임입니다."

"누구시라구요?"

"고미 학교 선생님이에요."

그제야 나는 그 목소리를 알아보았다. 담임선생님이었다. 새어머니는 잠시 망설이다가 문을 열어주었다. 과연 현관문 밖에 담임선생님이 서 있었다. 학교에서만 보다가 이런 곳에서 보니 이상한 느낌으로, 꼭 선생이 아니라 중년의 잡상인 같은 인상이었다. 새어머니에게도 그렇게 보였는지 안으로 청할 생각도 않고 현관에 붙박여 선 채 담임을 유심히 바라보고 있었다.

"갑자기 찾아와서 죄송합니다. 아무리 전화를 드려도 안 받으시길래. 고미 휴대폰도 꺼져 있구요."

바깥이 더웠는지 담임은 땀을 흘리고 있었다. 그러나 새어머니는 들어오라고 권하지 않았다. 오히려 현관을 단단히 틀어막은 모양새로 버티고 서서 그저 담임의 얼굴을 들여다볼 뿐이었다. 담임 역시 당황해서 새어머니의 얼굴을 바라보았다. 지저분한 일회용 안대로 가린 왼쪽 눈과 약삭빠르게 이리저리 움직이고 있는 오른쪽 눈을.

"그 애는 자기 외갓집엘 갔어요."

잠시 동안의 대치 끝에 새어머니가 말했다.

"학교에다 이야기했다고 하던데, 못 들으셨어요?"

담임은 고개를 갸웃하고 입을 약간 벌렸다. 방금 들은 말을 전혀 믿지 않는 듯한 표정이었다.

"고미가요? 외갓집에 갔어요?"

"네, 외갓집에."

"외갓집에 무슨 일이 있어서요? 그래도 학교를 무단으로 결석하면 안 되는데요."

"외갓집에…… 외갓집에 상을 당해서."

"상이요? 그런데 왜 같이 안 가셨어요?"

"저는 걔 친엄마가 아니라서요."

이번에는 담임이 입을 꾹 다물었고 새어머니는 뭔가 의기양양한 얼굴을 했다. 이게 무슨 유치한 랠리일까, 둘 사이에 서서 탁구 경기를 보듯 고개를 이쪽저쪽으로 왔다 갔다 하며 둘의 대화를 듣고 있다가 나는 피식 웃었다.

"고미가 양어머니와 살고 있는 줄은 몰랐네요. 밝고 쾌활한 아이라서."

담임이 얼버무렸다. 그런데 그때 새어머니가 미간을 확 찡

그렸고, 순식간에 새어머니의 얼굴은 십 년은 더 늙어 보였다.

"걔가 밝고 쾌활한 아이라구요?"

"네? 네, 특별히 친한 친구는 없는 것 같아도 아이가 참 명랑하고 엉뚱해서 귀엽……"

"걔가 명랑하다니, 지나가던 개가 웃겠네요."

새어머니가 쏘아붙였다. 나와 담임은 둘 다 깜짝 놀라 새어머니의 입만 쳐다보았다.

"학교에서는 어쩌고 다니는지 모르겠지만, 걔가 집에서는 어떤지 아세요? 얼마나 냉랭하고 싸가지가 없는지, 나를 본체만체하고 말도 걸지 않아요."

담임의 표정이 딱딱하게 굳었다. 담임의 머리 위로 땡볕이 내리쬐고 있었다. 블라우스 가슴팍에 동그랗게 땀이 번진 자국이 보였다. 문득, 몸이 반투명해진 이후로 한 번도 햇빛 아래에 서본 적이 없다는 생각이 들었다. 내가 저 빛 아래에 선다면 어떻게 될까. 녹아내릴까. 사르르 녹아내려서 아예 없어질까. 그럴 수만 있다면.

"걔는 처음부터 그랬어요. 천연덕스러운 얼굴로 나를 무시하고. 내가 눈이 이래서 무서워 그렇다, 아직 애가 어려서 그렇다 생각하고 참으려고 했는데 그게 벌써 몇 년인지. 계집애가 어찌나 요망하고 못돼 처먹었으면. 딴에는 잘해주려고 해도 쌩 무시하고 난 니년이 싫다, 증오스럽다 하는 얼굴로 응? 애 아버지 죽고 나서 혼자 몸으로 뼈 빠지게 돈 벌어서 용돈 주고

밥 먹여주면 뭐 해요? 어른을 무시해도 유분수지. 아주 그 싸가지 없는 기집애 요 며칠 안 봐서 속이 다 시원해."

새어머니는 토하듯이 말을 쏟아놓고는 숨을 가쁘게 내쉬었다. 담임이 기가 질린 표정으로 반 발짝 물러섰다.

"어, 고미 어머니…… 고미 진짜 외갓집 간 건 맞죠?"

그때 나는 슬쩍, 담임의 옆구리를 스쳐 지나 현관문을 빠져나왔다.

햇빛 아래로 나와 내려다본 내 몸은 꼭 물 밑에서 올려다보는 수면처럼 빛무리가 어룽거려 아름다웠고 녹아내리거나 사라지지 않았다. 정말 예뻐. 나는 내 손을 허공에 들어 올려 비추어보며 중얼거렸다. 담임을 지나쳐 타박타박 복도를 걸어갔다. 등 뒤에서 새어머니가 내지르는 소리가 들렸다.

"걔만 부모가 없는 줄 알아요? 나도 없어요. 나도 고아라구요."

어디로 가야 할까.

며칠 만에 나온 바깥이건만 특별나게 가고 싶은 곳도, 오라는 곳도 없어 막막했다. 그냥 무작정 걷기 시작했다. 보통 이 시간엔 학교에서 방과 후 수업을 듣고 있었기 때문에 바깥에 있는 것 자체가 신선하고 즐겁긴 했으나 그것도 잠시, 곧 몹시 피곤해졌다. 아마도 소음 때문인 것 같았다. 차 다니는 소리, 사람 떠드는 소리, 새 지저귀는 소리들이 내 몸을 통과하며 제

각기 웅웅거려 토할 것 같은 느낌이었다. 결국 얼마 못 가 어느 문 닫은 가게 앞 계단에 주저앉아버렸다.

이제부터 무얼 할까.

보통 영화에서 보면 투명인간은 은행을 털거나 스파이가 되거나 연인을 몰래 따라다니거나 하지만 나는 돈에 별 관심이 없었고 연인은커녕 친구도 없었다. 게다가 금고 벽을 통과하지도 못하는 이런 몸으로 은행을 털 수 있으려나. 나는 그럼 뭘 하면 좋을까, 뭘 하고 싶을까. 계단에 그대로 앉아 오래 고민했다.

아무래도 멀리 어딘가로 떠나버리고 싶은 것 같다.

그런데 그게 어디일까.

어디든 갈 수 있게 된 지금도 가고 싶은 곳이 없다니 꽤나 재미없게 살아왔구나. 양고미의 13년 인생은 정말 지루했구나. 로댕의 「생각하는 사람」처럼 웅크려 앉아 통탄했다. 그래도 자기반성을 하기엔 이미 너무 늦은 감이 있었고 설령 다시 반투명하지 않은 이전의 양고미로 돌아간다고 한들 즐겁게 살 수 있을 것 같지도 않았으므로 이런 부질없는 생각은 그만두기로 했다. 대신 멍하니 앉아 지나가는 사람들을 구경했다. 하나하나에게 말을 걸기도 했다. 꼬마야, 태권도 가니. 아주머니 대파를 사셨나요, 요즘 대파가 달죠. 아저씨 등산은 즐거웠나요. 어머 언니 우산 챙겨요, 저녁엔 비가 온대요. 하지만 그대로 슥 지나쳐버리는 사람들의 무표정한 얼굴이 어쩐지 무시당

한 기분이라 속상해져 이 짓거리도 끝내는 그만두게 되었다. 결국 밤이 깊어질 때까지 아무것도 하지 않고, 아무 데도 가지 않고 그저 그곳에 앉아 있었다. 가게들이 하나둘 문을 닫고 사람들의 발길이 점점 뜸해졌다. 다들 어디로 갔을까. 아마 집으로 돌아갔겠지. 그곳은 향기롭고 따뜻하고, 좋아하는 사람들이 쉬고 있는 곳이겠지. 그런 곳으로 당연한 듯이 향하는 사람들이 코가 찡할 만큼 부럽고 샘이 났다. 그런 기분으로 벌떡 일어섰는데 발걸음이 떨어지지 않았다. 가고 싶은 곳이 있다면 지금처럼 걸었다 앉았다 하며 어디까지라도, 반투명하게 흐느적거릴지라도 꾸준히 집요하게 갈 수 있으련만 없었다. 그런 곳이.

드문드문 사람이 지나갔고 버스 정류장에는 오늘의 마지막 버스가 섰다. 맞은편 편의점의 유리벽 너머로 교대하러 온 야간 아르바이트생이 조끼를 갈아입는 것을 지켜보다 나는 결국, 다시 집 쪽으로 걷기 시작했다. 비가 오려는지 가끔 축축하게 물기 묻은 밤바람이 불어 내 몸은 바람 부는 방향으로 조금씩 울렁울렁 나부꼈고 아아 가기 싫다 가기 싫어 싫어라 싫어, 멜로디를 붙여 흥얼거리며 나는 한 발짝씩 천천히 걸었다.

자정이 넘은 시간이라, 현관문은 보나마나 닫혀 있을 테니 그 앞에서 한참 기다려야 할 것이라고 생각했다. 그런데 엘리베이터에서 내려보니 어둑한 복도 중간에 빼꼼, 불이 환하게 켜진 채 문이 조금 열린 집이 있었고 더 자세히 보니 그건 우리 집이었다. 게다가 어떻게 된 일인지 그 안에서 웬 남자의 낯선 목소리까지 새어 나오고 있었다. 깜짝 놀라 귀를 기울였다. 언뜻 들어도 화가 난 목소리였다. 누군가 집 안에서 다투고 있는 것 같았다.

몸을 오그려 문틈으로 비집고 들어가자 집 안이 난장판이 되어 있었다. 현관에 바로 면한 주방 바닥에는 음식이 담긴 채 바닥에 내박쳐진 듯 깨진 그릇 조각과 음식 찌꺼기가 흩뿌려져 발디딜 틈이 없었고 다리가 한쪽 부러진 식탁 의자가 싱크대 앞에 뒹굴고 있었다. 발소리가 들릴 일도 없건만 왠지 나도 모르게 뒤꿈치를 들고 살금살금, 현관을 지나 거실로 가보았더니 이쪽은 더 심각했다. 꼭 성질 급한 도둑 떼가 한바탕 휩쓸고 간 것처럼 옷장이며 서랍장이 다 열려 온갖 세간살이가 끄집어내져 부서지고 뒹구는 중이었다. 그 엉망진창 한가운데에 새어머니가 쪼그려 앉아 있었다. 집에서도 항상 차고 있던 안대는 어디다 빼놓았는지 없었고 머리는 산발이었다. 새어머니의 얼굴 아래쪽에 묻은 갈색 얼룩이 말라붙은 피라는 것을 눈치챈 순간, 나는 새어머니가 한쪽 눈으로 표독스럽게 노려보고 있는 곳에 웬 남자가 서 있다는 것을 알았다.

처음엔 그 남자가 중학생, 아니면 고등학생이라고 생각했다. 기껏해야 나보다 한 뼘 정도 더 큰 키에 체격도 왜소해서 도저히 어른처럼 보이지는 않았기 때문이었다. 하지만 자세히 보니 아니었다. 남자는 몸뚱어리가 조그맣긴 했지만 확실한 성인의 얼굴을 달고 있었고 심지어 그 얼굴은 새어머니보다 나이가 더 많아 보였다. 조그맣고 동그란 눈이며 뭉툭한 코 주변으로 흉한 주름이 자글자글한 탓이었다. 평생 인상을 찌푸리고 살아온 사람들이 나이 들어 갖게 되는 그런 주름이. 자기보다 약한 사람에게 소리 지를 때, 그 고함의 절반은 자기 얼굴에 도로 가서 들러붙게 된다. 그것들이 얼굴의 팬 곳곳마다 고이고 묵어서 꼭 저런 모양으로 남는 것이다.

나는 그런 주름을 가진 남자를 또 한 명 아는데 그건 바로 죽은 나의 아버지, 항상 나와 엄마와 새어머니에게 악을 쓰며 무언가를 요구하거나 강요했던 그 아버지의 얼굴도 저런 몰골이었지. 그래서인지 몰라도 아버지와 이 남자는 체격도 옷차림도 달랐지만 어딘가 모르게 비슷한 분위기를 풍기고 있었다. 남자와 새어머니가 무슨 관계일지는 생각하지 않아도 뻔했다. 저런 구도로 도사리고 앉아 서로 바라보는 남녀 사이란 한 가지 종류밖에 없으니까. 저렇게 서로를 쏘아보는 남녀를 나는 평생 보고 자랐으니까. 저 여자 팔자도 정말 어지간히 꼬였구나, 원래부터 꼬인 건지 스스로 꼬는 건지는 몰라도 참 박복하구나 생각하는데 남자가 별안간 소파에 펄썩 주저앉았다. 그러더니 바지 주머니에서 주섬주섬, 담배와 라이터를 꺼내 불을 붙였다.

"담배 꺼."

새어머니가 낮게 중얼거렸다. 새어머니는 여전히 남자를 죽일 듯 노려보고 있었다. 그러나 전혀 위협적이지 않았다. 오히려 새어머니의 오른쪽 눈이 부릅떠지면 부릅떠질수록, 그 옆의 짓무른 토마토 같은 왼쪽 눈두덩이 더욱 도드라지는 것이었다.

"담배 끄라고."

그러자 남자는 눈을 동그랗게 뜨더니 소파 팔걸이에 담배를 거칠게 비벼 껐다. 남자가 이를 꽉 깨물며 송곳니를 드러내, 담배 연기가 남자의 턱 주변으로 뭉클 퍼져나가는 모양을 보고 나는 곧이어 시작될 것이 무엇인지 예감했다. 그러나 내가 미처 고개를 돌리기도 전에 남자의 손아귀가 새어머니의 머리채를 움켜잡았다. 동시에 다른 쪽 손이 뱀처럼 유연하게 뻗어나와 새어머니의 얼굴을 후려갈겼다. 나는 눈을 질끈 감았지만 느낄 수 있었다. 거친 손바닥이 뺨에 감겼다 떨어지는 감촉과 귀를 찢는 소리와 눈앞에 번쩍하는 희고 붉은 빛, 이제 매끈하고 부서지지 않은 세계로는 돌아갈 수 없으리라는 절망과 발끝에서부터 묵직하게 차오르는 증오를. 체온도 호흡도 없는 몸으로 얼굴이 확 달아올라 나는 뜨거운 숨을 내뱉었다. 저기 남자의 발밑에 오른뺨을 부여잡고 웅크린 것이 새어머니가 아니라 나인 것만 같았다.

새어머니는 잠시 죽은 듯 움직이지 않았다. 형광등 불빛에 환히 드러난 새어머니의 종아리 가운데에 시꺼먼 멍 자국이 보였다. 가만히 서서 그 멍 자국을 응시하자니 갑자기 나도 배 속에서 뭔가 부글부글 끓는 것 같았다. 물론 새어머니가 두들겨 맞는 꼴을 보는 건 처음이 아니었고 나도 저렇게 맞아본 적이 있었지만, 그래 그러니까 이런 장면은 어찌 보면 지겨울 만큼 낯익은 것이었지만, 어떻게 이것은 매번 같은 모양으로 이리도 새롭게 괴로울까, 그런 생각을 하는데 남자가 갑자기 몸을 홱 돌렸다. 소파에 던져둔 제 겉옷을 집어 들더니, 소매에 거칠게 팔을 쑤셔넣었다. 그러고선 남자는 성큼성큼 현관으로 걸어갔다. 가는 길마다 발에 채는 살림살이들을 걷어차는 통에 깨지고 부서지는 소리가 요란했다. 잠시 후 남자는 열려 있던 현관문을 거세게 밀치고 나가버렸다. 그 서슬에 엎드렸던 새어머니가 움찔 놀라 고개를 들었다. 코피가 터져 온 얼굴이 피로 흥건했다.

새어머니는 고통스러운 듯 천천히 몸을 일으켜 주저앉았다. 고개를 외로 틀어 엉망이 된 거실이며 주방을 한 바퀴 둘러보더니, 남자가 나간 현관문 바깥에 시선을 멈추고 한쪽 눈으로 오래 쳐다보았다. 비가 오려는지 바깥에서 은은한 천둥소리가 우르릉우르릉 들려오고 있었지만 인기척은 없었다. 나는 새어머니가 무엇을 생각하고 있는지 알 수 있었다. 나 역시 그랬으니까. 아버지가 나를, 엄마를, 새어머니를 두들겨 팬 뒤 집을 박차고 나갔을 때 나도 같은 소원을 빌었으니까.

이대로 아무도 오지 않기를.

완전히 혼자 남을 수 있기를.

새어머니는 그 뒤로도 한참을 더 같은 자세로 앉아 현관문을 응시하고 있었다. 그러나 나는 알 수 있었다. 남자는 다시는 이 집에 오지 않을 것이다. 새어머니에게 연락하지도 않을 것이다. 재수 옴 붙었다고, 더럽고 끔찍하다고 생각하며 새어머니의 일을 잊어버리려 노력할 것이고 실제로 금세 잊을 것이다. 그런 사람 따위 알았던 적도 없다는 듯이 살아갈 것이다. 새어머니도 그것을 깨달은 걸까, 어느 순간 새어머니의 오른쪽 눈은 현관문에서 벗어나 허공의 한 점을 바라보고 있었다. 어디를 보는 것인지 시선을 따라갔으나 그곳에는 아무것도 없었다. 의아해하는데 새어머니가 아까와 비슷한 자세로 느릿느릿 엎드렸다. 팔과 다리를 배에 오그려 붙여 절하는 것 같은 모양이 되어서는 그 자세로 잠시 있었다.

그러고는 그대로, 반투명해지기 시작했다.

똑딱이 손난로의 버튼을 똑, 딱, 접었다 편 것처럼 새어머니의 몸 한가운데서부터 뿌연 반투명이 빠르게 번지고 있었다. 새어머니의 몸뚱이 밑으로 장판에 다리미 눌은 자국이 흐릿하게 드러나기 시작했다. 나는 어찌할 바를 모르고 붙박여 선 채로 새어머니가 반투명해지는 것을 그저 지켜보았다. 시간이 느릿느릿 흐르는 것만 같았다.

머리끝부터 발끝까지 모두 반투명해진 후에도 새어머니는 한동안 엎드려 일어나지 않았다. 몸이 저렇게 된 걸 아직 눈치채지 못했을지도 모른다. 나도 처음엔 그랬으니까. 하지만 혹시 저대로 영영 죽은 건 아닐까, 더럭 겁이 나서 들리든 들리지 않든 일단 불러나 보려고 입을 열었다. 그런데 그전까지 내가 저 사람을 뭐라고 불렀더라. 입술을 둥글게 모아 부르는 사람의 입 모양을 했으나 막상 뭐라고 불러야 할지 알 수가 없었다. 좋아하진 않았지만 그래도 한집에 오래 함께 살았었으니 분명 뭐라고 부르긴 불렀을 텐데 그게 기억이 나지를 않았다. 한참 입을 벙긋거리다 결국 나는

"저어……"

하며 어색하게 웅얼거렸고, 그 소리에 깜짝 놀란 새어머니가 퍼뜩 고개를 들어 나를 올려다본 순간 우리는 눈이 마주쳤다.

새어머니는 나를 통과한 그 너머가 아니라 정확히 나의 눈을 바라보고 있었고 나 역시 새어머니의 눈을, 그러니까 멀쩡히 들어 있는 오른쪽 눈뿐만이 아니라 어렸을 적 잃었다는 왼쪽 눈까지 양쪽 모두를 한꺼번에 보고 있다는 것을 느낄 수 있었다. 우리는 그렇게 한참을 말없이 서로 바라보기만 했다. 형광등 불빛을 그대로 통과하여 뿌유스름한 새어머니의 얼굴은 반투명해지기 직전의 모습 그대로라 얻어맞은 손자국이 퉁퉁 부어 있었지만 이상하게도 이전처럼 바로 보기 힘든 느낌은 들지 않았고 오히려 좀 측은하기까지 했다. 보면 볼수록 참 팔자 기구하게도 생겼다, 이제 보니 그 배우 누구더라 맨날 가난한 엄마 역할로 나오는 사람이랑 좀 닮았네, 이런 생각을 하며

나는 곧이어 정신을 차린 새어머니가 나를 보고 마음껏 소리를 지르고 소스라치게 놀라도록 내버려두었다.

"언제부터 거기 있었니?"

"처음부터요."

"처음부터 언제?"

"나 없어진 날부터요."

"내내 이 상태로?"

"내내 이 상태로."

괴상한 문답을 주고받고 나자 서로 더 할 말이 없었다.

우리는 잠시 입을 다물고 엉망진창인 거실을 배경으로 앉아 있었다. 어쩐지 민망하고 멋쩍은 기분이었다. 그런데 이 장면 이 느낌이 낯선 것만은 아닌 듯해 언제 또 이런 일이 있었더라, 생각해보니 있었다 정말로. 새어머니와 내가 두 개의 못생긴 정물처럼 입을 다문 채 퉁퉁 부어올라 한자리에 놓여 있었던 순간이. 아버지가 살림살이를 때려 부수고, 말리는 우리들까지 한 차례씩 패대기친 뒤 집을 나가버렸던 날이었다. 그때도 새벽이었고 온 집 안이 깨지고 부서진 것들로 가득했고 남은 우리의 막막함과 서러움까지 오늘과 흡사했다. 부수는 사람만 바뀌었을 뿐 부서지는 것들은 그대로구나, 그러면 그 뒤에 우리는 어떻게 했었나. 잠시 황망히 앉아 있었다. 그러다 일어서서 어질러진 것들을 치웠었다. 아예 부서진 것은 버리고 덜 부서진 것은 고치면서. 서로 신세 한탄을 주고받을 만큼 친한 사이는 지금이나 그때나 아니었으므로 그저 입을 다물고서 묵묵히, 달그락달그락.

그런 생각을 하고 있는데 새어머니가 훌쩍 일어섰다. 그러더니 화장실로 천천히 걸어갔다. 아마 거울을 보려는 거겠지, 내가 그랬던 것처럼. 세면대를 붙들고 놀라고 있겠지. 과연 화장실로 들어간 새어머니는 한참 동안 혼자 조용했다. 그러나 잠시 후, 화장실에서 나오는 새어머니의 얼굴은 더 이상 놀란 사람의 그것 같지는 않았다. 오히려 조금은 홀가분하니 즐거워 보이기까지 했다. 나는 좀 씁쓸해졌다. 더 이상 아무 책임도 지지 않아도 된다는 걸, 누구에게도 보여지지 않아도 된다는 걸 알았을 때, 종전을 알리는 나팔 소리를 들은 병사처럼 훨훨 홀가분한 표정을 나도 지었을까. 왜 우리는 약속이나 한 듯이 같은 얼굴을 할까. 생각하는데 사뿐사뿐 화장실을 걸어 나온 새어머니가 나를 바라보고 물었다.

"우리 죽은 거니?"

"아닌 것 같은데 그런 것도 같네요."

"무슨 대답이 그래."

"저도 잘 모르겠어요. 며칠 안 돼서."

그러자 새어머니가 퉁퉁 부은 옆얼굴로 나를 바라보더니 피식 웃었다. 뭐야 왜 갑자기 친한 척이래, 나는 쌩하니 고개를 돌려버렸다. 그러나 이상하게도 아까부터 나 역시 슬쩍 웃고 있었고 그러다 혹시나 반투명해진 뒤통수를 통해 내 올라간 입꼬리가 비쳐 보이지나 않을까 싶어 얼른 정색을 했으나 이미 늦은 노릇이었다. 반투명해진다는 건 거짓말에 약해진다는 거구나. 에라 모르겠다, 나는 그냥 웃어버리기로 마음먹었다. 쉬운 일은 아니었으나 생각보다 어려운 일도 아니었다.

"잠도 안 오고, 배도 안 고파요."

"그런 것 같다. 아프지도 않아."

"근데 힘이 안 들어가요. 힘을 잘 쓸 수가 없어요."

"어머, 정말이네."

"아무리 해도 안 되죠?"

"으응, 어휴."

새어머니가 현관 쪽에서 끙끙거렸다. 문에 괴어놓은 말발굽 모양 걸쇠를 움직여 문을 닫으려고 하다 실패한 모양이었다. 이젠 이 집의 누구도 문을 자유롭게 여닫을 수 없게 되었으니 그대로 열어두는 게 좋을지도 모르지만, 날이 밝으면 이웃들이 우리집 앞 복도를 지나다니며 엉망진창이 된 집 안을 환히 들여다볼 거였다. 아니 그런데 그게 무슨 상관이람, 어차피 들여다본대도 우리를 볼 수는 없을 텐데. 새어머니도 같은 생각을 했는지 문을 닫는 걸 쉽게 포기하고는 도로 거실로 돌아와 주저앉았다.

"그런데 말이다."

새어머니가 주저앉은 채로 말했다.

"혹시…… 그때도 거기 있었니?"

"그때요?"

"그, 지난주 토요일에."

토요일이 언제였더라, 요일 감각이 사라진 지 오래라 잠시 고민하다가 생각해냈다. 아마도 담임선생님이 찾아온 날을 말하는 것 같았다.

"그럼요."

"……그렇구나."

"왜요?"

생각없이 되묻고 나서야 갑자기 깨달았다 왜 물었을지를. 새어머니의 입이 오물거리는 것을 보자마자, 나는 무엇에 찔린 사람처럼 벌떡 일어섰다.

"아, 제발 하지 마세요."

새어머니가 무슨 말을 하려는지 나는 알 것 같았다. 아니, 알고 있었다. 이미 들은 것처럼 또렷하게 알고 있었다. 그러나 듣고 싶지 않았다. 미안했다는 말, 용서해달라는 말, 나도 힘들었다는 말, 뭐 그런 종류의 무의미하고 지긋지긋한 얘기를. 아무것도 돌려놓을 수 없는 주제에 꼭 모든 것이 다 괜찮아진 것 같은 느낌을 주는 그런 말, 곱씹을수록 공허하고 텁텁하기만 한 그런 말을 만약 내게 한다면, 하고야 만다면 나는 참을 수 없을 것 같았다. 아까 웃었던 일이 혀를 씹고 싶도록 후회스러웠다. 아주 잠깐 함께 웃었다고 해서 모든 게 사라졌다고 생각하는 모양이지. 그렇지, 저들은 모든 게 그렇게 쉽고 깔끔한 족속들이었지. 휘저을 대로 휘젓고 부술 대로 부수고선 고개를 돌리면 다 잊어버리는 종류의 생물이었지. 갑자기 속에서 부글부글 작은 공기 방울들이 끓어올랐다. 나는 순식간에 터지고 싶었다. 펑 터져 산산조각이 나 푸르스름 반투명한 덩어리로 흩어져, 다시는 인간의 모양으로 되돌아오지 않고 싶었다.

나는 비틀거리며 문 쪽으로 걸어갔다. 새어머니가 놀란 얼굴로 나를 올려다보았다. 떠날 거였다. 사라질 거였다. 이대로 이곳을 나가 두 번 다시는 돌아오지도 떠올리지도 않을 거였다. 어떻게 해야 사라질 수 있는지는 모르겠지만 아무튼 할 수 있는 모든 것을 다 해볼 거였다.

열린 현관문에 가까워져, 바깥에 비가 거세게 내리고 있다는 것을 감각한 순간이었다.

돌연 바깥에서 커다란 무언가가 파스스 날아 들어오더니 그대로 내 어깻죽지에 달라붙었다. 손바닥만 한 갈색 나방이었다. 나는 악 소리를 지르며 그 자리에 굳어진 채로 우뚝 서버렸다. 새어머니가 달려왔다. 새어머니 역시 나방을 보고는 짧은 비명을 내질렀지만, 다음 순간 손을 한번 탁 털어 나방을 손쉽게 쫓아냈다. 나방은 푸르르 날아올라 천장으로 옮겨 붙었다. 그러나 나방이 떨어져나간 뒤에도 우리는 깜짝 놀라 얼어붙은 채 그 자리에 그대로 서 있었다.

나는 그 감각을 평생 느껴본 어떤 감각보다 선명하게 기억할 것임을 직감했다. 새어머니의 손이 내 몸과 닿은 순간, 반투명한 그 인영이 빠르게 일렁이며 나와 겹쳐졌다 떨어진 그때의 느낌을. 그 짧은 순간 우리는 합쳐졌다가 다시 나뉘었다. 마치 두 개의 물방울이 닿았다가 떨어진 것처럼. 나는 아직도 내 어깨 부근에 새어머니의 손을 이루고 있던 부분의 일부가 남아 있는 것을 느낄 수 있었고 내 어깨를 이루는 부분이 새어머니의 손에 섞여 들었다는 것 역시도 알 수 있었다. 아무도 말해주지 않았지만, 거기 멈춰 선 우리는 똑같은 사실을 깨닫고 있었다. 이제 누구도, 그 무엇도 우리에게서 서로를 분리해낼 수는 없을 거라는 사실이었다.

멀리 천둥소리가 무겁고 은은하게 다가와 우리를 울리며 지나갔다. 비가 더욱 거세지고 있었다. 열린 현관문 틈으로 보이는 바깥은 온통 죽죽, 누군가 칼금을 긋는 것처럼 번쩍이는 빗줄기로 가득 차 있었다. 우리는 복도에 빠르게 빗물이 고이기 시작하는 것을 보았다. 곧 집 안으로 빗물이 들이칠 거였다.

누가 먼저랄 것도 없었다. 우리는 눈을 한번 마주 보고는 현관문 앞에 쪼그려 앉았다. 서로 양손을 겹쳐 말발굽 모양 걸쇠를 움켜잡고 힘껏 올렸다. 몸을 부들부들 떨며 힘을 써야 하긴 했지만 가까스로 걸쇠를 바닥에서 살짝 떨어뜨릴 수 있었다. 그런데 걸쇠가 땅에서 떨어진 순간, 바람에 휩쓸린 문이 쾅 닫히는 바람에 우리는 동시에 뒤로 나동그라지고 말았다. 멀쩡한 몸이었다면 분명히 뇌진탕까지는 아니어도 뒤통수에 거하게 혹 하나쯤은 달았겠지만 둘 다 몰캉몰캉 반투명한 덕분에 그냥 철퍼덕, 내박쳐진 모양으로 현관 천장을 바라보는 기묘한 자세가 되었다.

그러고 나자 온 세상이 조용했다.

나는 드러누운 채 눈만 굴려 닫힌 현관문을 바라보았다. 고작 현관문을 닫았을 뿐인데, 바깥에서 들려오던 세계의 온갖 소리들이 음소거한 듯 순식간에 사라진 것이 이상하게 느껴졌다. 고요하고 고요했다. 아무런 나쁜 일도 일어나지 않았던 것처럼. 새어머니가 내 낡은 운동화들 위로 아무렇게나 뻗어둔 다리를 보다가 나는 기진맥진한 채로 폭 한숨을 내쉬었다. 이왕 누운 거 좀더 편안한 자세로 눕자 싶어 바닥에 등을 꾹 누르고 눈을 감아보았다.

평평하구나. 나도 모르게 중얼거렸다.

무엇이 평평하냐면 우리가 누워 있는 이곳, 등을 붙이고 있는 이 지점을 시작으로 온 세상이랄까. 이렇게 반투명한 젤리 덩어리 같은 상태로 퍼질러져 누워 있어도 기울거나 파인 곳이 없어 주르륵 흘러가버릴 일도 없는, 누군가 툭 밀어도 끄떡없이 존재하고자 하는 곳에 정확히 제대로 존재할 수 있는 정도로 곧고 판판한 이 세계. 그 증거로 우리는 이렇게 아무렇게나 누워 있었고 그만 일어나고 싶을 때까지, 가고 싶은 곳이 생길 때까지 누워 있을 거였다. 둥글납작하게, 고요하고 반반한 모양으로.

나는 눈을 감은 채 등에 좀더 힘을 주어 바닥에 눌어붙었다. 바깥에는 장대비가 계속 쏟아지는 모양이었다. 비를 휘몰고 다니는 거센 바람이 온 거리를 샅샅이 훑고 있을 것이었다. 그러나 문을 닫고 나자 어떤 빗방울도 집 안으로 들이치지 않았으므로, 밖에 비가 오는지 아닌지는 더 이상 중요한 사실이 아니었다.

이구아나와 나

결국 두고 갔구나. 나도 모르게 중얼거리고 나자 그제야 천천히 화가 치밀어 올랐으나 사실 치밀어 오른 것이 정말 화인지 아니면 다른 무엇인지는 알 수 없었다.

신발을 벗고 방으로 올라섰다. 마침 해가 지고 있던 터라 방 안은 온통 저무는 노을의 오렌지빛으로 가득했으며 그 빛 속에 한 사람분의 짐이 빠져나간 자리가 드문드문한 것이 이별 직후의 정경으로는 참으로 아름답고도 모자람 없구나 하는 생각을, 아마 했을지도 모른다. 재호가 두고 간 저것만 없었다면.

재호의 잡동사니가 싹 치워진 책상 위는 깨끗하고 고요했다. 그 위에 덩그러니, 유리로 된 수조 하나가 놓여 있었다. 살금살금 다가가 플라스틱 뚜껑 틈새로 얼굴을 들이밀었다. 혹시 수조만 남겨놓고 안의 것은 데려간 게 아닐까 하는 헛된 기대를 품어보았지만 역시나 그럴 리가 없지, 수조 한가운데 길게 놓인 나무토막 위에서 기어이 눈이 마주치고야 말았다. 재호의 이구아나와.

우리는 한참을 서로 노려보았다. 사실 노려본 건 나뿐이고 이구아나는 그저 평소 모양 그대로, 못생긴 고무 장난감처럼 납작 늘어져 나를 바라봤을 뿐이지만. 아무튼 그 손톱만 한 눈부터 시작해 세모꼴로 튀어나온 머리통이며 등줄기에 돋은 삐죽삐죽한 가시, 앙상하게 늘어진 꼬리까지 빠짐없이 알뜰하게 노려보고 있자니 어쩐지 기운이 쪽 빠지는 느낌이었다. 하긴, 노려봐서 뭘 한담. 그런다고 어쩔 수 있는 것도 아니고. 피로하기도 하고 어이없기도 하여 그만 침대에 털썩 걸터앉았는데 뭔가 허전했다. 찬찬히 살펴보니 세상에, 침대 위에 깔려 있던 얇은 극세사 담요가 없었다. 재호가 가져간 것이 틀림없었다. 물론 엄밀히 따지자면야 그 담요는 지난겨울 재호가 산 것이었고 그러니 가져간 것이 잘못은 아니지만, 정말 잘못은 아니지만. 나는 담요가 홀랑 벗겨진 맨송맨송한 침대에 앉아 이구아나 수조를 향해 조용히 읊조렸다. 나쁜 새끼.

사실 알고 있었다. 재호와 헤어지게 된다면, 그래서 재호가 자기 물건을 싸그리 챙겨가는 날이 온다면 이구아나만은 두고 갈 것이라는 사실을.

그 불길한 낌새는 재호와 동거한 첫날부터 있었다. 동거라고 해서 제대로 살림을 합친 건 아니었고, 그저 내 전셋집에 재호가 몸만 들어온 것이었지만. 나는 재호의 자취방 계약이 끝나간다는 얘기를 듣자마자 내 집으로 들어오라고 열심히 꼬드겼고, 재호는 그걸 못 이기는 척 승낙했다. 눈치챘겠지만 그 당시 나는 재호에게 속수무책으로 반해 있었다. 사랑하는 재호, 소중한 재호가 오늘부터 내 집에서 함께 산다니. 그 사실이 어찌나 좋았던지, 재호가 가져온 온갖 잡동사니 사이에서 커다란 유리 수조를 보고서도 고작 내가 한 말은 저게 뭐야? 였다. 재호는 미간을 찡그리고 대꾸했다. 이구아나잖아. 마치 살림살이 가운데 이구아나 한 마리쯤 있는 게 뭐가 그리 이상하냐는 듯한 말투였다. 되레 말문이 막힌 나는 허리를 꼬부리고 유리 수조 안을 내려다봤다. 물비린내와 고기 상한 냄새가 섞인 듯한 악취가 확 올라왔다. 수조의 네 귀퉁이마다 푸른 이끼가 낀 것이 오랫동안 청소하지 않은 모양이었다. 숨을 참고 찬찬히 들여다보니, 다 썩은 나무토막 밑에 정말로 이구아나 한 마리가 웅크리고 있었다. 긴 꼬리까지 합해 사오십 센티미터쯤 될까, 초록색 생닭 껍질 같은 우둘투둘 얼룩덜룩한 피부며 몸에 비해 너무 짧은 다리가 언뜻 보아도 징그럽기 짝이 없었다. 재호야, 그러니까 지금 이걸, 우리 집에서 키우겠다는 거지? 물으려고 고개를 돌렸을 때였다. 저만치 떨어져 짐을 풀고 있는 재호의 등이 먼저 눈에 들어왔다. 완강한 모양새로 굽은 채 단단히 돌아서 있는 재호의 등. 이구아나 수조와 그 등을 번갈아 바라보다가 나는 하려던 말을 바꾸었다. 얘는 이름이 뭐야? 그러자 재호는 돌아선 채 짤막하게 대꾸했다.

없어. 그냥 이구아나야.

그냥 이구아나? 나도 모르게 되물었으나 재호는 끝내 돌아보지 않았다. 그저 무언가 잡다해 보이는 것을 상자 안에서 끊임없이 꺼내고 있을 뿐이었다. 나는 팔을 늘어뜨린 채 그 모습을 멍하니 바라보다가 이구아나 수조를 들어 책상 한쪽 귀퉁이에 올려놓았다.

물론 그 이구아나가 내가 기대했던 재호와의 행복한 동거생활에, 지대하진 않아도 어느 정도의 불편을 끼쳤음은 말할 것도 없었다. 우선 이구아나 수조는 안 그래도 좁은 집에 비해 엄청나게 크고 거추장스러웠으며 주기적으로 청소해주지 않으면 비릿한 냄새까지 풍겼다. 물론 야채 토막이며 깨끗한 물 따위를 수조 구석에 놓아두거나 죽었니 살았니 하며 가끔 들여다보는 일 역시 누군가는 꼭 해야만 하는 것이었다. 재호는 그중 무엇도 하지 않았다. 오히려 이구아나가 꼭 흉측하고 못마땅한 장식품이라도 된다는 듯 본체만체하며 근처에도 가지 않는 것이었다. 결국 잡일들은 고스란히 내 몫이 되고 말았다. 그러나 나는 미련하게도 계절이 몇 번이나 바뀌도록 재호에겐 이구아나의 ㅇ도 꺼내지 않았다. 아무렴 그런 상황에서는 잔소리든 하소연이든 무어라고 한마디쯤은 해도 좋았으련만. 하지만 그때는 그런다고 뭔가 달라질 것 같지도 않았으며 더 솔직히 말하자면 굳이 귀에 거슬리는 얘기를 꺼내 재호의 심기를 거스르고 싶지 않았다.

그리하여 내가 이구아나에 관한 사연을 알게 된 것은 꽤 오랜 시간이 지난 뒤로, 어느 날 저녁상을 물려놓고 수다를 떨다 각자의 전 연애 이야기가 나왔을 때였다. 전 여자친구에 대해 온갖 험담을 늘어놓던 재호가 갑자기 생각난 듯 이구아나 수조를 손가락질하며 외친 것이었다. 저거, 저거에도 진짜 얼마나 어이없는 일이 있었는지 알아?

그 어이없는 일이란 대략 이런 것이었다. 이구아나는 원래 재호의 전 여자친구가 기르던 녀석인데, 재호는 그때 살던 자취방에서 그 여자와 몇 달가량을 함께 지내게 되었다. 그런데 그 여자가 자기 짐과 함께 이구아나를 데리고 온 거였다. 깜짝 놀란 재호가 이런 것을 키웠느냐 물으니 전 남자친구가 기르다 떠맡기고 간 것이라고 했단다. 그러면서 목에 핏대를 세우며 전 남자친구를 욕했는데, 갑자기 이탈리아로 바리스타 공부를 하러 가겠다며 이구아나를 놔두고 사라졌다나. 그런 황당한 이야기를 들으니 천하의 재호도 이구아나에 대해 따지기가 무엇해 유야무야 넘어가고 말았고, 결국 이구아나는 그 집 방구석 어딘가에 놓이게 되었다는 거였다.

그들은 한동안 그럭저럭 잘 지냈으나 어느 날, 아무 날도 아닌 건 아니고 둘이 큰 싸움을 벌인 다음 날이었다는데, 아무튼 재호가 아르바이트를 다녀와보니 그 일이 일어나 있었다. 그러니까 집은 텅 비어 있고 이구아나 수조만이 덩그러니 놓여 있었던 것이다. 물론 가만히 있을 재호가 아니므로 바로 전화를 걸어 따졌는데 돌아온 대답이 걸작이었다. 글쎄, 누굴 주든지 어디 갖다 버리든지. 재호는 그 여자의 심드렁한 목소리를 흉내 내며 제법 현실감 있게 그 대사를 읊었다. 그러고는 지금 다시 생각해도 화가 난다는 듯 이를 악물며 덧붙였다. 살아 있는 걸 어떻게 버리라는 거야 진짜.

나는 그저 웃으며 재호의 손등을 쓰다듬었으나 실은 깨닫고 있었다. 두 이야기 사이의 놀라운 유사성을, 그러니까 재호 역시 언젠가 저 이구아나를 내게 버리고 갈 것이라는 자명한 사실을. 하지만 그 깨달음을 확인받는 대신 나는 다른 걸 물었다. 재호야, 그래서 얘는 얼마나 살아? 그러자 방금 전까지도 씩씩 화를 내고 있던 재호는 금세 유순해져 대답했다. 글쎄, 얼마나 살지. 오 년? 십 년?

그러는 동안 이구아나는 우리 등 뒤에 죽은 나무토막처럼 늘어져 있었다. 아무것도 듣지도 알지도 못하며 만일 안다 해도 자신과는 아무 상관 없다는 듯한 모양새였다.

"수영장에 키우겠다는 사람 누구 없으려나."

내 이야기를 들은 유진이 말했다. 그러고는 돌아서서 등을 내밀었다. 나는 유진의 수영복 등판에 길게 달린 지퍼를 잡아올리며 과연, 하고 생각했다. 세상천지 어디에 이구아나 같은 징그러운 것을 키우고 싶은 사람이 있겠나 싶었지만 수영장에서 찾아보면 또 다를지도 몰랐다. 예를 들면 오후에 에어로빅 강습을 듣는 아주머니들이라면 어떨까, 아이들이 좋아할 테니까. 아주머니들의 얼굴을 하나하나 떠올리며 이번에는 내가 유진에게 등을 내밀었다. 유진이 힘주어 지퍼를 올려주었다.

"준비운동 내가 할게. 좀 쉬었다 나와. 너 얼굴이 말이 아니다."

유진이 내 양 어깨를 손으로 한번 꽉 쥐고는 수영장으로 나갔다. 곧 호루라기를 길게 부는 소리가 들렸다. 주저앉아 맞은편의 거울을 보니 정말로, 얼굴이 말이 아니었다. 퉁퉁 부어 묵직하게 내려앉은 눈두덩과 시커멓게 색이 죽어 생기란 전혀 찾아볼 수 없는 양 볼, 뼈에 기분 나쁜 질감의 가죽만 씌워놓은 듯한 몰골…… 아니 그런데 이거 완전…… 이구아나잖아. 그렇게 자각하자마자 불에 덴 듯 벌떡 일어났다. 의자에 한쪽 다리를 올려놓고 꾹꾹 누르며 종아리와 허벅지를 풀기 시작했다. 준비운동이 끝났음을 알리는 긴 호각 소리가 들릴 때까지 온몸을 돌리고 주무르고 쥐어짰지만 전혀 개운하지 않았다.

그날 퇴근하는 길에 '이구아나 분양합니다. 프런트에 문의'라고 쓴 종이를 수영장 벽에 붙였다. 며칠을 기다렸지만 데려가겠다는 사람은 없었다.

그러므로 오후에 집에 돌아가면 이구아나는 틀림없이 있었다. 죽게 내버려둘 수는 없으니 먹이를 주었고 냄새가 나는 건 싫으니 청소를 했지만 그러면서도 내가 뭘 하는 거지, 생각하면 알 수 없었다. 콩알만 한 원룸이라 집 안 어디에서도 이구아나 수조를 볼 수 있었고 밥을 먹으면서도, 빨래를 널면서도 나는 이구아나 쪽을 곁눈질했다. 밤에는 모로 누워 어둠이 도도록이 담긴 수조를 빤히 바라보다 잠들곤 했다.

물론 그러다 벌떡 일어나 앉아 휴대폰을 찾아들고 재호의 전화번호를 누른 적도 있었다. 재호가 그랬고 재호의 전 여자친구, 아니 이젠 전전 여자친구가 된 그 애가 그랬듯이 나도 대차게 따져볼 작정이었다. 하지만 통화 버튼을 누르기 전에 무어라 서두를 시작하면 좋을지, 어떻게 따져야 속이 시원할지를 고민하지 않을 수 없었고, 그러다 결국 그만두고 말았다. 재호가 할 말이란 뻔했으니까. 재호가 그 말을 듣고 말문이 막혔던 것처럼 나 역시 어버버 하며 바보같이 물러서게 되겠지. 끊자마자 괜히 전화했다고 침대를 걷어차며 후회하게 될 거였다. 게다가 혹시나, 내가 재호한테 아직 미련이 있어 이구아나를 핑계 삼아 전화를 걸어본 거라고 제멋대로 생각하면 어쩐담. 그런 헛생각을 하게 놓아두느니 차라리 평생 이구아나 수발을 드는 게 낫지. 나는 새로 산 겨울 이불에 얼굴을 비비며 고민하다 그냥 고대로 잠들고 말았다.

그렇게 몇 달이 지난 어느 날이었다. 퇴근길에 유진과 술을 마셨다. 마침 내일 주말이니 죽을 때까지 마셔보자, 하고 의기투합했는데 이 동네에는 갈 만한 술집이 마땅히 없었다. 결국 재호와 자주 갔었던 호프집엘 갔고, 그러다 보니 어쩔 수 없이 재호 이야기를 하게 되었다. 나는 소주를 부은 맥주잔에 젓가락을 내리꽂으며 재호에 대해 있는 얘기 없는 얘기를 다 했다. 항상 새벽까지 시끄럽게 휴대폰 게임을 했던 것, 배달음식이 오면 식탁에 앉아 내가 포장을 뜯고 음식을 차릴 때까지 지켜보고만 있었던 것, 도대체 바지 주머니에 휴지는 왜 그렇게 뭉쳐두는 건지 빨래를 돌릴 때마다 세탁기 안이 엉망이 됐던 것까지. 또 뭐가 있더라, 또 어떤 나쁜 짓을 했더라. 입을 부지런히 놀리면서 머리로는 열심히 기억을 더듬는데 그때까지 묵묵히 듣고만 있던 유진이 갑자기 물었다.

"근데 넌 그런 애를 왜 사귄 거야?"

차라리 내게 욕을 하거나 자리를 박차고 나갔대도 이보다 더 당황스럽진 않았을 것이다. 나는 말을 꿀꺽 삼킨 채 유진의 얼굴을 멍하니 바라보았다. 유진이 비꼬는 것이 아니라 진심으로 궁금하다는 듯한 표정을 짓고 있어 오히려 더 할 말이 없었다. 굳은 내 얼굴을 보고 유진이 급하게 덧붙였다. 우리 이제 나이도 있는데, 언제까지 그런 남자들한테 휘둘리고 살 거야. 안타까워서 그래 안타까워서. 나는 진짜 안타까워하는 것 같은 유진의 얼굴을 멍하니 들여다보다가 얼버무렸다. 그러게, 왜 사귀었지 하하하, 이담엔 좀 제대로 된 애 만나야지, 말하며 잔을 비우고 빈 잔에 다시 열심히 소맥을 말았다.

그러다 집에 돌아온 참이었다. 보는 사람도 없겠다, 옷을 벗어던지고 팬티 바람이 되어 차가운 방바닥에 사지를 뻗고 누웠는데 그제야 목 아래 깊은 곳에서 뭔가가 울컥, 올라왔다. 서러움도 아니고 화도 아니고 이 기분은 대체 뭐지. 천장을 바라보며 곰곰 곱씹어보니 아무래도 이건, 그래, 비참함이었다. 나는 벌떡 일어나 앉았다. 그러자 책상 위에 놓아둔 이구아나 수조와 눈높이가 정확히 일치했고 마침 유리벽에 얼굴을 들이밀어 나를 바라보고 있던 이구아나와 눈이 마주쳤다. 그 모습이 꼭 나를 구경하고 있는 것 같아 나는 피식 웃었다.

뭘 잘났다고 보냐. 너나 나나 버림받은 건 마찬가지야.

야, 우린 버림받았다, 그 쓰레기한테.

내가 술 먹어서 하는 말이 아니고, 진짜로 우린 그 쓰레기한테 버려진 거야.

이구아나를 바라보며 말했다. 이구아나는 황금색 눈을 동그랗게 뜨고 나를 똑바로 올려다보고 있었다. 왜 갑자기 그런 용기가 났을까. 나는 충동적으로 수조 뚜껑을 조금 밀어내고 손을 집어넣었다. 평소 수조를 청소할 때는 혹여나 이구아나가 달려들거나 물지 않을까 싶어 멀찍이 피하며 벽면의 이끼나 겨우 닦아냈지만, 오늘은 술김이라 그런가 하나도 겁나지 않았다. 이구아나의 머리 위로 거침없이 손을 뻗었다.

내심 이구아나가 도망갈지도 모른다고 생각했지만 아니

었다. 내 손은 이구아나의 미간이라고 해야 할지 이마라고 해야 할지, 아무튼 양쪽 눈 사이의 판판한 부분에 너무나 쉽게 가 닿았다. 이구아나의 피부는 매끈하고 부드러웠다. 울퉁불퉁한 무늬 탓에 거칠고 까끌거릴 거라고 생각한 것과는 전혀 다른 촉감이었다. 얇고 섬세한 피부 바로 밑으로 단단한 이구아나의 머리뼈가 느껴졌다. 두 손가락을 모아 그 위를 조심스럽게 쓰다듬었다. 그러자 이구아나가 고개를 들었다. 그러고는 앞발로 상체를 버티고 서서 머리를 빳빳하게 치켜들었다. 그 자세로 눈을 꾹 감더니 한참 동안 뜨지 않았다. 좋은 건지 싫은 건지는 몰라도 어쨌든 내 손을 물거나 할퀴지는 않아서 나는 몇 번 더 이구아나의 머리를 앞뒤로 쓰다듬었다. 살아 있구나 이거, 하고 문득 체감했다.

그때였다. 갑자기 손가락 밑에서 작고 나지막한 목소리가 들린 것은.

"저기, 저기요."

나는 소스라치게 놀라 소리 없는 비명을 질렀다. 수조에서 손을 확 빼내고 홀랑 벗고 있던 상체를 양팔로 가렸다. 좁은 방 안을 둘러보았으나 물론 아무도 없었다. 술김에 환청을 들었나. 옆집 소리가 넘어왔는지도 몰라. 겁에 질려 온갖 경우의 수를 생각하는데 밑에서 톡, 톡, 뭔가 단단한 것을 두드리는 소리가 났다. 내려다보니 이구아나가 오른쪽 앞발로 수조 벽을 노크하고 있었다. 나와 눈이 마주친 이구아나는 아주 조심스럽게 말했다.

"갑작스러운 부탁 죄송한데, 혹시…… 저한테 수영을 가르쳐주실 수 있을까요."

"예? 뭐를요?"

반사적으로 되물은 뒤에야 깨달았다. 내가 지금 이구아나와 대화를 주고받았다는 것을.

나와 눈이 마주친 이구아나는 대답 대신 한쪽 눈을 살짝 감았다가 떴다. 그 표정은 폐를 끼쳐 정말 죄송하지만 피치 못할 사정이라 그만, 하고 변명하는 것처럼 보여 더욱 황당했고 나는 아니 이게 무슨, 무슨 일이야, 만 연발하며 벗었던 옷부터 일단 황급히 주워 입었다.

묻고 싶은 게 많았으나 막상 이구아나와 마주 앉으니 무슨 말부터 꺼내야 좋을지 당최 알 수가 없었다. 일단 존댓말을 해야 할지 반말을 해야 할지부터 혼란스러운 것이, 이구아나 나이로는 몇 살인지 몰라도 나보다 어릴 것이 분명한 이구아나에게 존댓말을 하기가 민망했지만 그렇다고 대뜸 반말을 하는 것도 왠지 무례한 일처럼 느껴졌기 때문이었다. 결국 내가 꺼낸 첫마디는 반말도 존댓말도 아니었다.

"저…… 뭐라도 마시면서 얘기……"

"저는 물이면 괜찮아요."

조심스럽게 그렇게 말하기에 주방에 가서 납작한 종지에

찬물을 떠다가 이구아나 앞에 갖다놓았다. 머리를 숙이고 물을 마시는 이구아나를 가만히 바라보고 있으니 마음이 저절로 복잡해졌다. 이구아나 역시 그랬는지 무언가를 곰곰이 생각하는 눈치더니 한참 뒤에야 운을 뗴었다.

"많이…… 놀라셨을 것 같아요."

차분하고 느릿한, 꼭 일찍 철든 어린아이 같은 목소리였다.

"아니, 놀라긴 놀랐는데…… 어떻게 된 일인지부터 좀."

여전히 존대인지 반말인지 분명치 않은 말투로 대꾸했다. 이구아나는 생각을 정리하려는 듯 허공을 잠시 바라보다 물을 조금 더 마셨다. 앞발로 입가를 닦으며 차분하게 말했다.

"궁금한 것을 물어보시면 대답해드릴 수 있을 것 같아요."

제법 똑똑하군, 생각했고 당연히 가장 궁금한 건 이거였다.

"언제부터 사람 말을 할 수 있었던 거……세요?"

물으며 얼굴이 화끈거렸다. 그러고 보니 지금까지 재호와 일 년 반, 재호 없이 몇 달 해서 이 년가량을 이구아나와 함께 살았는데 물론 이구아나를 보는 눈이라고 의식한 적은 한순간도 없었으므로 그 앞에서 추태라면 추태를 부린 것이 여러 번이었으니까.

"엄청 오래됐긴 한데…… 걱정 마세요, 저 아무것도 안 보고 안 들었어요."

내 생각을 짐작했는지 이구아나가 덧붙였다. 당연히 그 말은 볼 거 다 보고 들을 거 다 들었다는 뜻이었다.

"근데 왜 갑자기 이제 와서…… 말을 하기 시작한 거……세요?"

지금까지 거쳐온 많은 인간을 놔두고 왜 하필 나한테,라는 말은 하지 않았다.

"곧 죽을 것 같거든요. 죽기 전에 하고 싶은 일이 있어요."

"죽어요? 왜요?"

"음, 적절한 돌봄을 받지 못했기 때문이라고 하면 이해하실까요. 오랫동안 햇볕과 영양이 부족한 생활을 해왔으니까요. 겨우 목숨을 부지하는 정도로 어찌어찌 살아왔지만 이제 그것도 힘든 지경이 된 거죠. 아, 그렇다고 원망하는 건 아니에요. 사정은 다 알고 있으니까요. 참, 제 꼬리 좀 보세요. 지난번 탈피할 때 제대로 허물을 못 벗어서 이렇게 됐답니다."

이구아나가 몸을 돌려 꼬리를 보여주었다. 끝이 뭉툭하게 끊겨 있었다. 지금까지 몰랐던 게 이상할 정도로 큰 상처였다. 그러고 보니 이구아나를 이렇게 밝은 곳에서 자세히 보는 건 처음이었는데 꼬리뿐만이 아니라 몸 전체가 군데군데 무르고 까진 게 한눈에 보아도 건강한 상태가 아닌 듯했다. 미안하고 부끄러워 말문이 막히고 말았다.

"아무튼 이대로 가면 몇 달 못 살고 죽을 것 같은데, 죽는 거야 두렵지 않지만 죽기 전에 꼭 하고 싶은 일이 있어서 이걸 어찌해야 하나 생각하고 있다가, 아까 갑자기 제게 말도 걸어주시고 쓰다듬어도 주시길래…… 에라 모르겠다 싶어서. 이 갑갑한 수조 속에서 죽든지, 말하는 이구아나로 서커스단에 팔려가 죽든지 어차피 매한가지잖아요."

이구아나는 '서커스단'을 발음하면서 애처로운 얼굴로 나를 바라보았다. 정말 그런 곳에 나를 팔아넘기진 않을 거죠, 하고 묻는 듯했다. 나는 절대 그러지 않겠다는 대답 대신 궁금한 것을 물었다.

"그래서 하고 싶으신 일이 뭔데요?"

그러자 이구아나는 바로 그 질문을 기다렸다는 듯이 상체를 꼿꼿이 세웠다. 망설임 없이 대답했다.

"멕시코에 가고 싶어요. 거기까지 헤엄쳐 가려면 먼저 수영을 배워야겠지요."

이게 무슨 황당한 소리람.

나는 입을 벌렸으나 아무 대꾸도 못 한 채 몇 번 뻐끔거리다 고대로 다물고 말았다. 어디서부터 지적해야 좋을지 알 수도 없을 만큼 어이없는 소망이라 말문이 막힌 탓도 있었으나 그보다는 그 단호한 목소리와 자세에서 단박에 알 수 있었기 때문이었다. 이것은 혼자 오랫동안 생각하고 결심한 것이므로 누구도 어떤 말로도 번복시킬 수 없는 그런 종류의 말이라는 것을.

이구아나의 황금색 눈이 나를 똑바로 응시했다. 나는 죄지은 사람처럼 비슬비슬 그 시선을 피했다. 사실 그때까지도 이게 대체 무슨 상황인지 혼란스러웠지만, 어째 이상하고도 골치 아픈 일에 휘말렸다는 것만은 뚜렷하게 알 수 있었다.

이구아나는 멕시코까지 데려다주겠다는 제안을 거절했다. 수영을 가르쳐주는 것만으로도 차고 넘치게 감사하고 죄송한 일인 데다, 그 뒤의 일은 혼자 힘으로 해내고 싶다는 거였다. 막무가내인 이구아나를 붙잡고 한참 실랑이를 벌인 끝에 결국 출발하는 날, 동해안 어느 해변까지만 동행하기로 했으나 기분은 영 찜찜했다.

"멕시코가 얼마나 먼지는 알아요? 거기가 어디라고 혼자 가겠대."

이구아나를 컴퓨터 앞에 올려놓고 구글 맵을 켰다. 동해안 어디쯤을 출발점으로, 멕시코 해안 어디쯤을 도착점으로 삼고 거리를 측정했다. 만 하고도 천오백 킬로미터였다.

"이것 봐요, 이거 서울에서 부산까지 열일곱 번 왕복하는 거린데?"

이구아나는 입을 꾹 다문 채 모니터를 응시했다. 거기 멕시코까지 헤엄쳐 가는 방법이 나와 있기라도 한 것처럼. 그 얼굴을 보니 괜히 마음이 약해지려고 했다.

"꼭 멕시코여야만 해요? 하와이나 발리 같은 곳도 좋다던데."

이구아나가 그냥 따뜻한 휴양지 같은 곳에서 여생을 보내고 싶어 한다고만 생각해서 한 말이었다. 그러나 이구아나는 단호한 눈빛으로 나를 바라보며 고개를 저었다.

"멕시코가 아니면 의미가 없어요."

"왜요? 거기 뭐가 있어요?"

"있죠. 거기 이구아나의 천국이 있거든요."

"뭐가 있다고요?"

잘못 들은 건 아닌 것 같았으나 되물었다. 이구아나는 선선히 설명했다.

"이구아나의 천국이요. 거긴 사시사철 신선한 풀이며 짠물 민물이 지천에 있어서 누구도 먹이 걱정을 하지 않는대요. 그곳 이구아나들은 낮 동안엔 온종일 햇볕 아래에서 쉬거나, 햇볕에 데워진 돌길 위를 배로 밀고 다니며 산책을 한대요. 밤이 되면 아무 바위틈에나 웅크려 파도 소리를 들으면서 잠을 자고요."

어느새 꿈꾸는 듯한 어조로 말하던 이구아나가 덧붙였다.

"딱 하루만이라도 그렇게 살아볼 수 있으면, 그다음 날 죽어도 좋을 것 같아요."

"그런 얘긴 어디서 들었어요?"

"엄마한테요. 부화하고 몇 달 정도는 엄마와 함께 지내면서 보살핌을 받았거든요. 사람 말도 그때 배웠구요. 아무튼 엄마는 멕시코의 아름다운 풍경을 열심히 묘사하면서도, 나중에 한번 꼭 가보라는 말은 한 적이 없어요. 불가능하다고 생각했겠죠. 나중에야 알았는데 제가 태어난 곳은 파충류 전문 펫 숍

이더라구요. 엄마도 거기서 나고 자랐으니, 아마 엄마도 멕시코에 가본 적이 없었을 거예요."

이구아나가 내 손 위에 제 앞발을 턱 얹었다.

"저 역시 당신이 아니었다면 절대 못 가볼 곳이었겠죠. 정말 감사드려요."

아직 뭘 해주겠다고 하진 않았는데…… 나는 이구아나를 마주 보며 떨떠름하게 웃었다. 수영이야 가르쳐줄 수 있지, 내가 먹고사는 일이 그건데. 하지만 수영을 할 줄 알게 된다고 해서 이구아나를 바다에 띄워 보내는 게 과연 옳은 일일까. 분명 꼴딱 가라앉을 거야, 멕시코는커녕 동해 앞바다도 벗어나지 못하고 죽고 말 거야. 머릿속에 스치는 그런 생각들을 차마 말로 할 수 없어서 나는 그저 이구아나의 앞발을 살살 쓰다듬었다.

이구아나는 당장 시작하고 싶어 했지만, 이구아나를 데리고 갈 수 있는 수영장이 있을 리가 없었다. 고민 끝에 생각해낸 것이 커다란 김장용 고무 대야였다. 동네 잡화점에 가서 가장 큰 대야를 사왔다. 고무 냄새가 풀풀 나는 그 시뻘건 대야에 물을 받아 이구아나를 집어넣어보니 크기가 제법 낙낙하게 맞았다.

내친김에 그날부터 특훈을 시작했다. 우선 물속에서 끊임없이 발장구를 치며 다리 힘을 붙이는 것부터 시작했다. 꼬리를 노처럼 사용해 방향을 조절하는 법, 피로할 땐 사지를 축 늘어뜨리고 둥둥 떠서 쉬는 법도 익혔다. 나는 이구아나의 다리를 양손으로 잡고 힘껏 휘저으며 발차기의 감을 가르쳤다. 이구아나는 가만히 떠서 내가 움직이는 대로 몸을 맡기고 있다가, 손을 놓으면 배운 대로 헤엄쳤다. 옳지, 옳지. 나는 대야를 내려다보고 서서 힘차게 구령을 붙였다. 숨 쉬고! 고개 들고! 잘하고 있어요!

해야 할 일은 수영 강습뿐만이 아니었다. 일단 식단부터 새롭게 짰다. 청경채, 케일, 치커리 등의 신선한 채소는 물론이고 비타민이 적절히 배합된 이구아나 전용 펠릿 사료와 칼슘 파우더도 챙겨 먹였다. 배가 부를 때까지 먹고 난 뒤엔 기초체력을 붙이고 소화도 시킬 겸 방 안을 빠른 걸음으로 오십 바퀴 돌게 했다. 이구아나는 뭐든지 주는 대로 먹고 시키는 대로 움직였다. 기진맥진해 잠깐 늘어졌다가도 기어이 바득바득 일어나 정해진 횟수를 채웠다. 그 기특한 모습을 보고 있자면 갑자기 근거 없는 희망이 차오르기도 했다. 어쩌면 운이 좋아 하늘이 돕고 땅이 돕는다면, 아니지 이럴 땐 하늘땅보다는 바다가 도와야겠지만, 어쨌든 잘하면 혹시나…… 정말 멕시코까지 갈 수도 있지 않을까. 물론 말도 안 되는 생각이란 건 알고 있었지만 나는 가끔 상상해보곤 했다. 잔뜩 지치고 야윈 채 멕시코의 어느 해변에 첫발을 디디는 이구아나를.

언제부터인가 우리는 한 침대에서 자기 시작했다. 거칠고 투박하게 생긴 이구아나들이 안 어울리게도 폭신한 촉감을 좋아한다는 것을 처음 알았다. 이구아나는 내 베개 옆에 납작 엎드려 잠들기 직전까지 수다를 떨다가 곯아떨어지곤 했다.

어느 날 밤에는 재호 이야기를 했는데, 헤어지고 나서 재호가 극세사 담요를 싹 걷어간 이야기를 하자 이구아나는 어둠 속에서 슬쩍 웃었다. 웃으라고 한 얘긴 맞지만 진짜 웃을 줄은 몰랐으므로 입을 삐죽이는데 이구아나가 말했다.

"그분의 전전 여자친구도 그랬어요. 자기 물건을 전부 챙기고선 저만 놔두고 갔죠."

어쩐지 갑자기 할 말이 없어진 나는 이구아나의 뭉툭한 꼬리만 만지작거렸다. 이구아나가 웃으며 덧붙였다.

"인간은 참 빨리 배워요. 그게 인간의 장점이에요."

이구아나는 꼬리를 내 팔목에 비비며 지그시 눈을 감았다. 나는 피식 웃었다. 뭐야, 이구아나 주제에 사회생활도 제법 할 줄 아네. 그새 잠들었는지 고른 숨을 내쉬는 이구아나의 미간을 쓰다듬어주며 들여다보니, 이제는 이 제멋대로 생긴 얼굴이 제법 귀여운 것 같기도 했다. 그냥 이대로 계속 함께 살면 어떨까. 햇볕 정도야 여기서도 쬐고 살 수 있지 않을까. 멕시코만큼은 아니지만 한국도 여름엔 해가 쨍쨍한 나라니까. 강아지처럼 가슴 줄을 한 이구아나와 뜨거운 햇볕 아래를 걷는 상상을 해보다 피식 웃었다. 여느 때보다 깊게 자고 개운하게 일어나는 나날이었다.

유진은 힐난하는 눈초리로 나를 빤히 바라볼 뿐 아무 대꾸도 하지 않았다. 그러나 그 눈빛은 이미 내게 많은 말을 하고 있었다. 원래부터 약간 이상한 애라고는 생각했는데 이렇게까지 사이코일 줄은 몰랐네, 뭐 대충 그런 말들을. 하긴 입장 바꿔 생각해보면 충분히 이해가 되는 반응이었다. 유진이 자기 집 말하는 푸들에게 수영을 가르치고 있다고 한다면 나라도 얘가 미쳤나, 생각했을 테니까.

"농담 따먹기 하려고 보자고 한 거 아니야."

유진은 앞에 놓인 커피잔을 빨대로 휘저으며 딱 잘라 말했다. 나도 농담 따먹기 하자는 거 아닌데, 하고 받아치려다 심상치 않은 기류를 느끼고 그냥 입을 다물었다. 우리는 수영장 일층에 있는 카페에 앉아 있었다. 유진이 중요한 얘기가 있다며 퇴근하는 나를 붙잡아 데려왔는데 아무래도 분위기가 요상했다. 이윽고 유진이 커피를 쪽 빨아 마시더니 나를 바라보았다.

"나, 수영장 다음 주까지만 나오고 그만둬."

그런 말일 것 같았는데 정말 그런 말이었다. 사실 놀랄 만한 일은 아니었던 것이, 며칠 전부터 유진의 태도가 영 이상했다. 매일 오 분 십 분씩 늦게 출근하더니 강습에서는 수강생들을 봐주지도 않고 그저 자유형 배영으로 레인을 왕복시킬 뿐이었으니까. 나도 실은 강습보단 퇴근하고 집에 가서 이구아나와 만날 생각에 더 골몰해 있긴 했지만 그 와중에도 유진의 태도가 눈에 띄게 불성실하다 싶었는데, 결국 그만두는 모양이었다.

"그만두면 뭐 할 건데?"

정말 궁금해서 물은 건 아니었고 그냥 오랜 직장 동료의 퇴사 소식에 으레 곁들이듯 건넨 말이었는데 유진의 눈이 반짝였다.

"나 필라테스 지도자 자격증 땄어. 필라테스 센터 차리려고."

"뭐? 정말?"

"응, 지도자 자격증은 딴 지 좀 됐어. 이 근처에 괜찮은 자리도 봐놨고."

사실 자격증은커녕 나는 유진이 필라테스를 다녔는지조차 전혀 모르고 있었다. 그런데 갑자기 필라테스 센터를 차리겠다니.

"수영, 솔직히 난 미래 없다고 생각해. 매번 머리 말리고 젖은 옷 들고 다니고, 수영복 입고 남들하고 부대끼고. 누가 좋아하겠어? 운동도 예쁘고 깔끔하게 해야지."

유진이 커피를 쪽쪽 빨며 설명했다. 나는 입을 헤벌리고 듣고만 있었다. '자격증'이라는 단어가 주는 산뜻하고 권위적인 느낌 때문일까. 유진의 말이 갑자기 엄청나게 그럴싸하게 들렸다. 그러고 보니 이 수영장에 취직한 몇 년 전에 비해 수강생이 현저하게 줄어들기는 했고, 동네 번화가에 한 블록 건너 하나씩 필라테스며 요가 센터가 생기고 있었다. 나 같아도 수영과 필라테스 중에 고르라면 필라테스일 것 같았다. 나는 딱 달라붙는 상하의 차림으로 매트 위에 앉아 날개처럼 우아하게 팔을 펼친 유진의 모습을 상상해보았다. 인정하긴 싫지만 그림이 꽤 괜찮았다.

"너나 나나 명색이 생활체육 전공인데, 이런 동네 수영장에서 평생 썩으려고 대학 나온 거 아니잖아. 살길 찾아야지. 너도 잘 생각해. 아직 안 늦었어."

유진이 진지하게 말했다. 뻔한 충고였지만 나는 고개를 끄덕였다. 진심으로 그 말이 옳다는 생각이 들었다. 그러나 한편으론 유진이 자격증을 따고 센터를 차릴 만한 목돈을 어디서 얻었는지 궁금해지는 것도 사실이었다. 아마도 유복한 부모를 두었거나 대출을 무리하게 받았겠지. 그러나 그런 생각에 이르자 이번에야말로 진흙을 머금은 듯한 기분이 되었다. 이런 순간에도 나는 고작 이런 생각이나 하고 앉아 있는 사람이구나. 애꿎은 빨대만 질근질근 씹으며 나는 고개를 들지 못했다. 갑자기 아까 이구아나 얘기를 했던 것이 못 견디게 창피했다.

집으로 돌아와 평소처럼 이구아나의 수영을 봐주고 채소를 먹였으나 기분은 나아지지 않았다. 오히려 시간이 지날수록 마음에 얹힌 묵직한 뭔가가 무게를 더해가는 것 같았다. 나는 끊임없이 아랫입술을 씹어댔다.

사실, 이대로도 괜찮다고 생각하고 있었다. 수입이 많진 않지만 크게 부족하지도 않았으며 수영은 원래 좋아하고 잘하니까, 이렇게만 계속 살아간다면 나쁘지 않다고 여겼다. 이 일에 뼈를 묻을 작정까진 아니었어도 다른 직업을 찾을 생각은 전혀 해본 적이 없었다. 하지만 누군가에게는 그 상황이 기어코 벗어난 과거가 되었다는 사실을 깨닫자, 안전해 보이던 발밑이 사실 천 길 낭떠러지였다는 걸 깨달았을 때처럼 갑자기 무섭고 아뜩해진 것이다. 나, 이렇게 위기의식 없이 살아도 괜찮은 걸까. 자기가 삶아지는 줄도 모르고 태평한 냄비 속 개구리처럼, 나도 언젠가 인생이 망했고 이미 돌이킬 수 없게 되었다는 걸 갑자기 눈치채는 날이 오는 거 아닐까.

하지만 그런다고 당장에 어쩔 수 있는 것은 아니었다. 내 기분과 상관없이 시간은 착착 흘렀다. 수영장에서는 유진의 빈자리를 채울 새 수영 강사를 채용했는데, 첫날 만나보니 아직 어린애 티가 풀풀 나는 대학생이었다. 휴학 기간에만 잠깐 아르바이트를 하는 거라고 했다. 그날 퇴근길에 유진에게 메시지를 보내며 이 이야기를 하니 서너 시간 후에야 답장이 왔다. 황당한 표정으로 어깨를 들썩거리는 토끼 이모티콘 하나가 전부였다.

우울하고 불안한 심정을 잊을 수 있는 유일한 순간은 이구아나와 함께 있을 때였다. 나는 섬세하게 계획을 짜서 움직였고 매일 트레이닝 강도를 조금씩 높여갔다. 덕분인지 이구아나는 갈수록 수영 실력이 늘었다. 물의 온도를 조금씩 낮추어 가며 적응해 이제는 십 도쯤 되는 찬물에서도 문제없이 몇 시간을 헤엄쳤고, 물에 둥둥 떠서 잠을 자는 법도 익혔다.

사람이 없는 새벽을 틈타 한강에도 몇 번 다녀왔다. 안 되겠다 싶으면 바로 돌아오라고 신신당부했고 여차하면 뛰어들어 건져낼 각오까지 하고 있었지만 이구아나는 매번 생각보다 쉽게 한강을 가로질렀다. 건너편 둔치에 도착해 이쪽을 바라보는 이구아나에게 나는 손을 흔들어주었고, 그러면 이구아나는 곧바로 다시 물에 뛰어들어 헤엄쳐 돌아왔다. 물 위로 내민 이구아나의 머리 옆으로 검은 강물이 부드럽게 갈라지는 모양을 나는 팔짱을 끼고 바라보았다. 알 수 있었다, 이구아나가 곧 떠나겠다고 하리란 것을.

마침 날이 서서히 더워지고 있었다. 떠난다면 수온이 높은 여름이 가장 적기인 것은 당연했다. 이 계절을 놓치면 또다시 일 년을 기다려야 할 터였다.

그즈음부터 이구아나는 자기가 얼마나 수영을 잘하느냐고 자주 물었다. 이구아나치곤 잘하긴 하지만 아직 모자란다고 얼버무리면 어디가 부족하고 무엇을 더 익혀야 하겠느냐고 끝까지 매달리며 집요하게 굴었다. 덕분에 얼토당토않은 훈련들만 계속 추가됐다. 몸에 추를 달고 헤엄쳐보는 건 어때? 물속에서 숨을 참고 버티는 연습은? 장애물을 피해 도망치는 시뮬레이션도 해봐야지, 상어가 쫓아올지도 모르잖아. 그럴 때마다 이구아나는 순순히 내가 하자는 대로 움직였지만 나 스스로도 이게 억지라는 걸 알고 있었다.

밤이면 잠든 이구아나를 바라보며 생각에 잠겼다. 나는 이구아나가 떠나길 바라는 걸까, 떠나지 않길 바라는 걸까. 그 질문은 곱씹고 곱씹다 보면 어느새 나에 대한 것으로 바뀌어 있었다. 나는 어쩌고 싶은 걸까. 계속하고 싶은 걸까, 그만두고 싶은 걸까. 계속하면 어떻게 되고 그만두면 어떻게 되나. 안으로 깊어지지도, 바깥으로 넓어지지도 못한 채 고이고 고여 단단해지는 그런 생각들을 알처럼 품다가 잠들곤 했다. 마음은 마음대로 괴로웠으나 생각만으로는 아무것도 달라지지 않았다.

결국 어느 날, 이구아나가 결연한 얼굴로 이제 떠날 때가 되었다고 말했을 때 나는 아무 대꾸도 할 수 없었다.

우리는 정오가 되기 전에 경포대에 도착했다.

일기예보대로 맑고 화창한 날이었다. 하늘에는 말 그대로 구름 한 점 없었고 태양빛에 달구어진 공기에서는 짭짤한 바다 냄새가 났다. 해수욕을 하기엔 이른 시간이었지만 주말이었으므로 해변은 꽤 붐볐다. 가벼운 옷차림으로 해변을 거니는 사람들은 다들 그럭저럭 즐거워 보였다. 나는 이구아나가 들어 있는 이동장을 양손에 받쳐 들고 해변을 돌며 사람이 없는 곳을 찾아다녔다. 이미 앉을 만한 곳은 전부 알록달록한 돗자리들로 선점되어 있었다. 괜히 경포대를 골랐나 싶었다. 동해안의 해변 중 기차를 타고 갈 만한 곳을 택했는데 내가 오기 편하면 남들도 오기 편할 거라는 생각을 하지 못한 거였다. 결국 해변 끝자락 후미진 곳에 이동장을 내려놓았을 때는 온몸이 땀에 흠뻑 젖어 있었다.

문을 열자마자 이구아나는 잽싸게 뛰쳐나왔다. 그러고는 뜨거운 모래 위에 네 발을 떡 버티고 서서 눈앞에 펼쳐진 바다를 바라보았다.

한참 뒤 이구아나가 조용히 읊조렸다.

"와, 생각보다 훨씬 더 멋져요."

생전 처음 보는 바다에 호들갑을 떨며 신기해할 줄 알았는데 예상외로 차분하게 가라앉은 목소리였다.

"실제로 보니까 어때? 무섭지?"

내심 무섭다고 말해주기를 바랐으나 그럴 리가 없었다. 이구아나는 건성으로 고개를 저으며 바다를 바라보는 일에 집중했다. 이제 곧 저기에 뛰어들어 목숨을 건 사투를 벌여야 한다는 것은 잊어버린 듯, 그저 아름답고 경이로운 것을 보는 눈빛이었다. 나는 이구아나 옆에 쪼그려 앉아 밀려왔다 물러가는 파도와 그 아래에서 시시각각 색이 변하는 젖은 모래를 함께 바라보았다. 평소였으면 나 역시 아름답다고 생각했을지 모르지만 지금은 어쩔 수 없이 떠올릴 수밖에 없었다, 얼마 못 가 저 아래 꼬르륵 가라앉게 될 이구아나를.

지금이라도 말리는 게 좋을까.

사실 며칠 전부터 그 생각만 하고 있었다. 어떻게 해야 이구아나가 떠나지 않을까. 울면서 매달리는 건 소용없을 테니 같이 가겠다고 바다에 무작정 뛰어들어버릴까. 이도 저도 안 되면 아예 집 안에 가둬버릴 생각까지 했었다. 하지만 그래서 착하고 마음 여린 이구아나가 떠나지 않기로 결정한다면, 이구아나의 삶에는 무엇이 남을까. 거기에까지 생각이 미치자 목구멍과 가슴이 동시에 꽉 막혀 묵직해지는 기분이었다. 나는 애꿎은 모래만 양손 가득 쥐었다 놓았다 했다. 어린애처럼 울며 떼쓰고 싶기도 했고, 섣불리 쓸데없는 말을 해 이별의 순간을 망치고 싶지 않기도 했다.

"고마웠어요."

이구아나가 조용히 말했다. 꼭 무슨 생각을 하는지 다 알고 있다는 듯한 목소리였다. 나는 대답하려고 입을 열었으나 아무 말도 하지 못했다. 무슨 말을 해도 후회하게 될 것만 같았다.

잠시 후, 이구아나는 천천히 바다를 향해 기어가기 시작했다. 마치 짧은 산책을 나서는 듯 편안하고 똑바른 걸음걸이였다. 파도가 밀려오는 곳에 이르러서는 잠깐의 망설임도 없이 물결 속으로 앞발을 디뎠고, 다음 순간 바닷물에 온몸을 내던지듯 뛰어들었다. 밀려가는 파도에 휩쓸리나 싶더니 곧 중심을 잡았다. 배운 대로 헤엄치기 시작했다. 앞발 뒷발을 번갈아 휘저으며, 고개를 똑바로 들고 정면을 응시하면서.

나는 이구아나가 작은 점이 되어 수평선 너머로 사라지는 모습을 끝까지 지켜보다가 돌아섰다.

기차역으로 향했다. 집으로 돌아가는 표를 끊은 뒤 빈 의자에 앉았다. 옆자리에 놓아둔 빈 이동장을 매만지며 한참을 멍하니 허공의 한 점을 바라보고 있었다. 그러다 문득 생각이 났다. 이름, 그러고 보니 이구아나에게 이름을 지어주지 않았구나. 그토록 오래 함께 있었고 진심으로 안녕을 빌었는데 정작 이름 하나 붙여주지 않고 영영 볼 수 없는 곳으로 보내버렸구나.

후회와 함께 내가 문득 떠올린 것은 아주 오래전, 실은 그다지 오래된 이야기는 아니지만 지금에 와서는 마치 전생의 일처럼 아득히 멀게 느껴지는 어느 오후, 처음으로 이구아나의 이름을 물었던 순간에 보았던 단단하게 돌아선 등이었다. 이상하게도 그 등은 지난 삶 속에서 나에게서 돌아섰던 모든 이들의 모습을 조금씩 다 가지고 있는 것처럼 보였고, 나는 옷소매에 기어이 눈물을 찍어내며 내가 타야 할 기차가 도착할 때까지 웅크리고 앉아 있었다.

장마가 지나고 늦더위가 기승을 부리더니 어느새 한풀 꺾여 가을이 찾아왔다.

수영장에 새로 채용되었던 대학생은 구월이 되자 복학을 핑계로 예고도 없이 일을 그만두었다. 덕분에 새로 사람을 구할 때까지 꼼짝없이 그 빈자리를 홀로 채우게 된 나는 파김치가 되어 집에 돌아오곤 했다. 그래도 유진의 필라테스 센터에 개업 축하 화분을 보내는 일은 잊지 않았다. 유진은 화분을 받자마자 전화를 걸어와 호들갑을 떨며 고맙다고 했다. 그러고는 아직도 수영장에서 일하고 있느냐고 물었다. 나는 긍정도 부정도 아닌 애매한 대답을 길게 늘이다가 전화를 끊었다.

밤에는 몸을 둥글게 말고 누워 잠이 오기를 기다렸다. 몸은 너무 피곤한데 오래 뒤척여도 좀처럼 잠들지 못했다. 그럴 때면 머릿속에 뇌 대신 단단히 엉킨 커다란 실타래가 들어 있는 것 같은 기분이었다. 돌아누울 때마다 나는 끙, 앓는 소리를 냈고 눈을 감았다 뜨면 날이 저 혼자 밝아 있었다.

그러던 어느 날이었다.

여느 날처럼 퇴근하여 집 앞에 도착했을 때였다. 무심코 쳐다본 우편함에 무언가 삐죽이 나와 있는 것을 발견했다. 광고 전단이겠거니 생각하고 바로 버릴 작정으로 휙 당겼는데, 손에 닿은 촉감이 광고지답지 않게 도탑고 보드라웠다. 자세히 보기도 전에 무엇인지 알 수 있었다. 그건…… 엽서였다.

나는 아무 소리도 내지 못한 채 그것을 꼭 쥐고 들여다보았다. 손바닥만 한 직사각형 종이 앞면에 사진이 꽉 차게 인쇄되어 있었다. 낮은 잡풀 더미 사이에 뾰족한 돌이 군데군데 흩어진 들판을 찍은 사진이었다. 잎사귀 넓은 나무 두어 그루 밑에는 샛노란 꽃이 한아름씩 피어 있었다. 그리고 이구아나들이, 온 사방에 이구아나들이 있었다. 돌 위에 올라간 녀석, 나무에 달라붙은 녀석, 풀숲에 파묻힌 녀석, 모두 저마다 편한 자세로 햇볕을 쬐는 중이었다. 한눈에 보기에도 아무 근심 걱정 없이 느긋하게 살고 있는 건강한 녀석들 같았다.

엽서를 뒤집었다. 가장자리가 꽃과 잎으로 아름답게 장식되어 있었다. 한쪽에는 글씨를 적을 수 있도록 줄이 쳐진 공간이 있었으나 정작 거기에는 아무것도 씌어져 있지 않았다. 대신 그 옆의 빈 공간에 흐릿하게 눌린 자국이 있는 것을 발견했다. 빛에 비춰보고 나서야 그것이 이구아나의 발 도장이라는 것을 알았다.

잘 도착했구나.

그 사실이 기뻐 고개를 들었을 때였다. 건물 현관 밖에, 거짓말처럼 눈송이가 흩날리고 있었다. 허공이 온통 새하얗게 보일 만큼 굵고 커다란 함박눈이었다. 나는 엽서를 손에 쥔 채 어안이 벙벙하여 바깥을 바라보았다. 방금 전 저곳에서 걸어올 때까지만 해도 아무것도 없었는데, 대체 언제부터 이렇게 푸지게 눈이 오기 시작했는지 알 수 없었다.

나는 현관문을 밀고 나가 눈 속에 오뚝 섰다. 달아오른 뺨과 귓불에 눈송이가 자꾸자꾸 날아와 붙었다. 어딘가에서 아이들이 신이 나 외치는 소리가 들렸다. 나는 목을 뒤로 젖혀 한동안 하늘을 올려다보다, 원래 그러려고 했던 사람처럼 온 길을 되짚어 수영장을 향해 걷기 시작했다.

해설

슈거 하이Sugar High

소유정
(문학평론가)

1. 어느 날, 갑자기

이 책에 실린 모든 소설을 읽고 마침내 이곳에 당도한 이들에게 안부를 묻는 것으로 시작하려 한다. 당신보다 먼저 여기에 와 있던 나는 은은한 미소와 함께 손을 내밀며 물을 것이다. 괜찮아요? 많이 놀랐죠? 그도 그럴 것이 이유리의 소설은 물음표와 느낌표를 자아내는 기이한 사건들로 가득하기 때문이다. 가령 남자친구의 오른손이 브로콜리가 되었다거나(「브로콜리 펀치」), 돌멩이와 대화를 나눌 수 있다는 사람의 이야기(「치즈 달과 비스코티」)는 '세상에 이런 일이' 다 있다는 프로그램에서 볼 만한 일이 아니던가. 그뿐인가. 아버지의 유골을 심은 화분에서 아버지의 목소리가 들린다든가(「빨간 열매」),

5년 전에 죽은 전 남자친구가 집에 나타났다는 이야기(「손톱 그림자」)는 심야 괴담 토크쇼에 나올 법하다. 이유리의 소설은 이처럼 믿기 어려운, 그것도 '어느 날 갑자기' 벌어지는 사건의 연속이다. 하지만 이러한 이야기들이 허무맹랑하게 느껴지느냐 하면, 전혀 아니다. 환상과 현실의 경계가 불분명할 정도로 이유리의 소설에서 환상은 현실에 아주 밀착되어 있다. 인물들의 태도 역시 한몫한다. 전통적인 의미의 환상소설에서 환상의 유효 요건으로 여겨졌던 건 독자 또는 작중인물의 망설임이었다. 좀처럼 믿기 어려운 초자연적인 사건의 발생과 어딘가 낯선 미지의 세계로의 진입, 그 문 앞에서 과거의 인물들은 공포나 갈등을 느껴왔다. 그러나 깜짝 놀라 잠시 멍해지는 정도의 로딩을 겪을 뿐 이유리 소설의 인물들에게 망설임이란 없다. 죽은 아버지의 목소리가 갑작스레 들려올 때에도 "뭐야 이러면 살아 있을 때랑 똑같잖아"(p. 15) 하고 툴툴대거나, 늠름한 브로콜리로 변해버린 남자친구의 오른손을 보면서도 "야, 진짜 멋지다"(p. 80) 하고 감탄할 뿐이다. 그런 장면들에 삽입된 몰캉몰캉이랄지 두근두근과 같은 의성어·의태어의 적절한 쓰임은 어쩐지 그런 환상을 읽는 이로 하여금 계속해서 맛보고 싶게끔 한다. 어떤 전조도 없이 '어느 날 갑자기' 일어난 사건에 속수무책으로 연루되었지만, 그럼에도 쉽게 발길을 돌릴 수 없는 까닭은 이유리가 그려내는 환상에, 그 자체로 이미 리얼리티를 획득한 세계에 우리가 이미 매료되었다는 증거일 것이다. 그러니 아직도 고민하는 이가 있다면 망설임을 지우고 그의 세계로 들어서는 문 앞에 서보자. 당신의 손에 쥐고 있는 것은 책이기도 하지만, 이내 동그란 막대 사탕처럼 여겨질 테니 말이다. 동그랗고 탐스러운 그것을 입에 넣고 굴려보는 기분. 이제부터 그 맛을 천천히 복기해볼 참이다.

2. 몰캉몰캉하고 매콤달큰한 환상의 맛

이유리의 소설에서 환상과 현실이 혼재되어 있듯이 그 안의 이야기의 맛 역시 단일하지 않다. 그 맛을 처음 보여주었던 건 등단작이자 소설집 가장 앞에 놓인 「빨간 열매」에서부터다. 소설의 말미에 이르러 사랑의 결실과 다름 아닌 열매의 "새빨간 속살"을 열어 "달콤한 과즙이 풍부"한 "몰캉몰캉 향긋한 맛"을 보는 장면에서는 입안 가득 품고 있는 빨간 맛과 그것을 부지런히 씹어 삼키는 움직임을 상상하는 것만으로도 턱 아래에 침이 가득 고여왔으니 말이다. 빨간 열매에서 사랑을 떠올리는 것은 어렵지 않은 일이지만, 이 간단해 보이는 알레고리를 성립하는 과정만큼은 단순하지 않다. 소설은 아버지의 죽음으로부터 시작한다. 사이가 나쁘지 않았던 친부의 죽음 앞에서는 왠지 왈칵 눈물이 튀어나올 법도 한데, 「빨간 열매」의 화자 유진은 지나치게 무덤덤하다. "도시락 가방을 안고 어디 나들이라도 가는 사람"처럼 아버지의 유골함을 안고 화장터에서 집으로 돌아온다. 유진이 유골함을 납골당에 모시지 않은 것은 "자기를 화장하고 나면 남은 유골을 화분으로 만들어 달라"는, 평소 황당한 소리를 일삼던 사람답게 허무맹랑한 아버지의 말 때문이었다(p. 9). 유진은 그것을 한참 동안 잊고 있다가 몇 달이 지나서야 기억이 나 "빼빼 마른 나무 한 그루"(p. 14)와 나무를 심을 흙을 사 갖고 와 유골함에 옮겨 심는다. 그런데 어느 날 유진이 "거실에 앉아 빨래를 개고 있을 때 갑자기 베란다에서 아버지가 말했다". "물"(p. 15), 하고 말이다. 깜짝 놀라긴 했지만 이내 물을 떠다 화분에 시원하게 부어준다. 그렇게 유진은 (다시) 아버지를 가꾸고 돌보며 일상을 보낸다.

유골함에 심은 나무로 귀환한 아버지라니, 그리고 말을 할 수 있다니. 말하는 나무에 대해서라면 이미 우리는 마블 영화의 그루트를 알고 있기에 낯설지 않고, 이러한 설정 또한 이유리의 세계 안에서는 이상한 일이 아니지만, 아버지의 말을, 그러니까 나무의 언어를 유진이 단번에 알아들었다는 사실은 그의 직업이 '번역가'라는 것을 상기해본다면 주목할 만하다. 이는 유진이 번역한 『사과』라는 소설에 대해 이야기할 때 자연스럽게 환기되는 것이기도 하다. 자기가 사과라고 믿은 채 일생을 살던 한 프랑스 여자는 과일을 착즙하는 광경을 보고 충격에 빠져 시름시름 앓다가 병원 침대에서 생을 마감하게 된다. 그런데 임종의 순간 여자는 의사에게 무어라 유언을 남기는 듯했지만, 의사는 그것을 전혀 알아듣지 못했고, "아마도 그건 사과의 언어였던 것 같다고 생각"한다. 이에 유진은 "말도 안 된다고 생각해서 피식 웃었는데", 지금도 "아버지는 나무가 되었어도 창문 열어라, 콜라 사 와라 말만 잘하"는 까닭에서였다. 여기서 유진은 조금의 의심도 하지 않는다. 그의 말처럼 어째서 아버지는 이래라 저래라 말을 잘하는지, 심지어 '소설'에서조차 "아무렇게나 나열된 알파벳으로 처리"된 여자의 말과 다를 것은 무엇인가 싶은 식물의 언어를 유진은 어떻게 그렇게 찰떡같이 '알아들을 수' 있는지(p. 17). 이는 유진이 아버지의 말을 번역하는 수단이 언어가 아니라 '사랑'이기 때문이다. 돌이켜보면 생전 아버지의 얼토당토않은 말을 군말없이 들어주곤 했던 것도, 아버지가 "비장의 카드"(p. 12)처럼 내밀었던, 아버지의 기억 속에선 엊그제 일처럼 너무나 선명하지만 '나'에게는 부재하는 기억 때문이 아니었던가. "바로 아버지가 나를 구해주는 장면"(p. 13) 말이다. 아버지와 함께 수영장에 갔던 날, 성인 풀에 갔다가 빠져버린 날, 아버지는 유진을 구했다. 그날의 일이 유진의 기억 속에는 없는 것이라 한들, 설령 그것이 거짓이라고 해도, 적어도 아버지의 입에서 매번 생생하게 재생되는 일은, 살겠다고 제 아비의 목을 옭아매는 딸을 구해냈던 아버지의 행동은 너무나 당연하게도 사랑이 아니고서는 할 수 없는 것이라 유진은 아버지의 괴짜 짓을 잠자코 받아줄 수밖에 없던 것이 아닐까. 이처럼 둘 사이를 긴밀하게 연결하는 사랑이 있기에 죽음도, 다른 언어도 가뿐하게 뛰어넘는, 문자 그대로의 '초월 번역'이 가능해진다.

이야기는 여기서 그치지 않는다. 이 소설은 한발 더 나아가겠다는 듯 유진과 아버지와 P와 P 어머니(나무)를 운명적으로 만나게 함으로써 본격 연애소설로의 장르 전환과 함께 그들의 사랑이 서서히 옮겨가는 과정을 그려낸다. 아버지는 P의 어머니 곁에서, 유진은 P의 곁에서 시간을 보내고, 사랑을 나누는 동안 그들은 굳이 말하지 않아도 될 만큼 서로 알아들을 수 있게 된다. 이와 같은 완벽한 번역의 증명은 서로를 향해 완전히 기울어져 "한 그루의 나무나 다름없게"(p. 27) 되어버린 아버지와 P의 어머니, 각자의 부모를 닮아 그들의 모양새와 다르지 않게 되어버린 유진과 P의 모습으로 나타난다. 그리고 마침내 아버지와 P 어머니의 나무에 맺힌 빨간 열매를 나누어 먹고, 유진이 태몽을 꾸는 것을 마지막으로 이들은 완전한 사랑의 결말에 이른다.

쌍쌍의 다정한 사랑의 얼굴들은 표제작 「브로콜리 펀치」에도 있다. 안필순 할머니와 박광석 할아버지, '나'와 원준이 그렇다. 「브로콜리 펀치」는 두 개의 사건으로 시작되는데, 하나는 요양보호사인 '나'가 돌보고 있는 안필순 할머니 댁의 반려 앵무새 말자가 죽었다는 것과 '나'의 남자친구인 원준의 오른손이 브로콜리가 되었다는 것이다. 복싱 선수인 원준의 오른손은 어째서 브로콜리가 되어버린 걸까. 원준의 브로콜리를 본 사람들은 하나같이 비슷한 말을 한다. "생각이 너무 많아서 그렇지 뭐"(p. 86), "마음고생이 이만저만이 아닌가 보아"(p. 96). 원준에게 너무 많은 생각이나 마음고생은 복싱에 대하여, 정확히는 복싱에서 만난 상대를 미워하려고 애쓰는 마음을 지칭하는 것이다. 같은 직업을 갖고 있고, 자신과 비슷한 삶을 살아왔을 상대를 미워하기보다는 좋아하는 마음이 더 큰 탓에 원준은 상대를 억지로 미워하려 노력해야만 했다. 그렇게 꾸역꾸역 잽과 훅을 날렸던 바람에 손이 그만 푸릇푸릇한 브로콜리로 변해버린 것이었다. 하지만 그런 원준이 사실은 안에서부터 멍이 드는, 스치기만 해도 물크러지는 백도만큼이나 무른 사람이라는 것을 아는 이들이 있기에 원준의 마음에 고여 있던 상흔과 같은 푸른 물은 서서히 순환할 수 있게 된다. 브로콜리가 되어버린 손을 쓰다듬으며 그가 행복해지기를 바라는 마음과 말자의 장례를 치르고 서로의 손톱 밑에 낀 흙을 빼주는 다정함. 그리고 메아리도 돌아오지 않는 산에서 노래를 부르고 함께 음식을 나누어 먹은 사람들 모두가 원준의 마음에 물길을 낸 존재들이다. 그들이 한데 힘을 모아 원준을 노래하게 만든 후에 벌어진 일은 매우 흥미로운데, 「빨간 열매」에서 아버지와 P의 어머니가 꽃을 피우고 열매를 맺었던 것처럼, 원준의 브로콜리 역시 "작은 불꽃"(p. 108) 같은 폭발을 보이며 예쁜 꽃을 수없이 피어내기 시작했다는 것이다. 원준의 브로콜리는 미워하는 마음으로부터 빚어진 환상이었으나, 그를 꽃 피우게 한 것은 '나'를 비롯한 주변인들의 애틋한 사랑의 마음이다. 환상에서 환상으로 이어지는 변주는 소박하지만, 그 아래에서 환상을 빚어낸 마음 자체는 분명 이전과 다른 진실된 것이다. 그 마음이 원준에게 더 나은 선택을 할 수 있도록 하였음은 물론이다.

잊을 수도, 떨쳐낼 수도 없는 마음으로부터 비롯된 환상은 이유리의 소설에서 또 한 번 사자(死者)의 귀환을 가능케 한다. 「손톱 그림자」는 5년 전에 죽은 전 남자친구 용준이 화자인 수정의 곁에 유령으로 다시 나타나며 시작한다. 죽은 용준이 어째서 다시 유령으로 나타난 것인지, 왜 석기와 결혼한 지금에야 나타난 것인지 혼란스러운 와중, 용준은 자신이 '손톱'에 들러붙었다고 말한다. 손톱이라니. 그 말인즉, 손톱을 물어뜯고 "그 조각을 푸, 하고 아무 곳에나 뱉거나 튕겨버리는"(p. 123) 습관이 있던 용준이 수정의 방 한구석에 남겨진 오래된 손톱 조각에 들러붙어 모습을 나타낼 수 있었다는 것이다. 죽음 이후 내내 그림자로 존재했던 용준이 어느 순간 수정을 떠올렸고, 보고 싶다고 오랫동안 생각하다가, 손톱에 생각이 미치자 "훅" 하고 나타날 수 있었다는 용준의 말에 수정의 남편 석기는 그의 말이 진짜인지 아닌지 골몰한다. 그러나 지금 눈앞의 유령의 재현이 '보고 싶다'는 마음에서 기원한 것임을 기억한다면, 말의 진가를 가리는 일은 무의미하다. 그 이유는 "유령이란 더 이상 영혼이 아니"며, "감정의 영역"이기 때문이다. 다시 말해 유령은 "'감정적 기억의 잔재', 즉 오렌지 껍질처럼 살아 있는 사람의 정신에서 떨어져 나온 일종의 파편"*과도 같다. 살아남은 자인 수정에게서, 그리고 완전히 소멸되지 않은 용준에게서 탈각된 마음. 그것이 용준의 유령으로 귀환한 것이다. 물론 두 사람의 마음이 완전히 같지는 않다. 앞서 말했듯 용준의 마음이란 수정을 만날 수 있기를 염원하는 것이었지만, 수정은 다르다. 수정에게도 용준을 그리워하던 때가 있었으나 시간이 흘러 부스러기 같은 마음은 사라지고 큰 조각들마저 뭉툭해진 지 오래다. 아직까지 수정에게 남아 있는 큰 조각은 죄책감이다. 고향 친구의 결혼식에 가는 용준과 동행하지 않았고, 전자기기를 잘 다루지 못하는 그가 부탁한 KTX 예매를 잊어버렸기 때문에, 용준을 고속버스에 태워 보냈다. "빗길에 뒤집어질 버스를. 탄 사람들이 모두 죽고 말 그 버스를." 때문에 "용준 씨는 날 원망하고 있을까" "만일 나였다면 어땠을까"(p. 121) 하는 생각은 오랜 시간이 지나도 지워지지 않았고, 어쩌면 용준을 만나지 않았더라면 영영 지워지지 않을 것이었다. 그러니 유령을 보내기 위해서는 떨어

* 로저 클라크, 『유령의 자연사』, 김빛나 옮김, 글항아리, 2017.

져 나온 마음 역시 멀리 보내주어야 했다. 용준과 함께 밥을 먹으며, 용준이 죽은 장소를 향해 가는 길에서 그들은 얼마나, 어떻게 힘들었는지를 담담하게 이야기하며 서로를 보낼 준비를 한다. 원망 없이 이제는 정말로 잊어도 괜찮다는 마음으로. 그리고 "오래되어 샛노랗게 변색된 손톱 조각"(pp. 142~43)만이 남았음을 확인하고 돌아오는 길, 수정의 몸에서 무언가 빠져나가 "검은 그림자 같은 것이 길게 늘어져 있"다가 "어느 순간 마침내 톡 하고 끊어"(pp. 144~45)지지만, 수정은 다시 돌아보지 않는다. 용준을 정말로 보내주고 돌아오는 이 길은 죽은 이를 애도하는 것뿐만 아니라 사실 자신의 지난 사랑에 대한 애도의 시간이기도 했다는 것을, 수정은 이미 알고 있다.

3. Produce Only One

사랑하는 마음과 미워하는 마음, 보고 싶은 마음과 미안한 마음. 앞서 살핀 모든 마음을 합친 것보다 더 큰 이타적 사랑이, 형언할 수 없는 빨간 맛이 잔뜩인 소설이 있다. 사고로 서해 어딘가를 둥둥, 표류할 때에도 좋아하는 가수에게 선물할 고가의 캐리어—사실은 그 안에 전달해야 할 대마초—를 꼭 끌어안고 있는 한 사람이 있다. 심지어는 멀리서 반짝이는 빨간 불빛을 보며 "빨간색은 목형규의 색깔이니까"(p. 36) 하고 위안을 받는 사람. 「둥둥」의 목은탁 이야기다. 이 소설을 한마디로 말하자면 '프로듀스 온리 원Produce Only One'이 아닐까. 국민 프로듀서가 되어 101명 중에서 고르는 것이 아니라, 하나뿐인 선택지에 올인 하는 것. 은탁에게는 원 앤드 온리One & Only 목형규뿐이다. 그도 그럴 것이 6년 전 형규를 처음 만났던 그날, 그러니까 그때 당시만 하더라도 아무것도 아니었던 형규가 홍대 길거리를 점령하고 춤을 추고 있던 그날부터 해외 솔로 콘서트를 하게 된 지금까지 그를 향한 은탁의 사랑은 실로 엄청났으니 말이다. 그 사랑은 마음의 크기로만 재기에는 부족했다. 마음은 물론 차도 팔고 집도 팔아 물질적으로 아낌없이 서포트하고, 형규의 노래가 TV프로그램의 배경 음악으로 깔릴 수 있도록 인맥을 동원하고, 사람들이 형규를 좋아할 수밖에 없도록 탄탄한 서사를 만들어 결국 그를 지금의 스타로 만드는 데에 성공했으니 말이다. 은탁은 스스로를 "사랑에 빠진 사람"(p. 36)이라고 지칭하지만, 그 사랑이 유사 연애의 감정이라고 생각한다면 명백한 오해다. 형규를 향한 은탁의 마음은 "굳이 비유하자면 아름다운 야생동물"(p. 48)을 대하는 것에 가깝다. 하지만 오직 하나, 형규만을 위한 것처럼 보이는 은탁의 사랑은 사실 'Only 1' 안에 겹쳐져 있는, 형규와 동일시되는 한 사람을 향한 것이기도 하다. 그는 다름 아닌 은탁, 자기 자신이다.

형규를 알게 되고 나서부터, 나는 형규뿐만이 아니라 나까지 진심으로 사랑하게 되었다. 사랑스러운 형규와 같은 사랑스러운 성씨를 가진 사랑스러운 나, 반짝이는 형규를 더욱 반짝이게 해주는 쓸모 많은 나. 목은탁은 오로지 목형규와 짝을 이룰 때에만 가치 있는 존재였다. 형규의 노래를 들으면 손끝 발끝이 다 짜릿했고 형규가 웃으면 그 주변의 세상이 다 와르르 내려앉았다. 동시에, 저렇게 빛나고 사랑스러운 존재가 마치 형규이자 나인 것만 같았다. 나를 전부 해체해서 그 조각 하나하나를 잘 닦고 손질해 다시 사람을 만든다면 그게 바로 형규였다. 나는 형규를 위해 무언가를 할 때만 진짜로 살아 있는 것 같았고 이건 내가 태어나 형규와 이 지구에 함께 존재하는 이유이기도 했다. 아직은 작은 묘목인 형규에게 영양 가득한 물을 주고 풍요로운 빛을 쬐어주는 것. 나는 형규와 함께 있을 때에만 나였다. 태양이 밝을수록 그 빛을 반사하는 달도 밝게 빛나듯, 형규가 잘되는 것은 곧 내가 잘되는 것이기도 했다. 그러니 내가 어떻게 형규를 사랑하지 않을 수 있었겠는가. (pp. 45~46)

부족함 없이 자랐지만 미래가 기대되지 않았던 삶과 목은탁이라는 이름을 끔찍이도 싫어했던 마음마저 형규로 인해 모두 달라졌다. "형규뿐만이 아니라 나까지 진심으로 사랑하게" 된 것이다. 은탁은 형규를 통해 자신을 본다. "형규가 잘되는 것은 곧 내가 잘되는 것"이었고, "나를 전부 해체해서 그 조각 하나하나를 잘 닦고 손질해 다시 사람을 만든다면 그게 바로 형규였다"(pp.45~46). 이처럼 은탁의 사랑은 형규를 경유하여 자신에게로 환원된다. 그러니 이제라도 형규가 "가장 중요한 거 하나만 바라보고 가"(p. 57)게끔 바로잡는 건, 형규를 지키는 일이자 곧 자기 자신을 지키는 일이기도 했다. 형규가 대마초에 의지하고 있다는 사실을 오래전부터 알고 있었지만 은탁은 "형규가 그걸 끊도록 적극적으로 돕지는 않았다". "이건 세상에서 오직 나와 형규만이 공유하는 비밀"이었기 때문이다. 은탁은 그 달콤함에 취해 오랜 시간 "형규의 꿈을 손아귀에 쥐고 있는 게 나라는 착각에 중독되어"(p. 54) 있었던 것 같다. 이제 생사의 갈림길 앞에서 은탁은 선택을 해야만 했다. 대마초 머핀이 든 캐리어를 붙들고 구조를 기다릴 것이냐 아니면 캐리어를 열어 머핀을 모두 둥둥, 떠내려 보낸 뒤 익사할 것인가. 답은 이미 정해져 있다. "가장 중요한 거 하나"(p. 57), 그것은 오직 목형규였으므로. 가라앉을지라도 더 이상의 표류를 멈추기 위해 은탁은 붙잡고 있던 캐리어 지퍼를 연다.

이후의 전개에서 잠시 정신을 잃었던 은탁은 외계 생명체를 만나고 기이한 일을 겪는다. "이타심이 생존 본능을 이기는 순간"(p. 63)에 대해 연구를 하고 있다는 그들은, 은탁이 죽는 순간에 그것을 발견했다며 은탁의 생을 전부 훑어볼 수 있게 해준다면 소원 한 가지를 들어주겠다고 한다. 은탁이 어떤 소원을 빌었는지 직접적으로 언급되지는 않지만, 소설의 마지막 장면으로 미루어볼 때, 6년 전 형규를 처음 만났던 그날로 되돌아간 것으로 유추된다. 모든 기억을 잊고 순수했던 시절의 형규를 다시 만나기 위해서일까, 형규를 모르는 채 살아가고 싶은 걸까. 소원이 어떤 결과를 가져올지는 모르지만, 지난 생에서 형규를 만났던 것만큼 "아주 오래도록 기억할 만한 그런 일"(p. 74)이 일어나기를 바라본다. 이제 그가 프로듀스 할 사람은 원 앤드 온리, 자기 자신뿐이므로.

4. 씁쓸하고 진득한 현실의 맛

「둥둥」을 환상(목형규)에서 깨어나 환상(타임 리프)을 통해 현실로 돌아온 소설이라고 할 때, 이는 앞서 언급한 「빨간 열매」「브로콜리 펀치」「손톱 그림자」와 이후 이야기할 작품의 가운데에 위치해 있다고 볼 수 있다. 앞서 소설 세 편에서의 환상은 '나'의 주변인에게 직접적으로 일어나는 사건이었지만, 「둥둥」의 마지막에서 은탁이 다시 과거로 돌아감을 선택함으로써 환상을 '나'의 영역으로 치환하기 때문이다. 따라서 「치즈 달과 비스코티」「이구아나와 나」「평평한 세계」에서 초자연적인 사건의 직접적인 대상은 '나' 자신이 된다. 그런데 이 환상의 달콤한 맛은 왜 '나'의 것이 되었을 때는 씁쓸해져버리는 걸까. 마치 막대 사탕 안쪽 깊게 숨어 있던 진득한 캐러멜을 마주한 것처럼 말이다. 인공적인 빨간 맛은 계속해서 핥고 싶을 만큼 달콤했지만, 그 안의 더한 단맛은 왠지 모르게 쓰기만 하다. 이유리의 소설 역시 같다. 환상의 맛을 한 꺼풀 벗겨낸 후에야 나타나는 찐득하고 쩍쩍 달라붙는 맛을 가진 소설 속 인물들은 어딘가 조금 슬프고 처량한 구석이 있다.

「치즈 달과 비스코티」의 '나'부터 보자. 열일곱에 처음 돌과 말을 터 지금까지 쭉 돌멩이 '스콧'을 유일한 절친으로 삼고 있는 그는 타인에게 있어 여러 면에서 '정상성'의 범주 바깥에 있다고 여겨지는 인물이다. 자신의 특별한 능력을 "현대 사회를 살아가는 누구나 조금씩 가지고 있"는 "기괴하지 않은 정신병"(p. 188)이라 생각하는 그가 지금 여기, 글쓰기 치료 센터에 앉아 있는 이유는 순전히 어머니를 위해서였다. 뛰어난 사회 구성원으로 존경받는 "어머니의 유일한 단점은 돌과 대화할 줄 아는 노총각 비만 아들이 있다는 것뿐"(p. 186)이었기 때문이다. 그렇기에 그는 돌과 대화를 나누는 것쯤은 지극히 정상적이라는 것을 입증하기 위해 여기에 있다. '나'의 증명은 어머니에게 비정상적인 아들이라는 혐의를 벗기 위해서도 필요한 것이었지만, 특히 타인의 앞에서는, 멀쩡해 보여도 어딘가 고장 난 사람들이 모였을 게 분명한 치료 센터에서는 반드시 행해져야 하는 것이었다. 자기소개 시간에 '나'는 과도한 허언으로 자신을 포장하지만, 그것이 더욱 자신을 "매우 비정상적인 얼간이"(p. 181)로 보이게 한다는 아이러니는 스스로를 더욱 괴롭게 할 뿐이다.

그런 '나'에게 먼저 다가온 사람은 쿠커였다. 애니메이션 〈월레스와 그로밋〉을 무척 좋아해 닉네임 또한 치즈 달을 보호하는 "로봇 쿠커"에서 따왔다는 쿠커는, '나'가 〈월레스와 그로밋〉을 '알고 있음'을 '좋아한다'는 것으로 곡해하며 '나'에게 광적인 관심을 보인다. '나'는 그런 관심이 매우 불편하다. '나'의 눈에 쿠커가 정말 미친놈처럼 보였기 때문이다. 게다가 "와! 두 분, 벌써 많이 친해지셨네요"(p. 194)라는 치료사의 말에 '나'의 불쾌지수는 점점 고조된다. 표면적으로 드러나는 것은 '나'의 불쾌감과 불편함이지만, 그 속에 내재된 것은 강한 '불안'이다. 누가 봐도 미친놈처럼 보이는 쿠커와 친구로 엮임으로써, 치료 센터에 참여한 사람들을 지도하는 자로서 정상성의 굴레 안에 있는 치료사에게 '나' 역시 미친놈처럼 보일까 하는 두려움이 그것이다. 하지만 '나'의 이러한 불안은 조금도 알아채지 못한 채 쿠커는 끝내 '나'를 포기하지 않고, 혼자 (사실은 스콧과 함께) 계획했던 여행에까지 동행하게 된다. 여행지에서 벌어진 기막힌 사고는 쿠커와 '나'의 관계에 변화를 불러온다. 물에 빠진 쿠커를 구하다 셔츠 주머니에 넣어둔 스콧이 실종된 까닭이다. 스콧을 찾기 위해 안달이 난 '나'는 쿠커의 말로 인해 발걸음을 멈춰 선다. "난 당신 말 다 믿어요. 정말 미안해요. 당신 친구를 찾을 수 있다면 뭐든지 할게요." 그는 스콧을 '나'의 친구로 인정하고 있으며, 무엇보다 '나'를 "다 이해한다"(p. 204)고 말한 최초의 타인이었다. 하지만 그때의 요상한 기분은 우여곡절 끝에 스콧을 찾은 뒤에 듣게 된 쿠커의 비밀 앞에서는 반반의 감정("아주 조금은 쿠커를 이해할 수 있을 것 같기도 했고, 동시에 미친 소리 좀 그만하라고 소리치고 싶기도 했다")으로 흐트러지며, "잘 가라며 손을 흔드는 쿠커의 모습이 가련할 만큼 얼간이 같았다는"(p. 208) 감상을 끝으로 여행을 마친다.

그날 밤, '나'는 놀라운 광경을 목격하게 되는데, 보름마다 치즈 달에 갈 수 있다고 말했던 대로 쿠커가 정말로 "똑바로, 곧게, 달을 향해서"(p. 210) 날아가고 있었기 때문이다. 그 순간, '나'에게 벌어진 또 하나의 믿을 수 없는 일은 더 이상 스콧의 목소리가 들리지 않는다는 것이다. 고요와 적막만이 남은 창가에서 '나'만 홀로 멍하니 서 있는 소설의 마지막 장면은 정상성이 갖는 권력을 다시금 생각해보게 한다. 나 정도면 별거 아니지만 재는 정말 미쳤다는 이야기를 돌멩이와 나누는 '나'. 자신은 진짜지만, 달에 갈 수 있다는 쿠커의 말은 거짓이라는 이분법적인 판단은 오직 '나'의 안에서 이루어진 것이었다. 게다가 이는 이미 타인으로부터 '나' 자신이 받고 있는 시선과 같지 않은가. 하지만 달을 향해 날아가는 걸 목격하는 것으로 성립된 쿠커의 진실 앞에서 '나'의 말은 돌과 대화할 수 있는 능력을 상실함으로써 거짓으로 전락한다. 제멋대로인 가치 판단으로 쿠커와의 관계에서 은연중에 우위의 권력을 쥐려 했던 '나'가 자신이 설정한 쿠커의 자리, 정상성의 궤도 바깥으로 벗어나는 극적인 결말이다.

돌과 이야기를 나누는 남자가 있는가 하면, 여기 이구아나에게 수영을 가르치는 여자도 있다. 「이구아나와 나」의 화자는 재호와의 이별 후 그가 남긴 이구아나를 떠맡게 된다. 그것은 딱히 재호의 것도 아니었던 게, 재호의 전 여자친구의 전 남자친구에서부터 시작해 각자의 이별과 함께 폭탄 돌리기를 하듯 남기고 떠나버린 것이었다. 재호 역시도 그러리라 짐작을 했지만, 아니나 다를까 재호가 부재하는 집 안에 그가 있었음을 증명하는 것 오직 이구아나뿐이었다. 재호와 같이 살 때에도, 재호와 헤어진 후에도 "죽은 나무토막"(p. 250)처럼 좀처럼 움직임이 없었던 이구아나가 '나'에게 말을 걸어온 건 유진과 술을 마셨던 날의 밤이었다. 유진의 의도야 무해했지만, 얼얼하리만큼 말로 얻어맞았던 그날, 집으로 돌아와 이구아나를 향해 "너나 나나 버림받은 건 마찬가지야" "진짜로 우린 그 쓰레기한테 버려진 거야"(p. 254) 같은 말을 주절대다가 충동적으로 이구아나를 쓰다듬어주고는 돌아선 다음의 일이었다. 이구아나가 사람의 말을 할 줄 안다는 것만으로도 놀랄 일인데, 수영을 가르쳐달라니. 어이없는 부탁이라 생각했지만, 살날이 얼마 남지 않아 태어나기를 파충류 전문 펫 숍에서 태어났으니 남은 생은 멕시코에 있는 이구아나의 천국에서 보내고 싶다는 것이 이구아나의 부탁이었다. 어쩔 수 없이 간절한 부탁을 들어주기로 한 뒤 이구아나와 '나'는 특훈에 들어가기 시작한다. 이구아나와 가까워지는 사이, 그러면서 이구아나가 떠날 날 또한 점점 가까워지는 그 사이, 유진이 수영장을 떠나 필라테스 센터를 차린다는 소식을 전하며 또 한 번 나를 찔러온다. "수영, 솔직히 난 미래 없다고 생각해." "살길 찾아야지. 너도 잘 생각해. 아직 안 늦었어." '나'로서는 "사실, 이대로도 괜찮다고 생각하고 있었"지만 "누군가에게는 그 상황이 기어코 벗어난 과거가 되었다는 사실을 깨닫자" 허방 위에 있는 것처럼 아득한 기분이 들고 마는 것이었다(pp. 266~68).

자신만이 도태되고 있음을 실감한 것처럼 혹은 그런 날이 올 날이 머지않았음을 알게 된 것처럼, 유진을 만난 후 '나'의 불안은 극도로 심해진다. 그런 불안을 잠재울 수 있는 건 오직 이구아나와 있을 때뿐이라서, '나'는 이구아나가 떠날 날이 정말로 가까워오자 깊은 고민에 빠진다. 그런데 그 고민은 이구아나에 대한 것으로 시작되어도 "어느새 나에 대한 것으로 바뀌"(p. 270)고 마는데, 이는 '나'에게 이구아나란 자기 자신과 거의 동일시되는 존재이기 때문이다. 재호와 이별을 했을 때의 뻣뻣하고 푸석했던 몰골이나, "삶아지는 줄도 모르고 태평한 냄비 속 개구리"(p. 268)가 되어버릴지도 모를 인생 같은 것이 그랬다. 하지만 이구아나를 배웅하기 위해 도착한 바다에서 "고개를 똑바로 들고 정면을 응시하면서" 헤엄쳐나가는 이구아나를 보며, '나'는 끝내 말을 삼킨다. "이구아나의 삶에는 무엇이 남을까"(p. 272)를 묻는다면 더욱 그랬다. 이구아나에게는 그의 삶이 있고, '나'에게는 소박할지언정 이대로도 괜찮은 자신의 삶이 있었다. 몇 달 후, "이구아나의 발 도장"이 찍힌 엽서를 받은 후에야 그것을 실감할 수 있던 '나'는 "원래 그러려고 했던 사람처럼 온 길을 되짚어 수영장을 향해 걷기 시작"한다(p. 275). 생동감이라고는 찾아볼 수 없던 이구아나가 수영을 배워 이구아나의 천국에 도착했음을 확인한 것은 '나'로 하여금 다시금 자신의 삶에 물보라를 일으키는 계기로 작용한다. 그런데 이 소설이 유독 읽는 이에게 건네는 작은 위로처럼 여겨지는 까닭은 이름의 자리를 의도적으로 비워두고 있는 것처럼 읽히기 때문이다. 이구아나가 이름이 없다는 사실은 재호의 "단단하게 돌아선 등"(p. 273)과 함께 기억되지만, 정작 놓치고 마는 건, 소설의 제목인 "이구아나와 나"에서 이구아나 다음에 오는 '나'의 이름이다. '나'는 이구아나처럼 이름이 불렸던 적이 없다. 왠지 조금 쓸쓸하게 느껴지지만, 어쩌면 그것은 '나'의 자리에 대입하여도 좋을 수많은 이름을 위한 것일지도 모른다는 생각이 들어 불러주고 싶은 이름들을 하나씩 되뇌어보았다.

희미하지만 분명한 존재들의 이야기는 「평평한 세계」에서도 계속된다. 이때 희미하다는 건 이중적인 의미를 갖는데, 첫번째는 존재감이 크지 않다는 것, 두번째는 환상을 통해 물리적으로 신체가 반투명화되었다는 것이다. 그런 일이 고미에게 일어난 것은 어느 주말 오후의 일이었다. 새어머니와 단둘이 살고 있는 고미는 갑작스레 몸이 반투명해지는 것을 느끼면서 이제 누구도 자신을 볼 수도 없고 목소리도 들을 수 없게 되었다는 걸 실감한다. 하지만 고미는 "어떻게 보면 평소와 별다를 것 없는 상태"(p. 216)였기에 전혀 놀랄 것이 없었다. 어디 멀리 떠나볼까 싶었지만, "어디로 가야 할까" "이제부터 무얼 할까"(pp. 226~27)와 같은 물음엔 곧바로 답을 할 수 없어 결국 다시 집으로 돌아오게 된다. 그때 마주한 것은 새어머니의 애인으로 보이는 낯선 남자, 그러나 어딘가 아버지와 닮은 것처럼 보이는 남자가 새어머니와 실랑이를 벌이다 무자비한 폭행을 하는 장면이다. "어찌 보면 지겨울 만큼 낯익은 것이었지만, 어떻게 이것은 매번 같은 모양으로 이리도 새롭게 괴로울까"(p. 232) 싶어 착잡해하던 찰나, 새어머니 역시 고미처럼 서서히 반투명해지기 시작한다.

같은 상태가 된 두 사람은 이제야 서로를 볼 수 있었는데, "양쪽 모두를 한꺼번에 보고 있다는 것"(p. 234)은 이들에게 조금 특별한 의미를 갖는다. 어릴 적 사고로 한쪽 눈을 잃은 뒤 새어머니는 지금껏 나머지 한쪽 눈으로만 생활을 해온 사람이다. 그런데 어째서 지금 이렇게, 반투명에 가까워지고 나서야 양쪽 눈을 모두 맞출 수 있는 걸까. 이는 고미와 새어머니의 반투명화가 억눌린 삶으로부터의 해방을 의미하기 때문일 것이다. 애초에 이들의 삶은 '평평한 세계'와는 거리가 멀지 않았나. 새어머니의 온전하지 못한 눈과 고미의 있으나 마나 한 아버지 때문에 그들은 자신의 선택과는 관계없이 이미 기울어진 세계로 진입해버렸으니 말이다. 새어머니가 가족으로 합류하게 된 이후 두 사람은 같은 자리에 서게 된다. 아버지의 폭행으로 퉁퉁 부어오른 얼굴을 하고, 부서지고 버려진 것을 치우며 고장 난 일상을 완벽하게 고치지 못한 채 점점 더 기울어져가는 세계를 견뎌야만 했다. 이 세계에서 같은 처지인 것은 오직 둘밖에 없었다. 그때에는 몰랐지만, 아니 어쩌면 지독하게 외면해왔지만, 이렇게 투명해지고 난 다음 감출 것이 없어진 뒤에야 두 사람은 그들 사이의 유대마저 바라볼 수 있게 된 것이다. 그리고 잠시 새어머니의 손이 고미의 몸에 닿았던 그 짧은 순간, "우리는 합쳐졌다가 다시 나뉘었"음을, 그리하여 "이제 누구도, 그 무엇도 우리에게서 서로를 분리해낼 수 없을 거라는 사실"(p. 240)을 감각하며 비로소 판판하게 느껴지는 세계에 등을 붙인다. "누군가 툭 밀어도 끄떡없이 존재하고자 하는 곳에 정확히 존재할 수 있는 정도로 곧고 판판한 이 세계"(p. 241) 위에서 이제 그들은 어떤 외부의 자극에도 노출되지 않고 그토록 염원했던 안정을 누릴 수 있을 것이다.

한 편의 소설이 남았다. 「왜가리 클럽」은 소설집에 실린 다른 소설들과는 결이 조금 다르게 느껴진다. 이 소설에서 사람이 아닌 존재와 말을 할 수 있다거나, 죽은 이가 돌아오는 초자연적인 사건은 일어나지 않는다. 그저 한 번의 실패를 겪은 보편적인 인물의 이야기일 뿐이다. 반찬가게를 개업하고 1년 여 만에 폐업신고를 하게 된 양미는 이 같은 실패가 모두 자신의 탓인 것처럼 여긴다. "이러다가 망할 수도 있겠다"고 생각했지만, "그것이 실제로 일어날 수 있는 일"이라고는 실감하지 못한 점이 자신이 망한 이유라는 것이다. 양미는 이에 대해 "현실 감각이 전혀 없다"(p. 155)라고 표현하는데, 우리는 이 대목에서 앞서 설명한 것처럼 이유리의 소설 속에서의 환상이 앞의 소설에서 쓰인 '환상'과는 조금 다른 맥락에 놓이지만 온전히 '나'의 영역으로 넘어왔음을 다시금 확인할 수 있다. 어떠한 환상적 장치 없이 인물 스스로가 현실 감각이 없음을 긍정함으로써 세계와 자아의 경계가 불분명하다는 것을, 그 경계의 선 위를 아슬아슬하게 지나가고 있음을 방증하고 있기 때문이다. 실제 폐업을 앞둔 몇 달 전에도, 폐업을 결정했을 때에도, 집기를 팔았을 때에도, 가게에 출근할 필요가 없어진 첫날 "오랫동안 베개에 얼굴을 비비며 누워 있던 그 순간조차도" 양미는 "망했다는 실감"(p. 155)을 하지 못한 채 멍하니 있을 뿐이다. 환상은 초자연적 세계의 영역만이 아니다. 틀림없을 현실을 외면하고 고개를 돌리는 것 또한 일종의 방어 기제로서의 환상이다. 그런 양미에게 위로가 되어준 건, 도림천의 왜가리, 그리고 왜가리 클럽이었다. 물고기를 잡는 것에 열중하는 왜가리는 참으로 볼만한 것이었는데, 그 풍경에서 곰곰 생각할 것은 왜가리는 실패에 낙담하지 않는다는 것이었다. 심지어는 성공을 해도 기뻐하지 않았다. 왜가리에게 중요한 것은 "매번 잘 노려서 잘 내리꽂는 것"(p. 172)뿐이었다. 그런 왜가리를 함께 지켜보는 일에 골몰하는 왜가리 클럽 멤버들 강희진, 김하영, 심동미는 양미의 실패를 왜가리의 사냥에 빗대어 "온 마음을 다 쏟아도 안 되는 일이 있"(p. 169)다며 위로를 건넨다. 양미네 반찬이 참 맛있었다는 말도. 어쩌면 양미는 그런 말과 마음 들이 필요했던 게 아닐까. 그냥 망해버린 게 아니라, "보기 좋은 실패"(p. 171)라고, 열심히 해도 안 되는 일이 있고, 그럴 때는 그냥 놓아줘도 괜찮다고 말이다. 실패를 실감하지 못한 채 환상의 부산물처럼 끌어안고 있던 남은 반찬거리를 세 사람에게 나누어줄 요량으로 집을 향해 걷는 양미의 걸음이 가볍다. 뒤를 돌아보지 않아도 "그들이 나를 잘 따라오고 있다는 것"(p. 174)을 알 수 있는 지금, 양미는 실패의 자리를 벗어나고 있다.

하나의 세계를 샅샅이 맛보았음에도 자리를 뜨지 못하고 계속해서 입맛을 다시고 있는 건 나만의 일이 아닐 것이다. 씁쓸하고 진득한 맛뿐인 현실에 내려앉은 한 겹의 환상 코팅이 참으로 달콤해서, 아는 맛일 게 분명한 그 안의 것마저도 도리어 꼭꼭 씹어 삼키게 된다. 달아서 아리고 써서 저릿한 그 맛을 느끼는 것은 곧 소설을 읽는 기쁨을 누리는 일이기도 하다. 또 하나, 『브로콜리 펀치』에 거는 작은 기대가 있다면, 지금-여기를 적나라하게 재현하는 한국 문학에 대한 깊은 통감으로 조금은 지친 마음을 안고 있던 독자들에게 이 책이 다시 한번 소설을 사랑할 수 있는 달달한 각성제로 작용할 수 있을 거라는 것이다. 소박한 위로라도 필요로 하는 이들이 있다면 사탕을 건네듯 『브로콜리 펀치』를 건네어보기를. 이유리의 소설을 읽는 동안의 슈거 하이로 인해 한 발짝 앞으로 나아갈 수 있는 반짝이는 힘을 얻을지도 모르니 말이다.

작가의 말

아주 오래전의 이야기다.

어디서 멋진 벽시계를 하나 얻어온 적이 있다. 그것을 걸어둘 만한 곳을 찾다가 마침 작은방 벽에서 빈 못을 발견했다. 지금까지 왜 거기에 아무것도 걸어두지 않았는지 새삼 의아했을 만큼 딱 맞춤한 자리였다. 그러나 시계를 거는 것은 생각보다 쉬운 일이 아니었다. 시계 뒤에 나 있는 눈사람 모양의 구멍은 아주 작았고 못 대가리는 그보다 더 작았기 때문이었다. 시계를 뒤집어 구멍 위치를 대강 확인한 뒤 도로 뒤집어 이쯤이다 싶은 곳에 갖다 대기를 반복했으나 구멍과 못은 서로를 찾지 못하고 계속 어긋났다. 나는 시계를 벽에 대고 비비고 돌리며 한참 애를 썼다. 그러다 어느 순간, 전혀 예상치 못한 위치(시계 구멍은 내 생각보다 훨씬 더 시계 중심부에 가깝게 나 있었던 것이다)에서 못과 구멍이 짤깍 들어맞았고, 그 순간부터 시계는 마치 이 집의 모든 역사를 처음부터 끝까지 함께해온 존재마냥 당연하고 자연스럽게 벽에 들러붙었다.

나는 밟고 서 있던 의자에서 내려오며 이것이 소설 쓰기와 매우 비슷하다는 생각을 했고 먼 미래에 내가 생각보다 더 잘 되어 책이라는 물건을 짓게 된다면 그 책의 말미에 이 이야기를 쓸 수도 있겠다고 여겨 기억해두었으며 지금 그것을 꺼내어 쓴다.

2021년 가을

이유리

추천의 말

평소 같았으면 나는 이 자리를 좀더 진중하고 고상한 응원과 기대의 말로 채울 수도 있었을 것이다. 엽록소가 넘치는 상상력에 광합성의 언어와 개성이 풍부한 인물 묘사를 비롯하여, 그냥 '오다 주웠다' 모드로 별것 아니라는 듯이 투척하는 유머와 위트 또한 일품이어서 어느 쪽으로든 꼽을 수 있는 장점이 한두 가지가 아니었으므로. 그런데 이렇게 골고루 재미있는 소설을 본 이상 품위 있는 표현을 내려놓고 약을 팔아야만 하겠다. 됐으니까 일단 한번 잡숴봐, 이 빨간 열매를. 나 혼자만 이 과즙에 취하고 살 순 없다. 당신의 몸에 닿을 것은 성분 불명의 빨간 열매일 수도, 필사의 비밀이 담긴 초코머핀일 수도 있고 인간 마음에 엉킨 매듭을 양분으로 피어난 브로콜리일 수도 있는데 뭐가 됐든 후회는 하지 않을 것이다.

구병모(소설가)

재미있는 소설을 읽다 보면 따라 해보고 싶어진다. 반복해서 읽으며 흥미로운 지점들의 정체를 파악하여 조금 다르게 따라 해보고 싶어지는 것이다. 「빨간 열매」를 읽었을 때도 그랬다. 이상하고 웃긴 동시에 잘 다듬어진 소설이었다. 하지만 그것으로는 설명이 부족했다. 환상적이지만 이상하게 생생하고 로맨스 같지만 뭔가 그건 아닌 것 같은데 싶어지는, 여러 장의 카드를 보여준 후 아무렇지 않게 뒤집어서 한 번 더 보여주지만 다 본 뒤에도 그게 뭐였는지는 확신할 수 없는 묘한 이야기였다. 이 책에 실린 다른 소설들도 그렇다. 그리고 그것이 매력적이라는 것, 그래서 반복해서 읽고 싶은 이야기라는 것을 누군가에게 전달하고 싶어진다. 아마 이 책을 읽은 독자들도 똑같이 느끼게 되겠지? 그렇게 될 거라는 생각이 든다.

박솔뫼(소설가)

수록 작품 발표 지면

빨간 열매 2020년 『경향신문』 신춘문예 당선작

둥둥 『릿터』 2020년 10/11월호

브로콜리 펀치 『문학과사회』 2021년 봄호

손톱 그림자 『실천문학』 2020년 봄호

왜가리 클럽 『내러티브:온』 1호

치즈 달과 비스코티 『현대문학』 2020년 4월호

평평한 세계 〈문장 웹진〉 2020년 7월호

이구아나와 나 『문학동네』 2021년 가을호